滿分贗品
周涼西 著
ALOKI 繪

台灣版獨家作者序

《滿分贗品》是我於二〇二〇年盛夏寫下的小說，也是我寫文生涯中第二個完整寫完的故事。因我的筆名中「涼西」二字取自「冰冰涼涼的大西瓜」之意，按照這麼算，《滿分贗品》這個文就是我的「西瓜地」裡的第二顆西瓜——帶有著些許青澀感，但充滿著真誠的滋味兒。

到了今日，二〇二三年的我要為此次繁體版的《滿分贗品》做一些準備，我的心情就像約會般激動、興奮和忐忑，腦海裡不斷浮現出三年前的夏天。我既期待與過往的自己再見面，又期盼讀者能夠快些與我通過故事，進行跨時空的相識相會……想法簡直滿到要溢出來了！

實話說，這部小說最開始完整發表後，新的讀者並沒有非常多。反而是在一年之後，喜歡它的人才陸陸續續多了一些，甚至得到了不少新讀者發來的長評。我至今也沒有搞清楚其中原由究竟為何，想來想去，只能用「緣分」來形容。

緣分不分早晚，有緣的人和故事總會相遇。而這一次，《滿分贗品》能與大家相見，我想，這就是新的緣分到了。

要說有緣能夠獲得這次出版的機會，我最大的感受是什麼？那必然是幸運。

我是幸運的，可以將天馬行空的思路和想法講給陌生人聽；

我是幸運的，文中的兩位主要人物得到了一些真心的喜歡；

我是幸運的，在疫情之後不太順利的現實生活中看到了一絲有如希望的春光……

現在，我想把這份我得到的小幸運分享給每一位閱讀本書的讀者小夥伴，謝謝你們打開了這本書。同時，我也由衷希望讀者在看過這個故事後能夠感到甜蜜與開心。

歡迎走進林冬遲和章獻淮的世界。

周涼西

二〇二三年五月

第一章

林冬遲下班回到租屋處，看見沙發上坐著的中年男子，愣了一下，差點兒沒認出來這位是自己的父親林晉益。

這怪不了他，他三歲時林晉益就與妻子離婚了。林冬遲跟著媽媽回了安逸的小縣城N縣，與身在S城的林晉益見面的次數屈指可數。

許久未見，林晉益也打量著眼前皮膚白皙、身材不算乾柴卻沒有半分健壯肌肉的兒子，他不禁皺了眉。在他的觀念裡，N縣這種小地方實在養不了人，小兒子不僅沒他理想的半分好，看上去還挺瘦弱。

「冬遲，你回來了。」

但林晉益並未表露出過多嫌棄，只是拍拍旁邊示意林冬遲坐過來。

今天他對小兒子還有事相求。

林冬遲想了想，坐到沙發旁的椅子上。

林晉益也無所謂，他拿出根菸，點燃後，說出個令林冬遲震驚的消息：

「你哥哥出車禍了。」

林冬遲的哥哥林措，人們口中的「鄰居家的小孩」。當年他們父母離婚，林措跟爸爸留在了S城。與林冬遲不同，林措成長環境優渥，一路走得可謂順風順水，各方面都稱得上拔尖。總地來說就是在學校成績優異，入了社會工作出色。

他和林冬遲雖然聯繫不多，但對弟弟算是不錯，去年林措被公司派遣去海外分公司工作，還寄來過一次當地有意思的東西。然而每當林冬遲打算回寄本地特產，林措又會直接拒絕，表示根本不需要。「你生活那麼拮据，留著吧，別花什麼錢了。」

前段時間林冬遲大學畢業，正忙著實習和兼職，算一算的確有四五個月沒收到過林措的消息了。再仔細一想，社交平台也沒看見什麼林措轉發的新聞內容。

林冬遲著急地問：「怎麼會出了車禍？什麼時候啊？他現在怎麼樣？」

同時他心裡也有疑問，林措出事，平時鮮少聯繫的父親竟然過來親自告知，而且看上去並沒有多焦慮的樣子，怕是今日過來不止為了這一件事。

果然，林晉益說：「目前沒有生命危險了，不過手術過後一直沒醒，就給轉去鄰市的一家私立醫院了。」

聽到這，林冬遲才稍微放心了些，繼而又問：

「那……爸爸來找我，是需要我做什麼嗎？」

林晉益沒有回答，而是突然說起當時一同遭遇意外的另一位，林措就職集團的繼承人，章獻淮。

事故發生時，章獻淮繫了安全帶，且車撞到的不是他坐的那側，因此總體受的傷輕於林措。然而手術醒來，在他身上出現了件非常麻煩的事情——章獻淮失憶了。

準確來說，章獻淮只忘記了林措。

林措，以及有關林措的所有事情，包括為什麼會和林措一起發生意外，怎樣發生了意外，章獻淮忘得一乾二淨。在他的記憶裡，林措乾脆是不存在的。

「冬遲，現在需要你幫哥哥一個忙。」說著，林晉益拿出一個USB放在茶桌上，「這裡面有你哥的工作日記，還有他和章獻淮的戀愛紀錄。」

「戀愛？」林冬遲沒忍住問出來，「林措和章獻淮？」

「嗯。」

林晉益告訴他，林措被調去海外的M城分公司沒多久，就和章獻淮發展成了情侶關係。據說章獻淮對林措很好，兩人不僅是工作搭檔，還是親密的生活伴侶。誰知回國辦事，落地剛第二天，他們出行的車就不幸撞上了防護欄。

更糟糕的是，章獻淮一旦企圖去想車禍相關的事情就會頭痛不已。

車禍的後遺症時刻提醒著章獻淮：你的生命中缺失了什麼。

車禍，戀愛，失憶……林冬遲聽得一頭霧水，隨即聽見林晉益終於說出今日來找他的目的：「你哥哥還在昏迷，什麼時候能醒或者這輩子能不能醒來都是未知數，所以我們希望你先去章獻淮那裡，幫忙扮演一陣子林措。」

林晉益所說的「我們」，指的是他自己還有章獻淮的家人。

章家生意雖大，但內部較為和諧，沒多少亂糟糟的紛爭。章獻淮能力出眾，對於集團今後由他帶領幾位堂弟堂妹以及集團的精英一同打理，老一輩的早已默認。因此章獻淮出了這檔子事，大家首要希望就是他能恢復健康。

幾次心理治療後，章獻淮都沒產生好轉的跡象。醫生說他這屬於心因性失憶，選擇性地遺忘。也許是接受不了自己和心愛的人一起遭遇了可怕的事故，所以啟動了心理防禦機制。

結果把深愛之人也給忘了。

經醫生引見，章家到海外尋到一位相關領域的權威教授。

教授提出了一個方法：催眠。

章獻淮對丟失記憶的偏執，導致他已經開始有了因頭痛而影響生活的問題，利用催眠做暗示和引導，再讓林措慢慢將過去的事情一一對應告知，如此循序漸進地配合治療，應該會有所成效。

章家對方案是認同的，之前的醫生也提出過，只不過直接催眠章獻淮去喚起記憶始終辦不到，所以這樣的曲線催眠是目前最穩妥的治療辦法。

可此時的林措根本沒辦法去幫章獻淮想起這些，那麼誰來做這個引導人？

他們選擇了林冬遲。

林冬遲懷疑自己聽錯，模仿哥哥去幫助哥哥的伴侶恢復記憶，太荒唐了！他甚至不理解林晉益為何也會同意。

林晉益把旁邊袋子裡的方形牛皮紙盒放到桌子上。「打開看看。」

裡面是個拳頭大小的泥塑小人，捏得歪歪扭扭，林冬遲一眼就認出來這是他小時候送給林措的東西。

「你哥把你當作很重要的人，你送他的所有東西他全都好好留著。現在他出了事兒，你能不能幫他做點兒什麼？

等林措醒來，他也會希望看到健康的章獻淮吧……」

林晉益來找林冬遲並非貿然行事，他認準林冬遲是個單純重情的孩子，也許會顧在哥哥的份上多加考慮。

不過林冬遲沒回答，他低頭捏著手裡的泥塑，讓人看不出是願意還是不願意。

沒辦法，林晉益只好再添砝碼。「冬遲，你去代替林措，我給你三十萬。」

三十萬……林冬遲抬了眼。

林冬遲不缺錢，但是從小照顧他長大的大姨需要。

林冬遲的父母離婚後，他跟著媽媽回到N縣，沒過多久他媽媽就改嫁到了鄰市。考慮到帶著孩子不方便新的婚姻，她便把小林冬遲留在那裡，定期付上一筆生活費用，交由姊姊照顧。

前兩年大姨查出腎病，先不說腎源沒等到，去年檢查後還發現她抗體高需要先做血漿置換，為此花了不少，現在就算等到了匹配的腎源他們也沒有足夠的錢排期做手術。這也是林冬遲從大四起就又是實習又是兼職的原因，有些感情他必須要還。

林冬遲盯著手裡的泥塑，小時候他認為這個泥塑做得很好所以送給哥哥，可這會兒再看，怎麼看怎麼怪異，很不像樣。

正如此刻對這件事情心動的自己。

林晉益的菸抽完，林冬遲放下了泥塑，把USB拿到手裡。

「好。」他答應去代替林措，找回章獻淮那些丟失的記憶。

在這之前，他提出最後一個問題：「為什麼選我？」

林晉益若有所思地看著他，緩緩說道：

「章獻淮醒來不久，突然問了一句：『誰是林冬遲』。」

第二章

誰是林冬遲？

林冬遲的驚訝絕不低於剛才聽到的所有。

「我不認識章獻淮啊，他怎麼會知道我的名字？」

「或許是你哥在他面前提過你，這不重要。」林晉益對此似乎沒太在意。

章獻淮醒來問到林冬遲後，章家立刻去查了林冬遲的資料。結果發現，他不過是個小地方長大的普通人，和章獻淮從未有過交集。

唯一的交集點只有他是章獻淮心上人的弟弟。

林冬遲和林措畢竟是親兄弟，外貌上很多角度乍地一看確實相似。最大的區別大概就是眼睛。林措雙眼皮，眼輪廓深，整體看著有些清冷嚴肅的氣質。林冬遲則更屬於內雙，與哥哥比起來倒是柔和許多。

既然章家有意讓有著幾分相似的林冬遲做引導人，那麼希望得到章氏集團投資的林晉益自然不會放過機會。這才是他最關心的。

關於林措和章獻淮的戀情，林晉益沒說太多。有USB在，林措是個謹慎規矩的人，文檔中工作和戀情事宜都分門別類記錄得相當清楚。

林冬遲上學時修的不是藝術類專業，不過因為興趣也去跟著蹭過很長一陣子課程，了解到不少臨摹的技巧。他想，代替林措等同於臨摹林措，只要按照日記來，問題應該不大。

可當一切準備就緒，真的見到章獻淮，林冬遲才發現這次臨摹並不簡單。

那日剛到S城機場，林冬遲就遇上了章家派來接他的人。除司機外，一位是章獻淮的管家老閆，另一位不講話，打完招呼就獨自坐在前排副駕駛座位上。

老閆倒是和藹。「你可以叫我閆叔，那位是夫人的助理，過來囑咐你一些事情。」中途看見林冬遲偷偷做深呼吸，還跟他說，「別緊張，少爺對自己人很好。」

林冬遲點點頭，心中不免覺得新奇，這年頭竟然還有人「少爺夫人」地叫。接個人，各種態度派頭還挺大。

想想也是，章獻淮是林措的伴侶，林措本身眼光高條件好，找的人不會差到哪兒去。

到章家大半天，林冬遲都沒見到章獻淮。不僅沒見到他，連什麼夫人的也沒見著。他跑去問閆叔，這才知道這個「章家」是章獻淮一個人住的地方，其他人住在別處。

「所以他自己住？這麼大的地方，不會……孤單嗎？」

林冬遲本來是想說浪費，他和大姨一家住，大姨有兩個孩子，五人同在一套三房一廳。

章獻淮一個人住這麼一大棟？

閆老「嗯」了聲，笑而不語。

晚上林冬遲洗完澡躺在舒服的大床上都快睡著了，突然聽到樓下傳來動靜。章獻淮回來了。

他連忙起身，在房間裡走來走去，想著要不要立刻下去打招呼。

「林先生，」閆叔過來了，在門口說，「少爺叫你過去一趟。」

隨後林冬遲跟著去到二樓的房間，剛一進去，閆叔便關上門轉身離開，莫名給他種被拐了的感覺。

得益於閆叔的好態度，林冬遲放鬆很多，甚至又在走神犯睏。N縣沒有機場，他是先坐幾小時的客運到另一個市區，再叫計程車去機場搭乘飛機。被帶著來這裡又等了很長時間，簡直身心俱疲。

他正打著呵欠呢，穿著睡袍的章獻淮從裡面連通的臥室走了出來。

「抱歉，洗了個澡。」章獻淮走過來，邊說著，邊下意識皺起眉——眼前這個嘴張得圓圓大大、滿臉倦意的男生真是他愛的人？

早先章獻淮提出過要與林措見一面，但他們以林措治療未結束為由推掉了。現下林措逐漸康復，終於見到面，章獻淮卻並不激動。

林措，他的愛人，如果真的愛到心底，怎會說忘就忘，絲毫印象都沒有？

章獻淮坐下，看似隨意地向林冬遲確認：「林措，聽他們說，我喜歡你？」

很直白。林冬遲對上章獻淮的眼睛，頓了頓，用力點頭。好像這樣既能讓章獻淮信服，也能讓自己信服。

「喜歡的，你特別喜歡我。你不記得了，我們在M城交往了有將近一年。」

章獻淮端起桌上的玻璃酒杯，喝的時候再次看向林冬遲。

林冬遲移開視線，心虛地向窗外看去，裝作在看風景。奇怪，章獻淮明明沒表現出任何嚴厲，但就是讓他感覺疏離和沉鬱。

好在敲門聲及時響起，閆叔推門進來，說晚飯準備好了。

林冬遲剛才還有些耷拉的眼皮突然撐起來，像等到了救星。疲憊一整天，他此刻最想做的就是吃飯。

而這一幕也全被章獻淮看在眼裡，他的眉頭皺得更緊了。

吃飯的時候餐廳只有他們倆，林冬遲想著閆叔也忙了一天，又想找話題跟章獻淮說，就問他：「閆叔不一起吃嗎？」

章獻淮反問：「他為什麼要一起吃？」

林冬遲立刻閉嘴，想想他們都一口一個「少爺夫人」論了，確實沒有管家和雇主坐一桌吃飯的道理，貌似電視劇裡也不這麼演。

本以為此話題結束，林冬遲繼續往嘴裡塞了兩塊肉，章獻淮卻不依不撓。

「你還沒說，為什麼想叫他一起吃？」

林冬遲臉塞得圓鼓鼓，和章獻淮對視了幾秒，見他是真想知道原因，無奈，只好放下筷子，快速咀嚼，要把嘴裡的東西先吞掉。

於是章獻淮又看著他曾經「特別喜歡」的人，像隻松鼠一樣嚼了小半天。

「是這樣的，閆叔今天忙了一天，這會兒是飯點，桌上的飯菜也夠，所以我就想著要不要叫他一起吃。」

不過林冬遲很快意識到，章家和大姨家截然不同。

大姨家中從未請過保姆或管家，林冬遲的確不清楚這之間的關係該是怎樣。他現如今的身分為家中常年有阿姨照料的林措，說這些話是不太符合。

說完，林冬遲趕緊轉移話題。「我就這麼一說，不用在意，你快吃吧。」然後他很「林措」地用公筷夾了塊牛肉放到章獻淮碗裡。

沒想到這舉動讓章獻淮徹底放下了碗筷。章獻淮盯著林冬遲夾來的肉，表情不是很自在。

「肉……怎麼了嗎？」

林冬遲迅速回憶自己是否做錯什麼，可怎麼想都沒有，剛才就是按照林措那些日記做的——「最近發現獻淮很喜歡雲上的牛肉，吃飯時給他夾了，他很開心，笑著叫我也得多吃一些。」

沒有錯，臨摹得很像。

既然做法沒錯，林冬遲覺得章獻淮的反應可能是回想起這部分了。

「獻……獻淮，你是想起什麼了嗎？」

章獻淮什麼都沒想起來，他只是不習慣別人這樣夾菜，也不太舒服。

總覺得哪裡不對。

「林措，我真的愛過你嗎？」章獻淮眼神凌厲，似乎要硬生生穿透林冬遲的骨與肉，看看底下到底藏有哪些祕密。

「或者，你真的是林措嗎？」

第三章

林冬遲發現，章獻淮總是對事情的根本有著強烈的執著。換句話說，不斷盤根問柢，直至答案令他接受為止。

其實林冬遲想過章獻淮會發現不對勁，畢竟林晉益說過，他記憶恢復的機率還是滿大的。但他怎麼也沒想到，第一次見面這人就有所察覺了。

如此敏感，果然是很喜歡林措吧，以至於夾個菜都能察覺不對。

林冬遲反應還算快，他也放下筷子，給章獻淮仔仔細細描述起「他們」的過往來。

「你愛吃牛肉，M城有一家中餐廳叫作雲上，你帶我去吃過幾次。那時候我看你喜歡，經常給你夾，你還叫我自己得多吃些呢……」講著講著，他露出一副傷感的模樣，放低聲音，「獻淮，你不僅忘了，現在還懷疑我。」

林冬遲這難過中還帶著幾分委屈，搞得章獻淮有些吃癟，畢竟自己對他全都不記得了。突如其來的愛情回憶，最後只好以章獻淮把碗裡的牛肉夾到一旁的骨碟上而告終。

兩人吃完飯，林冬遲似是完成了一項艱鉅任務，把碗筷收好，他打了個招呼就打算要回房間。

走沒兩步，章獻淮倏然在後面喊了一聲：「林冬遲。」

林冬遲停下上樓梯的腳步。

他稍稍吸了口氣，回頭笑著問：「怎麼突然叫我弟的名字，有事兒？」

改林冬遲的資料不是難事，一個普通大學生，沒有任何特別的地方，只要章獻淮看到資料時，出現的是用林冬遲合成的照片即可。

林冬遲知道林晉益他們安排好了，所以並不擔心，穩當接住了章獻淮的話。

聽到自己名字還要裝成是別人是種什麼感覺？

很奇怪，也詭異。

「沒，」章獻淮說，「不過我對你弟很感興趣。」

林冬遲聳聳肩。

「大概是我以前跟你提過他。他剛畢業，不在S城生活，沒什麼特別之處。獻淮，既然你能想起這些，也快點兒把我也想起來吧。我更希望你對『我們』的過往感興趣些。」

林冬遲對章獻淮說的話真假混雜，唯有希望他趕快想起來的這句是完全真實且真心。

為了林措，更為了那三十萬。

除此之外，林冬遲打心裡也不太想欺騙章獻淮。他不清楚他們曾經的感情究竟深到哪個地步，但忘記愛人，本就是件無比痛苦的事情。

也許是他後面那句話說得非常真誠，章獻淮「嗯」了聲，沒再繼續質疑下去。

回房間後，林冬遲心跳加快，單單見面吃頓飯，他彷彿被推上了一場突擊戰。在這場戰爭中，章獻淮僅用眼神和幾句話便讓他險些潰敗。

林冬遲點開林措的那些日記，打算認真地再看一遍。第一天的臨摹有太多不符合的地方，他企圖用好作品去賣個好價錢，就必須更仔細些。

隔天早晨床邊電話響的時候，林冬遲看了眼時間：六點。

「林先生，早飯準備好了。」

林冬遲迷迷糊糊應下，打算再躺一分鐘就起來。

過了十分鐘，電話再次響起，林冬遲接起來就說：「閆叔，再等一下下，我馬上下去了。」

「你在撒謊嗎？」電話那頭傳來章獻淮的聲音，好像直接通過話筒看透林冬遲，「還在床上吧。」

的確還在床上的林冬遲第一反應是環顧四周，他聲音裡滿是剛睡醒的沙啞。

「……章獻淮，我、我已經起來，真起來了。不跟你說了，我這就下去。」

他掛掉電話就跑去洗漱，然後匆忙衝到餐廳，映入眼簾的是章獻淮穿著套深色睡衣在用早餐。章獻淮應該是剛洗過澡，空氣中隱約還有丁點兒沐浴乳的味道。

林冬遲偷偷清了下嗓子，笑著說：「早啊，獻淮。」

章獻淮無語，這人頭髮後面不聽話地翹起了幾撮，分明是剛睡醒，怎麼撒個小謊都破綻一堆。章獻淮回了句早，等林冬遲坐下來開始吃，他已經差不多吃完了。

他沒走，讓人把東西收走，自己留在位子上喝咖啡，光明正大地觀察愛人。

林冬遲吃飯總是一次吃好幾口，把嘴塞得滿滿當當，再關上小門慢慢嚼、慢慢吞。他皮膚白，嘴唇沒血色，一覺睡醒內雙腫成了單眼皮，再配上這吃飯的樣子……看起來活像個淒慘的小乞丐。

章獻淮眉頭忍不住一緊。

林冬遲吃得正開心呢，不經意瞥到對面的眼神，趕緊問：「怎麼啦？」

章獻淮當然不能回答我在懷疑自個兒的審美，懷疑怎麼會喜歡上你這麼個小乞丐。他選擇不回答，起身催促：「快吃，等會兒跟我去公司。」

之前林措被外派到M城做海外商務代表，林冬遲看他的工作日記時還挺頭疼。他們專業不同，林冬遲這樣一個沒有相關經驗的新人應屆生根本不好上手。

對此，林晉益出的主意是讓林冬遲借病休息幾個月，說是狀態不好暫時不太方便繼續跟進業務。章家也跟章獻淮商量過，先以章獻淮的治療為主。

林冬遲以為是他們沒有溝通好，呆呆地問：「不……不是有說我要先停一段時間嗎？」

「減少工作量不是不工作，公司不養廢人，這段時間你先跟著我做私助。」

「哦哦，私助啊……那可以。」林冬遲鬆了口氣，心想做助理肯定比做什麼代表簡單些吧。

章獻淮見他聽完還挺開心，覺得莫名其妙，卻不知道林冬遲性格就是如此。他習慣把事情簡單化樂觀化，如此一來好像做難事也沒有那麼難了。笨蛋有著獨家的自欺欺人辦法。

去到公司，林冬遲這個私助有些多餘。章獻淮本身有工作上的助理和祕書，辦公或者開會都不需要林冬遲幫忙，唯一需要他參與的就是辦理了個簡單入職。

林冬遲翻看合約後有點被嚇到，原來做章獻淮的助理這麼貴，比他畢業找的那份工作加上兼職、每天辛苦得要死要活得到的薪酬兩倍還要高出很多。難以形容這種感覺，提前接觸到超出範圍的職位在某種程度上算是賺到，不過他早已默認這筆錢最後得還給章獻淮。

林冬遲從來沒想過另拿工資，他的酬勞是三十萬，清清楚楚。他不貪心，不想多要任何不該屬於自己的東西。

實際上，林冬遲來當私人助理是章獻淮單方面的主意。公司人才濟濟，確實並不缺個助手，但他越來越想盡快找回那段丟失的記憶。

就在林冬遲來的第一天晚上，章獻淮做了個夢。

他之前很少、或者說幾乎不會做夢，而林冬遲一來，他竟然夢到了些新鮮的東西。

夢中他獨自待在一個四面漆黑的地方，不停摸索著出口。等回過頭再看，對面出現一個人，背對著坐在那裡。章獻淮想走過去看清那人的模樣，誰知道夢境猛地一下崩塌了……

臥室內常年開著一盞暗黃的小燈，章獻淮急促地喘著氣醒來，等呼吸慢慢調整過來，頭又劇烈疼痛。疼得受不了，便起來吃幾顆止痛藥。

用過藥，章獻淮站在落地窗前，再也睡不著了。車禍後他經常失眠，無論是躺在病床上還是回家裡，情況都一樣。

頭還是一陣一陣地抽痛，章獻淮想起林冬遲，他本應熟悉卻格外陌生的愛人。

林冬遲能揭開那層蒙住夢境的紗嗎？

章獻淮無法預測，只能再靠近一些試試。

第四章

林冬遲以為的簡單工作並不簡單。

當了章獻淮的助理，兩人相處的時間多了許多，林冬遲便發現章獻淮對他總有不少好奇和質疑，譬如「為什麼這麼說」、「你這是在做什麼」、「你確定是我跟你發生的嗎」……其中講最多的是：「林措，你在撒謊嗎？」

這時林冬遲就會認為林晉益和章家人全都小瞧了章獻淮，他已經有在按照日記去模仿他們的愛情細節了，卻壓根打動不了章獻淮的心。

假的就是假的，他又怎麼能讓章獻淮想起來？

除了章獻淮的猜疑，林冬遲還遇到了另一個重大難題——章獻淮的堂弟，章流流。

章流流見到他第一面時，林冬遲正和食堂職員商量著退掉餐卡。

因為章獻淮偶爾有私人飯局，林冬遲得自己到公司食堂吃飯。他問了下，作為不那麼正規的「臨時工」，食堂的餐卡得他自行加值辦理。沒有報銷，林冬遲只好先加了最低加值額五百，包含一百的押金。

結果刷卡進了食堂一看，菜品是很多，但也很貴。

其實貴林冬遲能理解，大公司嘛，美食算得上給福利，大家疲憊工作後都想吃些好的，可他的錢包理解不了……

林冬遲計畫把三十萬給大姨後離開N縣，換個稍大的城市找份真正想做的工作，不再單一考慮薪資問題。到那時候，方方面面都需要用錢，所以他想退掉餐卡，多少省點。

規定就是規定，規定不會去在意你的私人理由。工作人員說：「規定上，這個卡的錢加值了只能在食堂花掉，如果要退卡也只能退還你押金。」

林冬遲紅著臉，帶笑跟她又講了講，說自己只吃了一回，能不能通融通融或者把錢轉賣到其他員工的餐卡上。

得到的答案都是冷冰冰的：「抱歉，不行。」

「不行別試了，差多少我給你。」章流流在旁邊看了個大概，走上前掃了一眼卡的餘額：三百八十三元，大概吃了兩份素菜。

這章流流向來是別的不行，湊熱鬧第一名。

林冬遲知道錢退不了了，想著那就留下來省著些吃，或者試著整張卡租賣給別人。這會兒碰上如此「慷慨」的人，一時間愣住，沒明白他是好心還是在嘲笑。

直到章流流又湊近，問了一句：「林措，你在M城也這麼摳嗎？」

「你認識我？」林冬遲有些緊張，知道他假扮林措的人並不多，為的是萬一哪天林措真醒來，一切方便圓回去。屆時對外就說林冬遲是同名同姓的，對內家族的人也知道章獻淮出過車禍，不會多嘴。

章流流生得挺好看，一張臉不輸電視上那些當紅小生，開口卻教人覺得難聽極了。

「林措，你是我哥的助理，我怎麼會不認識你？」

「可是──」

章流流瞇了瞇眼睛，在他耳邊說：「可是你是個贗品啊，林冬遲。」

以假充真，即是贗品。

被稱作贗品，比起生氣，林冬遲更多的是擔心，生怕此時此刻這周圍的人把他贗品的祕密聽了去。

林冬遲急忙把餐卡收起來，沒再接話，轉身就走。他是搞不懂章流流為何這樣做，然而更不想在公開場合跟章流流有糾紛。

章流流倒是沒想到林冬遲會直接忽略自己，瞪大了眼睛無語極了。

前段時間他溜回家偷被沒收的車鑰匙，恰好聽見幾位長輩商量對策，得知他們竟然找了個假愛人給章獻淮治療失憶。

簡直過分！在章流流心裡，章獻淮是他從小崇拜信賴的堂哥，哪兒能隨隨便便找個人過來糊弄。雖然他也不認識入職不久就外派出國的林措，但人家好歹有本事有學歷，勉強配得上章獻淮。林冬遲算什麼？

更何況，章獻淮看中的人，再怎樣都肯定比吃個員工食堂都嫌貴的林冬遲好吧。

所以林冬遲一來公司，章流流就特地遠遠瞧了一回，當時看了滿心的不喜歡，近看還真是更厭煩了。

贗品，渾身都透露著低劣材料的氣息。

章流流氣不過，追出去攔在林冬遲面前。

林冬遲很無奈，問他：「你還有事嗎？」

「我……」章流流其實沒事，純粹是氣不過，想找茬，「我來警告你，現在做了我哥的助理，就別摳摳搜搜的，別給他丟人。」

林冬遲並不覺得私下節省有問題，不過如果傳出去說章獻淮的助理林措是這個樣子，好像是不太好。他點點頭。「知道了。」

章流流見他又要走，趕緊又幾步攔在前面。

「我說完了嗎？你就這麼做我哥助理的？跟你說話呢，站住！」

這下林冬遲真煩了。聽章流流語氣幼稚，一直「我哥」「我哥」的，想想只能是章獻淮哪個走後門進來的親戚。

「你哥是章獻淮？」他站定了，撇撇嘴，「那你該知道無論你接不接受，我現在私下的身分都是他男朋友吧。按理說，你不叫我嫂子也得叫我聲哥。」

林冬遲說著，把自己也給氣笑了。「作為你哥，哥哥得糾正你，我是章獻淮一個人的助理，我只聽他的，不用遷就你。」

章流流氣得不行，不知怎麼地就突然多出個嫂子……哥了！

趁他滯住，林冬遲往一旁走，就要繞開他。章流流伸手便要再攔，後面突然有人厲聲叫他。

「流流。」

回頭一看，是章獻淮和祕書。

「哥？你怎麼來了。」章流流跟看到救星似的，「正好，我跟你說，你都不知道他剛才吃個飯有多丟人……」

林冬遲站在原地沒有反駁，快速回想著他們有沒有說出會漏餡的話。選擇要收最後的三十萬，他得盡職盡責，對得起這價錢。

而這邊，章獻淮並不清楚他倆發生了什麼，僅僅湊巧聽見林冬遲最後那句，心中還挺受用。

──「我只聽他的。」

以前也是這樣嗎？聽話的愛人。

現下章獻淮瞧林冬遲垂眼不說話，看上去怪委屈巴巴，想都不用多想，認定他是被跋扈慣了的堂弟給欺負了。

「夠了。」章獻淮無視掉章流流的告狀，慢條斯理道，「林措是我的人，別找他麻煩。」

第五章

林冬遲在大姨家長大，無論大姨對他多好，他總歸是寄人籬下。

大姨和姨夫在各方面偏心他們的孩子，這似乎沒有錯。只是每回林冬遲和表哥爭執最後都是他被責罵的時候，以及看見兄妹倆拿到新衣服而他永遠穿著表哥淘汰下來的舊衣服時……林冬遲都會感覺「偏袒」實在是件傷人心的事情。

但他羨慕這種偏袒。

林冬遲以為章獻淮也會這樣袒護自己的弟弟，沒想到他選擇了林冬遲。

不可否認，林冬遲有被感動到，甚至有那麼一絲嫉妒林措——章獻淮即使想不起來，也會由著心去偏向他。

不過林冬遲不會把這份袒護占為己有。他清楚，無論有多好，這些由始至終都是屬於林措的，與他無關。他沾光體驗罷了。

體驗感很好。

林冬遲回到辦公室比平時晚了很多，鄰桌的女生打趣問：「去吃什麼好吃的了？今天這麼晚，午休時間都要過了。」

林冬遲臉上常帶著笑，人也好相處，和周圍的兩三個同事很快就熟悉了。正好，他向同事打聽了一下章流流。

「流流……是不是大高個子還挺帥的，年紀不會很大？他好像是章總的堂弟，前陣子章總到公司，頭兩天我們還經常見到他，不過後來祕書就設置許可權了，貌似是章總不許他再上來咱們這層。」

「……就這麼喜歡他哥嗎。」林冬遲越聽越覺著章流流就是章獻淮的超級迷弟，對章獻淮的事情關心得比管家還多。一張口滿是刻薄，白白浪費了那張英氣好看的臉。

他又想到那張餐卡，問了下同事有沒有需要，或是其他人會不會有需要。如果賣出去，他下次可以去外面用同樣或少一些的錢吃好吃飽一些。

同事挺詫異，拿出張工作卡問他：「你沒有這張嗎？入職時有發呀，每個月都是自動加好錢的，用都用不完，ＨＲ沒跟你說過？」

林冬遲沒有。

同事叫他去問，打工人每天累得要死，要是免費的飯也沒吃好得多虧。

林冬遲嘴上答應，其實心裡是沒打算去的。他空降到私人助理這個多餘崗位，算不上正式入職，沒有同等福利很正常。而且他如今的名字和身分均是林措，還是不要搞麻煩才好。

林冬遲握著手裡的餐卡，想了想，自己跟這卡還挺像，本質都不屬於這裡。

晚上林冬遲坐章獻淮的車一起回家，章獻淮見他托著腮看窗外默不作聲，以為是還在為中午的爭吵不愉快，便告訴他：「我會讓流流給你道歉。」

林冬遲中午沒吃飽，一直在猜等會兒回去會吃到的晚飯。章獻淮家裡的阿姨做的豬肘特別好吃，他正默默許願今晚有這道菜呢，突然就感受到了來自章獻淮的友好。

他回過頭去看章獻淮，可這人滑動著手裡的 ipad，一副認認真真的模樣。

剛剛那話真是從他嘴裡出來的嗎？

說到章流流，他中午被章獻淮一警告，臉立刻擰巴起來，又氣又委屈，最後狠狠瞪了林冬遲一眼就甩手走了。

林冬遲想起閆叔說的話，說章獻淮對自己人很好，所以他應該是對章流流特別好，章流流才那麼「死心塌地」吧。那麼章獻淮既袒護又要幫著討道歉，是否也開始消除猜疑，允許自己走近他那個「自己人」的圓圈呢？

林冬遲有點開心，按照目前的進度，章獻淮逐漸對他放下心防，恢復記憶是遲早的事。

車停在紅燈時，章獻淮關掉 ipad 闔上眼休息，手搭在上面。

林冬遲不經意掃到他那雙指節分明的手，腦袋映出一段令他印象很深的日記片段：

「和 Dan 簽約後，章獻淮送我回家。在車上很累，他突然拉住我的手。我回握住了。」

那是林措日記中兩人最早的肢體接觸。

林冬遲猜測，林措和章獻淮是在這之後確定的關係。因為也是在這之後，林措對他的稱呼全從「章獻淮」變成了親切的「獻淮」。

如果是這樣……

章獻淮感覺到一隻手輕輕覆了過來，觸感柔軟且有些涼。他沒有收回手，而是一言不發地抬眼看向手的主人。

一對上章獻淮的眼睛，林冬遲就莫名心虛。他心裡大呼不妙，尷尬地傻笑著就要將手縮回去。沒承想，章獻淮以更快的速度抓回了他，問：「以前我們也會這樣？」

見章獻淮沒有反感的意思，林冬遲安心多了。他點點頭。「對啊，咱們第一次牽手就是在你車裡，就是像這樣。」他邊說著，邊悄悄觀察章獻淮，看對方有沒有想起什麼。

答案依然是沒有。

章獻淮表現得很平靜，抓著他的手，再次閉眼休息。

車內恢復了安靜，他們的手交疊在一起，慢慢中和成舒適的溫度。

沒得到想看見的反應，林冬遲本想找機會抽回手，但可能因為這一點點溫熱的舒服，又或者是怕章獻淮再繼續問些什麼，他還是老老實實地讓章獻淮握著。

直到快到家，他才動了動，示意章獻淮鬆開。

第六章

和章獻淮的手分開，林冬遲覺得自己的手留有痕跡了，淺淺的，還帶著微熱。他發了會兒呆，悄悄在背後用衣服蹭了蹭，好像就能把這些擦掉似的，然後一如既往樂觀地告訴自己：沒關係，想不起來改天繼續。

晚飯時，雖然沒有喜歡的豬肘子，但林冬遲還是挺開心，其他的菜也超好吃。他食欲極佳，打算把肚子中午的空缺一起補回來。

章獻淮觀察了半天，忍不住開口問他：「你為什麼吃飯的時候要像隻松鼠？」

「什麼松鼠？」林冬遲的臉塞得圓鼓鼓，眼睛因為疑惑都睜大了些。

得，這下看起來更像了。

章獻淮一時忘記如何描述，便伸手過去戳了下他鼓起來的臉頰。

林冬遲瞬間呆住，嘴巴也不嚼動了。他反應過來，章獻淮是在指他吃飯的樣子……

那隻手指頭就輕戳了一下，明明沒太多觸感，可林冬遲很不好意思，被碰到的地方連帶著耳根都略微發燙起來。

於是他想把鼓起的地方趕緊吃消下去，但動作一快，連他自己都感覺好像松鼠吃飯，只好又放慢速度。

原來第一次吃飯開始就見到章獻淮蹙眉，是因為我吃飯不好看啊。

林冬遲心裡發悶，吞掉後，低聲反駁：「才不像。」

聲音小得章獻淮沒太聽清。「說什麼呢？」

「沒有沒有。」林冬遲心想這人問題好多，等下自己說多了恐怕要露餡。不過他也開始多加注意，吃得有規有矩，再也沒有夾很多一口吃了。

飯後閆叔去拿東西給章獻淮的時候突然被叫住。

章獻淮問：「你認為林措怎麼樣？」

閆叔沒想到章獻淮會問這個，模糊地回答：「這幾天看，他是個挺乖的孩子。」

這個回答寬泛又討巧，可以說是描述林措，也可以是林冬遲，或是隨便一個誰。

老閆在章家做了許多年管家，章獻淮父親去世之前他就在了，算是看著章獻淮長大的。他對章獻淮的喜惡習慣了解得不比誰少，所以更清楚章獻淮最討厭被欺騙。

在章獻淮看來，欺騙與背叛無異，難以原諒。但老閆沒辦法，章獻淮因失憶頭痛整夜難眠，執著於所謂的真實和真相，而他只希望章獻淮不再痛苦，因此答應了那些人幫著瞞住林冬遲的身分。

除此之外，他不想騙章獻淮更多了。

見閆叔如此回答，章獻淮沒多問，把手中剩餘的酒一飲而盡就叫他早些回去休息。

待他要踏出房門，章獻淮在後面講了一句：「閆叔，不要騙我。」

老閆身體不可見地一頓，很快轉過身來，對章獻淮點點頭，囑咐道：「喝過酒就別吃止痛藥了。」

章獻淮渴求真實，可是林冬遲來的這些天他仍沒有太多實感，就連那個起了些作用的夢，之後也沒再夢到過。目前他對這一切最大的實感竟然是今天在車上感受到的那隻柔軟的手，以及林冬遲發紅的耳朵。

很陌生，很真實。

每每複診，醫生都變著法兒地暗示章獻淮別過於執著心底的未知，眼前同樣重要。看清眼前，或許通往內心深處的路自然而然通了。章獻淮通常會習慣性地排斥這些個心理專家的話，然而細想，眼前人於他而言有太多的模糊。

確實需要先看清他。

第四杯酒下去，章獻淮依舊無睏意。屋內沒有酒了，他見時間不早便打算自己下樓去倒。還沒靠近吧台，遠遠見到餐廳亮著燈，裡面傳出些微小的碗筷聲音。章獻淮以為是閆叔沒睡，結果走過去才發現，是林冬遲背著門站在那裡吃東西。

身邊沒人，林冬遲恢復了他自由自在的松鼠吃法。每低頭夾一口菜，絲質睡衣就貼上他的腰身，顯出精瘦線條。

章獻淮悄然走上前，一把從背後攬住他。

林冬遲正吃得認真，被突然這麼一抱，嚇得勺子裡的菜都灑了一些在桌上。

章獻淮低頭看，松仁玉米……

「偷吃。」章獻淮直白地戳穿，「家裡沒讓你吃飽？」

林冬遲還真沒吃飽，午飯省錢沒多吃，晚飯後來又不好意思在章獻淮面前吃得太難看，半夜竟然被餓醒了。

他偷偷跑下樓，因為怕把人吵醒連椅子都沒敢拉開，誰想得到這都能被發現。

此刻章獻淮靠得這麼近，林冬遲像隻被抓住了後脖頸的動物，一動不敢動。他立刻「認罪」：「確實不是特餓，但是我只吃了一點點，獻淮，你能不能先放開我？」

章獻淮明顯感到懷裡的身子站得僵直。如果說適才是在用身體試探林冬遲，那麼現在他是真正產生了興趣——原來愛人容易害羞，一碰就會又躲又縮。

章獻淮不僅沒放開，反而抱得更緊，問他：「沒飽怎麼不說？」

林冬遲雖瘦但不會骨感，腰身還是有些love handles的，摸起來柔軟，手感很舒服。章獻淮在上面摩挲，繼續低聲說：「而且，你不是要幫我回憶嗎，說不定這樣我就想起來了。」

「可是……」

林冬遲不知道如何反駁了，以林措跟章獻淮的關係，做多麼親密的事情都實屬正常。

可是我不是真的林措啊！他內心無聲大喊。

再者，林冬遲都記不得林措的日記中哪裡有提到床笫之私，缺失這方面參考答案，他連推脫都沒有了底氣。

不過他還是努力掙動著，還找各種話題和理由企圖蒙混過關——

「其實我覺得要想起來的辦法有很多，咱們不一定非要抱著想。獻淮，你先放開好不好？這樣，我給你再講講咱在M城的事情。哎！我突然想起一件事，咱們坐下來說，你聽了一定會有印象的，保證馬上就想起來！」

章獻淮不為所動。懷裡人越掙，他的手就摟得更緊。

「不必麻煩了，我現在就想通過這個來了解以前我有多喜歡你。」

勺子掉到桌上，「匡噹」發出聲清脆的響聲，林冬遲也沒怎麼聽到。因為此時，他好像只能聽到自己的心跳聲和章獻淮在他耳邊低沉的幾句話。

這些聲音雜亂地隨著那隻大手在他身前遊走，胡亂遊走，使得林冬遲滿身滿心都充斥著一個念頭：糟糕了。

第七章

林冬遲平時再怎麼會自我說服，這會兒也不懂該如何給這種情況找理由。也可以說，他已經完全沒心思找了。

章獻淮用身體牢牢壓制住他，左手從腰部慢慢往下滑，邊摸邊問：「這兒我以前碰過嗎？還是……這裡？」

暖黃燈光映得這氛圍更加曖昧，林冬遲抓住身上那隻不安分的手，但是沒用，很快便被另一隻手更用力地拉開再按住。

章獻淮對他的抵抗行為表示不滿，並用他親口對章流流說過的話質問回去：「你是我專屬的助理，怎麼現在不聽話了？」

「你……」林冬遲羞恥得無言以對。

他後悔，後悔為了回懟章流流脫口講出那些，更後悔大半夜餓了沒有忍忍就跑下樓來偷偷吃飯。

林冬遲努力想讓腦袋冷靜下來，企圖找有什麼更有力的辦法能夠阻止，可再想冷靜也抵不過血氣上湧的生理反應。章獻淮的每一次觸碰都給他睡衣下的那寸肌膚帶來了從未體驗過的熱意和刺激。

當章獻淮深入他的睡褲、大手直接覆上包裹著性器的內褲時，林冬遲不自覺發出了聲輕喘。「嗯——」

他立刻猛地咬住嘴唇，這是誰？

簡直不敢相信這種黏膩可怕的聲音是從自己喉嚨裡發出來的。

章獻淮在他耳邊輕笑，得出結論：「原來是這裡。」

林冬遲覺得自己太不行了，繼續這樣下去，飯沒吃飽就要先被別人吃掉。他使足力氣用手肘往身後頂，誰知章獻淮也不客氣地伸進他的內褲，一把握住那根已經有些硬脹的陰莖。

這下林冬遲是真的完完全全不敢再動。

見小松鼠不再亂蹦，章獻淮一手撐住桌子，另一隻手開始給他上下擼動，嘴上威脅道：「聽話，再亂動我可就什麼都想不起來了，林措。」

林措。

這聲「林措」像是道定身符，林冬遲必須被定住，也必須心甘情願地定住。

畢竟……林措是章獻淮的愛人，林措不會躲開，那你林冬遲今日就不能躲。

林冬遲的心裡再怎麼委屈和難為情，身體還是先一步察覺出了爽意。這是他最隱私的地方頭一次被其他人這樣觸碰，摩擦，再貼近觸碰……章獻淮手心的炙熱到達他性器的每一處，弄得他本能地感覺到舒爽。

動作加快，林冬遲的雙腿便跟著章獻淮的手一同用力。龜頭被拇指揉蹭到時，他的下半身敏感得隨之泄了力，連帶小腿都略微發軟。

儘管林冬遲始終死死咬住嘴唇，但漸亂的呼吸和越發控制不住的喘息還是漏了出來，慢慢搖晃在餐廳裡。

沒太長時間林冬遲就繳械投降了。

即將結束前，他從恍惚中回神，著急地掙脫。「章獻淮你放開，我要……我想射了。」卻沒能推動，最後還是弄出許多在睡衣和章獻淮手裡。

章獻淮倒是淡定，平靜地將手心沾到的白濁塗抹到林冬遲稀疏蜷曲的恥毛上，然後終於放開懷中的愛人。

趁章獻淮到廚房洗手，林冬遲迅速把褲子穿好，又抽面紙使勁擦掉衣服上那些亂七八糟的東西。

扔掉紙，他站在原地，整個人有點呆。廚房的水聲似乎洗掉了他的記憶。

林冬遲不停地問自己，剛才究竟發生了什麼？

章獻淮洗過手，順便接了杯水向林冬遲走來，語氣聽上去略帶無奈：「可惜，我還是什麼都沒想起來。」他將水遞給剛剛「消耗」過的林冬遲，看似好心地問：「還餓嗎，要不要叫人給你再做點兒？」

林冬遲對上章獻淮的眼睛，忽然看透了。

從假扮林措的第一天起，他與章獻淮的交戰就沒有勝算。面對章獻淮的猜疑、試探，還有所謂對「自己人」的好心……初級贗品根本招架不住，只能勉強在產品及格線上徘徊。

林冬遲沒接話，不知道是真飽了還是受到了驚嚇，他竟然忍不住開始打嗝，一頓一頓的，狼狽又丟人。

他不敢再和章獻淮待著，此刻也沒心思再裝下去，就擺擺手說：「不了，我要回去睡覺了。」然後趕緊從旁邊繞遠溜走。

屋內安靜下來，章獻淮走到客廳正好能聽到樓上的關門聲。

其實如果再仔細聽，或許還能聽見林冬遲擰動房門鎖的聲音。

章獻淮在樓下站了片刻，回房間後，他撥通了一個電話。

「再去查查林措，細查。」

第八章

林冬遲洗了個澡，好不容易逼迫自己把剛才的事情忘掉，但是穿衣服時，一看到換下的睡衣就又迅速想了起來。

手，喘息，章獻淮……

他恨不得章獻淮的失憶能傳染給自己！

眼不見為淨，他將浴巾丟到衣籃中蓋住那件睡衣，頂著濕漉漉的頭髮擦也沒擦，急匆匆去開了電腦。

林冬遲急需幫助，他把USB中所有文檔都仔細翻看了一遍，還用關鍵字搜索半天。末了，他再次確認，林措一次也沒有在日記中記錄過他與章獻淮的床事，裡面提及的肢體接觸僅限於牽手擁抱。

這不奇怪，那方面的事情本來也沒必要事無鉅細地描述到日記裡，只是這樣一來林冬遲沒了參考，不知道以後再碰上，該如何兼顧好林措身分的同時應對章獻淮。

接下來幾天，他時刻避免觸到相關話題，可章獻淮提都沒提，相處方式一如從前，看起來倒成了只有他特別在意。

林冬遲暗暗彆扭，只好勸說自己：那天晚上不就是章獻淮幫著他以為的物件解決了下生理需求嗎？都是男人，既然人家不覺得有問題，我幹嘛要一個人這麼在意？

林冬遲似是說服了自己，盡量大大方方地繼續扮演著新身分。

令他沒想到的是，沒過多少天，章流流突然上門來了，說要給他這位假林措道歉。

章流流的行為舉動總是意氣又幼稚，跟從小被家裡慣著長大有關。他長得好看，父母就這麼一個孩子，大多由著他來，所以但凡有不合心意的人和事兒他便大發脾氣，誰的面子也不給。除了章獻淮。

章流流唯獨對堂哥言聽計從，算是完全折在了章獻淮手裡。

起初章獻淮要他道歉，章流流百個千個不樂意，明明是林冬遲摳門丟人，還占他便宜自稱嫂子哥。

章獻淮不聽他的狡辯，態度強硬，就一句話：「去道歉。」

搞得章流流氣得不行，斷定是林冬遲仗著林措的身分回去告狀了。

不過氣歸氣，他也不想惹林冬遲甩手走人，那樣的話堂哥得什麼時候才能找回記憶？矛盾半天，他還是不得已答應了，美名其曰一切為了親愛的堂哥。

當然，作為聽話的獎勵，章獻淮同意讓人幫章流流徹底解決前段時間他跟某位小明星糾纏不清的緋聞，並定購他前陣子想要的那輛跑車。

章流流到的時候，章獻淮出門去複診不在。雖然目前進展仍不明顯，但或許是林冬遲轉移了他的注意力或是真發揮了微妙效果，章獻淮頭疼的次數確實比之前稍少了些。

除去這原因，章獻淮得按時去見醫生才能讓章夫人和章家長輩們放心。他清楚自己的責任，沒必要耍性子抗議。

章獻淮單獨去複診，林冬遲樂得自在，不僅不用顧忌吃相，還能睡個舒服的午覺。結果午覺睡醒，剛一下樓就聽到闆叔跟誰在講話，對方的語氣又氣又急。

「你終於醒了，也太懶了吧！」

章流流才剛一來就被老闆攔住，不讓他上樓把午休的林冬遲叫醒，為此正發脾氣呢，林冬遲先自個兒起來了。

林冬遲很鬱悶，垂搭著眼睛問他：「你來做什麼？」

這話提醒了章流流，他是來道歉的。

章流流撇撇嘴，含糊地講：「那什麼，我哥讓我來道個歉，對不起。」臉上動作全是不情願，「行了吧。」

見他這樣，林冬遲笑出聲，心中極度舒爽之餘想到了那天的章獻淮。還真是說到做到。長這麼大以來得到的偏袒和袒護竟然全是來自原本一輩子都不會有交集的人，林冬遲想想，心情有說不出的奇妙感。

老闆見兩人應該不會起大爭執，便先離開了。

章流流道完歉臉上發臊，也還賭著氣，完成任務的瞬間就忽略掉了今天來這的起因。他恢復了原先的語氣，抬高聲音說：「你也別得意，我是給我哥面子，要不然誰愛搭理你。」

又來了。林冬遲發現他是真不講理，故意提醒：「你是不是忘了你哥警告你什麼了？」

——別找他麻煩。

章流流聽了更怒，反問：「我哥讓我別找林措麻煩，你是林措嗎？說到底，他是因為你現在的身分才會對你這樣。林冬遲，別裝久了就真忘記自己是誰。等我哥哪天全想起來，知道你裝他喜歡的人欺騙他，看到那時候他還會不會管你是否有麻煩。」

章流流的話雖然難聽但是事實。

林冬遲收起笑，午睡後殘留的睏意頃刻間消失。現實教他清醒得不能更清醒。他立刻鬆開心裡那些章獻淮隨手送與的特殊，不敢再偷偷地借來享受，也警告自己絕不能打這些念頭。等林措回來，一切要原原本本地還給他。

沒有真正得到，才不會在失去的時候感到失落。

章流流走後，林冬遲坐在客廳放空許久。期間他接了個電話，是大姨的兒子打來的。

林冬遲對他們講過要到爸爸所在的S城實習一段時間，沒人會去檢驗實習真假，只要他按時打錢回去就好。

年少時的打鬧都過去了，他現在已經不會再和表哥有過多爭執，兩人關係平淡，除了是表兄弟，剩餘的只是和平相處的討債人和欠債人。表哥正是打電話來提醒他，這個月的生活費該交了。

林冬遲「嗯」了聲，說等下轉過去，又問了些大姨的情況，表哥一一回答。

說到無話可說的時候，表哥順帶提了一句：「你那個實習的公司好像挺好的？大公司吧。」

「啊？」林冬遲感到詫異，「還行吧，怎麼突然這麼說？」

表哥講起早上來了個從S城來的人，稱是林冬遲公司的職員，來做入職的背景調查。他見那人西裝革履，言語聽著特別專業，就猜應該是在哪個大公司。「小企業不會特意趕來外省這樣吧，太嚴格了。」

林冬遲一聽，呼吸都緊促了。「他、他還有沒有說別的，或者問什麼別的問題？」

「沒什麼了，他說跟你面試提到的沒有太大出入。」表哥想了想，「他態度也挺好挺客氣的……哦對了，就是臨走的時候有點兒奇怪。」

「怎麼怪？」

「他拍了一張你的入學照，桌子上那張。我媽問他拍那個幹嘛，他說是等你正式入職的時候要給你們新員工做歡迎入職的ＰＰＴ。」

林冬遲當年上大學的第一天，學生會的迎新組織在校門口擺了攤位，給有需要的新生拍入學照。照片洗出來便一直放在客廳那個放滿照片的桌上，由一塊透明大玻璃壓著。

他拍照次數不多，那張入學照是他上大學後唯一帶回去的照片。桌上其餘的就基本是表哥表妹、大姨一家的全家福，以及部分兒時拍的。

那名所謂的職員怎麼偏偏看中了那張……

林冬遲腦子發空，答案不難猜想。

掛掉電話，林冬遲忍不住在屋內來回踱步，以緩解突如其來的緊張。可是剛走兩三圈雙腿就開始發軟，全身重量趁機竄到了心臟上。

正當他停下來，想要打電話與林晉益商量一下時，大門開了。

章獻淮回來了。

林冬遲下意識要往後退，上樓，或者跑到後院去都好，反正不能留在原地。但堆積到心臟的重量使他四肢沒了力氣，只能癱坐在沙發上，眼睜睜瞧著章獻淮關門朝他走來。

不知道是不是因為心虛，林冬遲覺得章獻淮變回了第一天見面的模樣，甚至比那天更加陌生，每靠近一步都讓他無比不安。

糟糕的事情從不會孤軍奮戰。

自從換下前些天的那套睡衣，林冬遲換了閆叔拿來的另外一件睡袍，新睡袍尺寸偏大，鬆鬆垮垮，他不好意思麻煩閆叔再換，便將繫帶拉緊，穿起來才不會過於寬鬆。此刻他坐到沙發上，恰好就壓到了過長的繫帶……睡袍的繫帶鬆開，擅作主張地露出了大片白皙胸膛和鎖骨。

距離已經近得不能再近，章獻淮冷著臉，視線掃過那片白，又抬眼盯著林冬遲。

眼前這位聽話的、被觸碰時會害羞的「愛人」，原來夥同著其他人將他包裹在令人厭惡的謊言裡。

「林冬遲。」

章獻淮決定，打碎贗品。

第九章

大學蹭課時，林冬遲從老師那兒聽過一個關於〈貓蝶圖〉的趣聞（註），說是一位姓魏的掌櫃好不容易收齊了兩幅〈貓蝶圖〉，結果沒多久就意識到自己看走眼。底下人問怎麼看出來的，魏掌櫃指出：那張〈蝶息貓臥圖〉中的時間是中午，貓眼該是立瞳，而他收到的贗品中貓眼畫成了清晨常有的圓瞳。

林冬遲對這個故事印象很深，有著多年經驗的魏掌櫃都沒分清真贗，按理可以說是畫作仿得太像，實在難辨。但得知真相再回頭看，區別就是近在眼前的貓眼睛，只要再仔細些便不會上當。

貓眼睛是簡單卻容易忽略的關鍵。

此刻面對章獻淮，林冬遲倏然想起這個趣聞。章獻淮如魏掌櫃，自己則如那幅贗品〈蝶息貓臥圖〉。章獻淮也上了當，但騙他的人大約都沒想到他的猜疑和執念會有那麼重，輕易找到了關鍵。他察覺出不對，著手試探，並避開所有親近的人私下調查……

與其說是章獻淮慢慢允許林冬遲靠近，不如說他是故意讓林冬遲靠近，好令對方暴露更多。

註：貓蝶圖是國畫中常見的題材，諧音耄耋，寓意長壽。文中有關貓蝶圖的趣聞故事，取自劉寶瑞的單口相聲《貓蝶圖》，由殷文碩整理。

於是章獻淮很快發現了錯誤的貓眼。

聽到章獻淮叫自己的名字，林冬遲第一反應是逃。他想從旁邊跑走，還沒起來就被章獻淮一把抓住，摔回了剛才的位置。

「林冬遲，你跑什麼？」章獻淮盯著他，盯他的眼睛、胸口。剛才那麼一拽，林冬遲的睡袍張得更開，乳首都露了出來。

林冬遲自己也看見，連忙闔了闔，小聲說：「我不是……」

不是要跑還是不是林冬遲？他本能地要接著隱瞞，卻不懂得如何狡辯。

章獻淮掐住林冬遲的下巴，逼迫他抬頭，追問道：「不是什麼？」

林冬遲的視線往旁邊躲閃，不敢多看。之前不敢是因為心虛，此刻是害怕。他像隻森林裡被抓住的動物，不清楚獵人打算把他吃掉還是有可能嫌肉太少，大發慈悲放走他。

見林冬遲不回應，章獻淮沒有多少耐心，伸手強硬地扯開了他的睡袍。

「章獻淮你做什麼?!」林冬遲拚命掙扎，但他躺坐在沙發上，往上擋根本使不出太多力，尤其面對的還是高他一頭的人。

等睡袍繫帶都被章獻淮抽出來，他的身體一覽無餘地展示在章獻淮眼前，只剩下一件白色內褲。

章獻淮湊得很近，幾乎要貼上他的臉，反問道：「做什麼？我跟我的愛人做愛有問題嗎？」

林冬遲徹底明白了——

章獻淮是要他自己打碎謊言，親口承認他才不是從前一直相伴的親密愛人。

謊言傷人，從謊言抽離出來同樣痛苦。林冬遲失了辦法，由於著急，說話時也扯到嗓子，聲音聽著發沉發啞，他承認：「我不是、我不是林措！」

「對不起，我不是故意想騙你的。」

真相說出口，林冬遲未得到任何講出祕密的輕鬆，腦袋裡一閃而過的竟是林晉益答應給他的三十萬，心底不禁更絕望了。

章獻淮停止了手上動作，直直看著他。

林冬遲本想藉機趕緊穿上衣服，可章獻淮依然按住他那件半褪下的睡袍，還是動彈不得。他只好放棄掙扎，繼續說：「對不起，我撒謊了，不過我講的事情全部是你和林措在國外發生過的，那些都是真的！林措做了手術之後一直沒醒，他們也是……想讓你盡快好起來，所以才找了我……」

林冬遲說得心虛，事實上，連他自個兒都覺著這些話像噁心人的藉口。

假扮愛人是為了你好？荒謬至極！

果然，章獻淮沒有要原諒或者釋懷的樣子，他面無表情，冷聲問：「那你呢，林冬遲，你又有什麼目的？」

林晉益公司近年的經營狀況並不符合章氏集團的投資標準，他把兩個兒子先後送到章獻淮身邊，有何心思一看即知。

章獻淮記不得自己當初怎麼會容林措這樣帶有明顯目的性的人在身邊，甚至交往、相愛。

現如今他對林冬遲的做法同樣不解。如果說當初林措的靠近是為了他父親的公司，那麼從小和林晉益接觸不多、基本跟被拋棄了沒有區別的林冬遲又是為了什麼？

至此，林冬遲已經自暴自棄，他直白地告訴章獻淮：「我需要錢，我需要錢……對不起，我大姨生病了，林晉益答應給我三十萬。」

為了錢，非常爛俗的說法。

這種理由對章獻淮而言比說是為了公司更加難以接受。他看著林冬遲，眼神複雜莫測。

「你為了那點兒錢就什麼都願意幹。」

章獻淮的語氣中帶了嘲意，比起聽到的，林冬遲更受不了他的眼神，心裡特別難受，就算再被章獻淮袒護十次，得到的開心都抵不過這一次了。

是啊，三十萬對他們只是一點錢……

林冬遲張了張嘴，最後只能喃喃答道：「嗯，我需要錢，我心甘情願。」

好一個心甘情願。章獻淮皺眉，僵持了幾秒，他忽而又笑了，重複著這句「心甘情願」。

他鬆開林冬遲的睡袍，就在林冬遲以為章獻淮要放自己走，撐起上半身起身時，章獻淮順勢將他的睡袍完全脫下，隨手丟到旁邊。

「章獻淮！」林冬遲用手擋住身體，「你還要幹嘛？」

章獻淮按住他不安分的手臂，覆到他身上，從容簡潔地告訴他：「幹你。」

林冬遲慌了，手不停掙動。章獻淮乾脆拿起抽出來的睡袍繫帶將他的手腕捆住，然後用力地掰到身側。

繫帶是絲質的，沒有彈性。林冬遲越掙，手腕便越痛。

「疼！很疼。」林冬遲露出很痛苦可憐的表情，他抱著些許希望，祈求章獻淮可能一時心軟能放過自己。

可是獵人怎麼會將捕獲的獵物輕易放走。

既然林冬遲心甘情願為人棋子，章獻淮決定成全他。

章獻淮沒有理會身下人吃痛的樣子，另一隻手往下扒掉內褲。

「林冬遲，錢不是隨便講講愛情故事就能掙的。」

第十章

有頭腦的獵人抓住小松鼠，不打算吃掉，也不會大發慈悲放他走。

章獻淮非要留住林冬遲。

「你要錢，我要記憶。你繼續做你的林措，等我想起來自然會讓你帶錢走人。」

林冬遲咬牙切齒。「我要是不願意呢？」

章獻淮冷笑了一聲。「你以為林晉益會輕易放過你？即便是他顧及你們那點兒父子情，你沒辦好事情，還能去找誰要錢？」

林晉益是個唯利是圖的商人，多年來都沒怎麼理睬林冬遲，事情若是辦不成，是絕不會考慮出他一分錢的。

林冬遲深吸一口氣，如果可以，如果毫無金錢需求，他很想大聲反駁「我不願意」，或者底氣十足地告訴他們「不行就不行，不給錢就算了」。

然而林冬遲動搖了。

他常在自己心裡簡單化所有碰到的難事，實際上事情依然很難很難，處理方法大多是一次次放棄。放棄喜歡的專業，放棄感興趣的工作，放棄零碎的個人時間……

這次放棄「林冬遲」這個名字，卻能得到一大筆錢，說不定還能買回他的自由。

林冬遲自認為是普通得不能再普通的普通人，知道該努力同時存有缺陷，他想還大姨一家的恩情，真正踏上一條看得見出口的路，擺脫束縛，過屬於他自己的平凡生活。因此，所有的掙扎和顧慮在章獻淮講出那句話後逐漸消散。

他甚至冒出愚蠢的想法：是不是這樣我就可以安心地拿走那筆錢了？

來到S城，他享受著不屬於林冬遲的生活，接受了不屬於林冬遲的職位和薪資，總擔心拿多，習慣於小心翼翼。

如此一來，林冬遲想，我也是付出了所有我能夠付出的了吧。

章獻淮不由分說撫上他的性器，順著會陰往後摸去。

「等等！章獻淮，章獻淮……」

那隻手探入臀縫，林冬遲急匆匆喊了兩聲，可是喊完就沒再往下說，也沒有接著求饒。

他緊閉雙眼，感覺著那個地方被一根手指進入，不久便變成兩根。進出沒幾次，他就條件反射地夾緊腿，雙手不自覺抓，正好抓到章獻淮的衣角。

章獻淮看了眼衣服，又抬眼看林冬遲。在察覺林冬遲似乎默認了這場性事和真假代替的交易時，他生出了些不悅的情緒，彷彿潛意識認定林冬遲不該如此。

章獻淮跪坐起來，用兩膝頂開林冬遲的腿，便於手指的進出。左手也不再束縛性地按壓，而是擼動起陰莖。

「林冬遲，你下面比你誠實。」

手中的性器半硬起，他乘勝追擊，又往那後穴塞狠狠進入一根手指。

林冬遲頭回經歷這種事，全身心緊張得不行，加上手指進去的異物感很強，以致他後穴吸納的同時很是排斥，還會不斷往外夾擠。

「放鬆。」章獻淮加快前面擼動的速度，聽著林冬遲輕輕的喘息，處於溫熱隱密的手按到了某個更敏感的位置。

「啊……嗯啊……」林冬遲的聲音變了調，腳趾蜷縮起來，「那裡。」

章獻淮對著那處攻進，林冬遲忍不住，拽住他的衣角沒多久就向上挺送著射了出來，肚皮和乳頭沾到不少色情的白色。

章獻淮同樣被情慾占足了身，他單手解開幾顆襯衫釦和褲子，全程對著面紅耳赤、張開嘴緩勁的林冬遲。林冬遲被盯得發怵，抓著章獻淮的衣角沒有放開，像極了怕走丟的小孩，也像抓住根救命稻草。

章獻淮對此倒是受用。

無論章家人還是外人，他們都認為章氏集團的章獻淮從小家教優良，做事得體，待自己人大方友好。而事實上，章獻淮比林冬遲更善於偽裝。他們安心章少爺是什麼樣子，他便巧妙地展現出什麼樣子，進而得到想要的、能夠滿足於自身的東西。

唯有在防禦很差的林冬遲面前，章獻淮覺得不太需要，連偽裝的想法也越發少。

於是他撕破假象時乾脆俐落，直接強迫要林冬遲的幫助：要他的身體，要他繼續假扮愛人。

林冬遲雖然演技拙劣，但這些應該都能做好。

章獻淮好像能稍微原諒他的欺騙了。

章獻淮把林冬遲剛射出的精液塗抹到已然有些適應的後穴，用手草草進出幾次，然後抽出手，抵上了粗硬的東西。

龜頭剛擠進去，林冬遲一下子回過神，抽著氣說：「疼！章獻淮，停下來停下來，不做了，好疼啊！」

箭在弦上，哪能停得下來。章獻淮掐著他的腰，扶住性器二話不說就用力挺了進去。適應幾秒，性器就像找到了正確通道，變得順暢很多。

溫熱後穴緊緊包裹著整根陰莖，章獻淮爽得發出了聲喟嘆。趁林冬遲沒有再喊疼，他開始抽插起來。

屋內叫疼聲和喘息聲逐漸交雜。慢慢的，被插蹭過的地方也帶給林冬遲一些道不明的感覺，身下硬物速度慢下來時反而讓他感到空虛。他沒再喊疼，隱約懂得了某種快意。

過程中林冬遲的嘴巴總是輕微張開，唇色紅潤，發紅的乳首也敏感挺立。不得不說，身上還是有可愛之處。章獻淮大肆衝撞，一邊彎下腰親了他的脖頸，然後順著往下，鎖骨、胸膛、乳頭……

林冬遲發出的聲音類似哼著撒嬌，他自己都受不了，好幾次要咬住下嘴唇不讓聲音出來。

每到這時候，章獻淮便會往外抽出些，故意向那處最敏感的地方頂去，插肏到很深的地方，生生要把他撞出更嬌淫的呻吟。

林冬遲把持不住，不多久又射了一次。

後來章獻淮見人聲音發啞，眼睛疲憊得睜不太開了，才沒折磨下去。

他拔出性器，擼射到林冬遲身上，順便蹭了些在恥毛周圍。

章獻淮就是這樣——欺騙他的贗品，不僅要打碎，還得重新署上自己的名字方能符合心意。

第十一章

林冬遲醒來已經在房間裡了，他睜開眼一動不動，思考自己是如何上來的。

難道是章獻淮抱上來的？章獻淮知道真相應該生氣才對，哪會做這種事……

接下來的好幾分鐘他都縮在被窩裡，思緒在「是章獻淮」和「不是章獻淮」之間來回跳躍。其實到底是誰並不重要，他只是想讓腦袋裝些別的東西來分散今日發生過的事情。

事情是章獻淮發現了林冬遲的真實身分。

事情是林冬遲和章獻淮做愛了。

這兩件一件比一件傷頭腦。逼迫著自己發呆半天，林冬遲決定還是得起床面對。

這一動，他的下半身有著說不出的痛感。不是被人錘打的感覺，而是像猛然被墜下，用不上力也無法完全放鬆的疼，手頭揉一揉也沒有多大用處。

對於擅長自我安慰的林冬遲來說，身子痛苦了就不能讓胃也跟著痛苦，於是他在心裡默念三個數，然後撐著起床，準備收拾一下去吃飯。

他先洗了個澡，水沖下來的瞬間，他深深吐了一口氣出去。

這是林冬遲的小迷信，他覺得洗澡時只要這樣做就能把一天煩惱的事情一併沖洗掉。雖然現在的局面不是吐口氣就能有所好轉的，但他仍抱著僥倖心理試了試。

章獻淮，著實可怕。

章獻淮的意思是讓林冬遲繼續假扮林措，在他面前，也在那幫騙了他的人面前。

林冬遲算是明白了，章獻淮根本不是別人口中善意很多的人。他要找回記憶可以通過照顧林措，與真正的愛人親身接觸。欺負林措的弟弟又有什麼用，明擺著是打算要走最便捷、成本最小的路來達到目的。

而林冬遲就是這條被動的路。

洗完澡，後穴的不適感還是挺大，林冬遲對著鏡子吹乾頭髮，在內心罵了一嘴章獻淮。罵完，他對鏡中人乾瞪眼。

章獻淮不是好人，他同樣不是。欺騙，利用，甚至做了兩次奇怪可笑的交易。

林冬遲心想：我不也是為了那三十萬才在這裡的嗎。我對不起自己，更對不起林措。以後拿到錢，我一定離他們所有人都遠遠的，把壞事荒唐事通通爛在肚子裡，餘生獨自愧疚。

正好阿姨過來把飯做好了，便招呼剛下樓的林冬遲可以先吃，轉告他：「少爺今晚就不回來吃了。」

林冬遲點點頭，巴不得章獻淮以後都不回。他掃了眼餐桌，沒有他最愛的豬肘，但是有松仁玉米，用比之前大一號的盤子裝著。

阿姨見林冬遲看那盤菜，笑著說：「他特意吩咐給你做的，盡量吃，不夠的話廚房還有。」

章獻淮特意吩咐的松仁玉米？

林冬遲尷尬地對阿姨點點頭，等阿姨一走，他用力把那盤菜推遠，生起悶氣來。章獻淮可不就是藉松仁暗示他像隻松鼠，連帶著暗示那晚偷吃的事。

直到第二天午飯結束，林冬遲都沒再見到章獻淮。雖說心裡並不想見，實際真的見不著，心裡不免有點七上八下。

他窩在沙發上胡思亂想，一會兒思考之後得到的那筆錢大姨夠不夠用，一會兒又想著乾脆別繼續裝了，「雙面間諜」不好當……老閆過來的時候，林冬遲正好在想：章獻淮不會是睡完自己，偶然間良心發現所以羞愧而逃了吧！

老閆說：「少爺回了老宅，你換件衣服，等會兒司機會來接你過去。」

一聽這話，林冬遲的心被揪了起來。

「老宅是章夫人他們住的那裡嗎？那閆叔您要不要跟我一起去？」

老閆知道他在擔心害怕，溫和寬撫道：「今天是家宴，我不去。你不用緊張，章夫人他們幾位都知曉你的情況，同為了少爺好，他們不會為難你的，放心。」

林冬遲想說，可我怕的不只是要面對章家人，而是要在章獻淮跟前反過來騙回他們。正如此刻，對著和藹的閆叔，他也全然不能提。

厭惡謊言的人逼迫著其他人去製造更大的謊言。

林冬遲默默撤銷剛才心中的胡思亂想。

良心發現？章獻淮才不會良心發現，他根本沒有良心。

章家老宅很偏，像山莊別墅也像座私人會所。林冬遲在縣城長大，只在很小的時候參加林措的生日會才見過類似的地方，不免有些緊張。

他被招待帶到拐角處乘電梯，直達三樓的餐廳。

「林先生，您直接進去就行。」

林冬遲道了聲謝，卻在門口躊躇。最後是有人推著推車要送餐具進去，他才沒法繼續躲避。一開門，很多人的目光瞬間聚集了過來。林冬遲和炸了毛的動物無異，渾身不自在，不停祈禱著：忽略我，忽略我。

無法忽略。

章獻淮是家宴的大主角之一，他的愛人怎能被忽略？

林冬遲首先看見主桌坐著位年紀很大的老先生，章獻淮也在那桌。

主桌有位離老先生很近的女士一見到林冬遲便對他抬手輕輕招了下，淺笑道：「小措來了。」

她應該是章獻淮的母親，也就是閆叔口中的夫人，林冬遲在章獻淮家裡看到過她的照片。

林冬遲趕緊擠出笑容，上前自我介紹：「您好，我是……林措。」

他自以為表情良好，其實僵硬得不行。坐在另一桌的章流流差點笑出聲，嘖嘖暗道：沒見過世面的就是不行，一個家宴就嚇成這個慫樣子。

章獻淮則什麼都沒說，看著他，任由作品肆意發揮。

章夫人穿著素淨，氣質溫婉，與林冬遲對富家太太的刻板印象非常不同。她提議：「小措，來，坐到我這兒吧。」接著吩咐旁邊人再去拿把椅子過來。

椅子搬來了，林冬遲頓了好幾秒，只好答應，硬著頭皮走過去。

還沒靠近章夫人，他突然先被章獻淮抓住了手腕。

周圍人繼續用餐，卻也都不動聲色地觀察著這兩人，老先生倒是毫不掩飾，直勾勾看向他們。林冬遲緊張極了，不懂章獻淮想要幹嘛。

章獻淮捏了下他的手，起身對章夫人說：「林措還是坐在我旁邊吧，他第一次來，難免拘束，坐我旁邊他還能舒服些，也方便給我夾菜。」

不遠處的章流流偷聽到這句，夾到嘴裡的丸子都驚掉了。

堂哥在說什麼鬼話?!

章夫人跟章流流想法差不多，她很是疑惑，畢竟家中一直以來是分盤制，章獻淮的規矩多，用餐時別人給他布菜他都不大習慣，更別提夾菜這種親近舉動了。

轉念，她又笑意更甚，推測或許是林冬遲這段時間發揮了作用，把章獻淮在M城那些情侶間的親密給想起來了。

「行，坐哪兒都行。」她一口應下，把椅子換到章獻淮旁邊。

林冬遲驚嘆於章獻淮演技高超，同時不得不承認，坐在章獻淮身邊他的確安心了不少。他決意降低存在感，安靜地吃飯，不參與任何討論，盡量減少眼神觸碰。要注意用餐禮儀，又要避免與餐桌上其他人有所交集，真是很累的一頓飯。

不僅如此，章獻淮還演到底，幾次示意他夾菜。

第一次林冬遲裝作低頭啃咬丸子沒有看到。第二次他倆眼神都對上了，沒法再裝看不見，他只好在大家的眼神中給章獻淮用公筷夾了塊肉。章獻淮用不大不小的聲音表示感謝，使得努力降低存在感的林冬遲再次收到不少關注……

要是能倒回去選，林冬遲寧願去坐到章流流身邊。

好在一頓沒滋沒味的飯換來了章夫人及一眾章家長輩的安心。

閒聊時，章夫人笑道：「小措，你和獻淮可得像今天這樣繼續相互扶持。」

林冬遲明白她話裡有話，深知此處「繼續」的意思。他無奈，章夫人根本不知道事情已然發生了重大轉變，自己能不能順利繼續都是未知數。

林冬遲一一點頭答應，回答得乾脆簡短，畢竟章獻淮在一旁，他不得不費比之前更多的力氣來扮演沉穩的林措。

或者說，臨摹章獻淮和那些人共同需要的角色。

本以為家宴是最難熬的事情，誰知餐至尾聲，有人提議：「今晚你們幾個離得遠的留下來吧，和爺爺多聊聊天，明早再走。」

林冬遲下意識地要點頭，可是往下聽才反應過來自己也屬於「離得遠的」其中之一。

他想要拒絕，沒怎麼開口的章獻淮卻先行答應：「可以，那就麻煩莊阿姨等會兒整理一下我房間。」

章夫人複雜地看向他。「你們要留下的話，叫莊姐給小措也清個房間吧。」

她的拒絕並不高明，尤其在章獻淮清楚一切後，聽上去更有意思了。

「別麻煩了，」章獻淮說，「林措跟我睡就行。」

第十二章

宴席結束，那位年長老先生把章獻淮留下來聊天。章夫人則藉機把林冬遲叫到一旁。

「獻淮最近狀態比之前好了很多，這個要多謝你。」章夫人依然以為他們的瞞天過海之計起了偌大的作用，「但是……獻淮怎麼會突然提出晚上要跟你一個房間？」

她語氣平和，聽不出任何攻擊性，卻問得林冬遲的心懸而又懸，一時不知該怎樣回答較好。見他面露難色，章夫人嘆了口氣，剛要多講幾句，那邊章獻淮和老爺子聊完了，正朝他們走過來。她只得作罷，匆匆對林冬遲提醒：「注意分寸。」

林冬遲還沒反應過來，不過也看到了章獻淮，便小聲「嗯」了聲。

等跟著章獻淮回到了房間，林冬遲才後知後覺地意識到，章夫人是叫他注意自己當林措時的分寸。

與章獻淮距離的分寸。

章獻淮見林冬遲在出神，垂著眼，一副若有所思的樣子。

「剛才她說什麼了？」

雙重間諜非常無奈，把章夫人的幾句話複述了一遍。

章獻淮輕笑。「看來你不夠了解你哥，他應該沒你這麼容易不知所措。」

「誰說我不了解。」林冬遲脫口反駁。

「那你說說林措會如何應對，還有，你怎麼知道我跟他在M城都發生過什麼？」

所以是在這裡等著呢。林冬遲滯住，不敢把日記的事情講出來。一來，林措沒醒之前，日記是他和林晉益的「保命符」，只有他們確切知道章獻淮與林措之間的事。二來，林冬遲再愚笨也清楚林晉益費盡心思去幫章家是別有目的。林冬遲即使不為林晉益考慮也得顧及林措。林措以後還要回來，現在不能輕易將他的後路堵死。

於是他裝傻充愣。「我和林措時常聯繫，聊的時候他直接告訴我的，所以我都知道。倒是你，我全跟你坦白了，你怎麼還是質疑我？」

林冬遲的話章獻淮最多只信一半，他發現這人的謊言不僅張口就來，而且撒謊的時候特喜歡在話語最後把問題拋還給對方，上次說到夾菜也是如此，實在是笨拙又狡猾。

自從分辨出林冬遲的本體，章獻淮對他的謊言倒是莫名沒有那麼大惱意了，反而想看看他還能編出什麼東西，猶如掌中看戲。

林冬遲以為說服了章獻淮，暗自放心許多。可是他們剛做過那種肉貼肉的事，今日章獻淮就在眾人面前提出兩人同屋過夜，究竟有何居心，他動動尾巴毛便能猜出來。

想到這，他開始下意識躲避，情急之下竟憋出了個聰明辦法：我先睡，等睡熟了章獻淮總不能再把我叫起來做些有的沒的吧。用飯時章獻淮與幾位長輩說好晚上要舉杯閒談，正好可以搞出時間差。

打定主意，林冬遲假意打呵欠，露出一臉睏意對章獻淮說：「我要去準備洗澡睡覺，你等會兒回來不要吵到我。」

「好。」章獻淮似乎不以為然，答應得相當爽快。

這倒讓林冬遲心裡有些不知味，全成了他自己多慮似的。

等躺到床上他就沒空想太多了，章獻淮房間的床又大又舒服，掀開一角鑽進去，沒多久竟然真的早早睡著了。

林冬遲做了個夢，夢裡他站在一棟大房子外面，那兒既像是章家老宅，好像也不太像。院子裡很熱鬧，許多人在說笑，就他一個人站著。

天氣出了奇地悶熱，估計是馬上有場大雨要下，林冬遲想進去吹吹空調，但是想法一出，他就感覺尾巴處有陣陣鈍痛。

「尾巴⁈」

林冬遲自我確認了一遍，腦袋給出的資訊的確是尾巴那裡。

「為什麼尾巴處很痛」和「我怎麼會有尾巴」交替著迴圈出現，痛感真實且越發強烈。

不多久，林冬遲猛然睜開眼——不是假的，真有人在摸他疼了一整天的地方。

「章獻淮，」林冬遲抓住那隻深入他睡褲的手，憤憤道，「你、你不是答應了不會吵我嗎！」

章獻淮是答應了，他回房間看見林冬遲小小一隻側躺著睡覺，睡得很熟，手指還動了幾下。特逗的是，睡了這麼久，床的其餘位置還是平平整整，皺都沒起皺一下，整張床只有身體那部分的被子微微隆起。

章獻淮認為自己從未被林冬遲吸引得五迷三道，但他也必須再次承認：這位渾身充滿了虛假的偽戀人，身體是真實的可愛。

一口吃掉會浪費，須得細細品嘗。

大手仍然不斷探尋著隱密之處，章獻淮直言：「不吵你。你睡你的，我做我的。」

這樣做怎麼睡？而且先睡熟的目的不就是為了躲嗎？

林冬遲心中叫苦不迭，他竟把章獻淮當成了章流流那樣好對付的人。

他挪開身體，想把章獻淮的手抓起來，結果不僅沒拽動，還讓章獻淮借力往裡探入了一根手指。

「嘶——疼，你別伸進來了！好疼。」林冬遲齜牙咧嘴，聲音都變了調。

「真疼？」

「對對，很不舒服。章獻淮，求求你了，放開我吧。」

章獻淮聽完便真放開了，沒繼續將手指伸進去，也沒接著玩弄林冬遲那可憐的、非常需要休息的地方。

就在林冬遲以為賣慘成功時，章獻淮忽然往他身上壓靠，胳臂從右往左固定住上半身，另一手快速扒下他的褲子。

「換個地方。」章獻淮解開睡袍，炙熱的身體將林冬遲貼得幾乎沒了距離。他的手順著臀縫往下摸，停在林冬遲的大腿內側，低聲說：「這兒不會疼，試試能不能讓我記起什麼。」

第十三章

「夾緊。」章獻淮不由分說地插入林冬遲兩腿之間。

林冬遲緊皺眉頭，陡然因此有了些虛無的想法。

他起初一直以為的戰爭，在章獻淮眼裡不過是獨角戲。戲自打開場就不是一場兩場能落幕的，無論演技精湛還是蹩腳，上了台便得演下去。觀眾們在等，他也在等。

等章獻淮想起來，鬧劇結束。

林冬遲評價不出這場戲於他算不算難事。如果算，他好像也接觸了些新的事物和不同的世界，似乎沒有太壞；如果說不算，他的心的的確確是會冒出痛苦和難過，正如此時此刻。

此時此刻，他大腿內側的軟肉與章獻淮的性器完全貼合，最細嫩的地方被陰莖上的青筋粗暴地擦動。

林冬遲越是彆扭，雙腿絞得越緊，就夾擠得兩腿之間那霸道的性器越發粗硬。

雖然腿間沒有後庭小穴那般緊實，但腿交帶來的精神快感能夠更大地刺激到章獻淮全身的神經。

即使再不情願，林冬遲也同樣收穫了雙重刺激。身後偶爾幾聲很低的粗喘聽得他心跳加快，沒有插進去，卻也像是真的被肏入一般，後穴控制不住地不停收縮。

不想要，又很想要。

章獻淮不太滿意林冬遲這種心思游離的狀態，抓著他的手故意去感受不斷從腿縫中囂張頂出的龜頭。

林冬遲想縮回手，章獻淮威脅：「不喜歡？那要不要換其他地方。」

林冬遲只得妥協，被帶著去接受更濕燙更色情的慾望。

他一次次觸碰著章獻淮的勃起，明明沒怎麼碰自己那根，那性器也倒戈到章獻淮的陣營，硬翹了之後慢慢從鈴口流出些晶亮的液體。

「章、章獻淮，」林冬遲忍不住哼叫著，「我想……」他不繼續說便擅自將手抽了回去，要給可憐的勃起一些撫慰。

章獻淮停下來，故意向上貼著他的臀縫頂了頂。「想什麼？」

「說，想什麼。」

林冬遲知道如果不說，這人肯定要借題一頓欺負，只好小小聲誠實回答：

「我也想……解決一下。」

「好。」

——眾所周知，章獻淮對自己人一向很好。

章獻淮起身直接壓到林冬遲身上。「我幫你。」

林冬遲哪裡敢讓他幫，訕笑著推脫：「不用不用，我自己來就行！」說著就想側回身。

章獻淮哪許林冬遲如此「見外」，更不准性事不由得自己把控。他不再多言，直接翻身將兩人的硬物貼在一起，握住林冬遲的手一齊擼動起來。

陰莖與陰莖的摩擦激烈且性感，章獻淮像是肏後穴那般肏林冬遲的手心、指縫，擦蹭發紅發脹的莖身。

擼弄了會兒，章獻淮仍覺得不夠，乾脆撩起林冬遲的睡衣低頭舔咬他的鎖骨。留了些痕跡之後，唇齒慢慢下挪，戲弄胸前那兩點更加可愛的東西……

這場性事不需要一丁點外物輔助，林冬遲身體的敏感和高高低低的喘息聲就是他們的潤滑劑。許是這種狀態下的性愛使得林冬遲身和心都產生了極大的疲意，等章獻淮從浴室出來，他已經半睡過去了。

不知道是尚有善心還是怕床會不乾淨，見林冬遲這樣，章獻淮拿了條毛巾往林冬遲沒有蓋好的小肚子上擦了擦——剛才兩人都沒有保留地射在上面，即使拿面巾紙擦掉了，現在看著還是像留有些許曖昧。

章獻淮本意是要給他擦乾淨，沒想到沒擦兩下就把林冬遲給弄醒了。

林冬遲感覺肚子那裡有點癢，迷迷糊糊往下看了眼，好傢伙，肚皮有一片都被搓紅了。

「你……」

「怎麼了？」

「……」

林冬遲一時不知道該怎麼問出口。他猜章獻淮應該是想幫他清理一下，但他又很想說：少爺，你拿的這是乾毛巾，力氣還那麼大，是不是應該多少沾些水再擦？乾搓真是好疼啊！

最後，僅存不多的精神告訴他，還是別說了。林冬遲擺擺手，順便不動聲色地把衣角往下拉，閉上眼接著睡。

章獻淮沒追究，丟掉毛巾也躺到一旁，看著林冬遲因為呼吸而輕微起伏的身體。

多奇怪，林冬遲像是沒心沒肺，能在任何時候都吃好睡好。片刻，素來不易入眠的章獻淮竟也有了睏意，搭著林冬遲的腰就一同睡過去了。

久違地，章獻淮做了夢。

這次夢境清晰，章獻淮看清了周圍，這裡是老宅後花園的一座小木屋。

章獻淮著急地想要開門出去，可是木屋不知道為什麼被人從外面上了鎖，怎麼推都推不開。

他還在嘗試，後面忽然走過來一個同樣被困住的小男孩。小男孩拉了拉章獻淮的衣角，問：「哥哥，你什麼時候能把門打開啊？我有點兒睏了……」

待章獻淮醒來，床邊空空無人，林冬遲正在浴室裡洗澡。他看了眼時間，這一覺大約睡了有六個小時。

六小時……章獻淮很久沒有連續睡這麼長時間了。

當林冬遲翹著吹得半乾的頭髮走出來時，章獻淮想著那個夢，直勾勾盯著他看。

「怎麼了？」林冬遲莫名生出緊張，似乎有預感會聽到一些影響心情的話。他本就不滿昨晚的事，現下各種情緒混雜，致使他更加煩躁起來。

章獻淮說：「我夢到了林措，原來我跟他很早就認識了。」

「哦，是嗎。」林冬遲捋了下頭髮，沒再往前走，「那……你夢到了他什麼？」

章獻淮對上林冬遲的臉，又不說了。

他夢到自己喊那個男生「小措」，還告訴小措如果睏可以墊著他的外套在旁邊先睡一覺。

林措很聽話，沒有墊章獻淮的衣服，也沒有哭鬧，而是抱著衣服站到旁邊，乖乖等著他把門打開。

第十四章

林晉益並不知曉林冬遲去章家老宅與章家人共同吃了頓飯，他打電話過來聽到這樣的消息，連連大笑著說了幾聲：「好，很好。」

林冬遲不清楚這樣哪裡好，不過也不太想細問，他現在渾身都提不起勁。

電話那頭林晉益沉浸在設局成功的喜悅裡，他多囑咐了幾次，叫林冬遲得好好保持住，千萬不能在章獻淮面前露出馬腳。聽得林冬遲更加不舒服，找了個合適的機會岔開話題，問：「爸，林措怎麼樣了？醫生有說他什麼時候能恢復嗎？」

「他……」林晉益適時停止笑意，語氣中明顯夾雜了不少無奈，「我昨天剛去看過，你哥哥還是沒有醒，醫生說可能之後能不能醒得看他的真實意願。反正無論如何，你繼續做著，各方面還是得靠你多幫你哥哥的忙。」

如果可以，林冬遲願意把所有的積蓄都拿出來先幫林措醒過來。

不只為林措，也是為了他自己。

事情逐漸偏離所有的原定路線，林冬遲是個路癡，找不到回頭路了。

所以他天真地認為，只要林措醒來，只要每個人回歸原位，一切就仍然能擁有完好的結局。

林冬遲和林晉益通電話的次數並不多，來S城之前他有提出過要去看林措，但是都被林晉益以各種理由拒絕。這次林冬遲的態度尤為堅決，特意拿假扮林措來說事。

「我太擔心了，一定要去看看林措，否則我沒辦法專心在章家堅持下去。」

林晉益頓了頓，終於答應林措生日前可以找個時間讓他來看一眼。

林措的生日在下個月月中，林冬遲那天得代替他過生日，因此必須得錯開時間。對於這些，林晉益安排得妥當巧妙。

林冬遲一心想早點見到林措，沒多想，立即答應了。

掛掉電話，林冬遲回想了下剛才的對話，試圖檢查有沒有說露餡的地方，然後不知怎麼地就想到了章獻淮幾句話帶過的夢。他說他夢到林措，回想起他們在小時候就認識了。

雖然章獻淮沒有具體講述兩人小時候相識的經歷，也沒必要告訴林冬遲他們的過往細節，但是林冬遲知道，他的回憶或許在慢慢回來。

這是值得高興的事情，可林冬遲沒有過多情緒變化。

回家路上，他覺得悶，便降下來一小縫車窗，再用餘光悄悄瞥了眼章獻淮。

「在車上很累，他突然拉住我的手。

我回握住了。」

章獻淮好像一直是會主動的那個人，當初對林措就是那樣。

可能是降下車窗透過來了氣，林冬遲清醒不少，他在心中質問自己的走神到底是怎麼回事，想來想去得不出個答案。

章獻淮見他轉向窗外木著臉發呆，以為是剛才要離開老宅的時候他跟章流流碰見了所以在生悶氣，便問：「流流又說什麼欺負你的話了？」

「啊？沒有沒有。」林冬遲回過頭說，「我在想要怎麼幫你快些想起更多事情。」

「你還挺上心。」

「對啊，我來你家不正是為了這個嗎？得快點兒讓你回憶起來，我才算是完成了終極任務。」

這時林冬遲陡然發現自己心亂的原因大概是最近模糊了來S城的職責——代替林措，幫章獻淮回憶起來。因為和章獻淮上床，有了親密的零距離接觸，他竟然有意無意地忽略了真實目的。既然章獻淮有所好轉，能夠記起些和林措童年時的點滴了，那更該幫著添一把柴，而不是放縱事情走向相反方向。

確實該謹記章夫人強調的分寸。

車外的悶熱好像通過那條窗戶縫鑽到車內每個人心底。

章獻淮「嗯」了聲，讓司機把所有窗戶升上去，還調低了冷氣，後來都沒再向林冬遲問話。回家後，章獻淮沒有再跟林冬遲做愛，也沒有什麼親密動作。他們恢復了林冬遲初來章家時冷冰冰的距離和關係，彷彿林冬遲仍是林措，章獻淮也依舊是只執著於消失記憶的章獻淮。

大學時，林冬遲的室友和女朋友交往了四年，常給宿舍單身人士，包括林冬遲，傳授所謂過來人的戀愛經驗。例如：「兩人只要三天互不理睬，關係容易產生不可逆轉的裂痕，問題得及時解決。」所以室友會在冷戰不到第二天就跑去找女朋友膩歪，引得大家紛紛拿他取樂。

在看待自己和章獻淮的關係時，林冬遲想起了那番話，不禁覺得好笑。我和章獻淮不是那種關係，更何況我們沒吵架，有什麼可解決的？

然而到了第三天，沒及時解決問題的林冬遲果然痛苦了。

準確來講，是他的牙齒出了問題。

早上起床林冬遲左邊的臼齒鑽了心地疼，痛感猛衝腦袋。跟章獻淮出門，早上他還能稍微忍一忍，而到下午直接不行了。章獻淮與其他領導在會議室聊，內容涉及保密，他和幾位助理在其他辦公室待著。等待的過程林冬遲疼得一直忍不住低聲吸氣，連吞口水嗓子都有痛感。

旁邊一位女助理問他怎麼了。

林冬遲小聲說：「牙疼，今天很突然地開始疼，你說它怎不跟我打聲招呼？」

女助理直樂，跟他說自己也碰到過類似情況，後來臨時叫外送員送來了止痛藥（註）才沒耽誤工作，建議他也可以這樣做。

林冬遲一聽覺得這辦法挺好，連忙感謝謝，下單了一個附近最近藥店的牙痛藥。

可是剛下單沒多久，裡面的會就散了。

章獻淮和祕書先走出來，見林冬遲直勾勾看著，便問：「怎麼了？」

「沒、沒怎麼。」林冬遲瞧了眼手機訂單，麻煩了，正在配送中，他現在又不得不跟章獻淮離開……

到了樓下林冬遲還在想著馬上要配送的訂單，走路魂不守舍，差一些撞上走在前面的祕書。

「你到底怎麼了？」章獻淮聽見後面的道歉聲，回頭皺著眉又問了一遍。

林冬遲臉色發白，一臉歉意地說：「剛才沒注意看路，不小心撞到了陳祕書，抱歉。」

不知道算是幸運還是不幸運，話音剛落，他此刻最需要的止痛藥到了。

手機鈴聲響起，章獻淮看著，林冬遲只好一把按掉。他本意是不想拿小事麻煩章獻淮，現在貌似搞得更麻煩了。

外送小哥再次打電話過來，沒辦法，也怕人家久等，他對門口找不到人的小哥尷尬地招了招手。章獻淮以為林冬遲多沒出息，餓到開會的時候敢叫外賣，沒想到人家小哥把紙袋子遞過來的時候，他看見上面明晃晃寫著「安康藥局」四個大字。

「藥局？」

「對不起，」林冬遲這才小聲承認，「那個……我牙有點兒疼。」

他們各自走回原定路線不到三天，假象便被這袋藥打碎了。

上車後，章獻淮對司機說了家口腔醫院的名字。

林冬遲本欲拒絕，說吃藥應該就會好，不要麻煩了。但是章獻淮的臉色不佳，他本能感覺還是閉嘴為妙。

註：此為中國情況。在台灣由外送物流代買藥品恐觸犯醫事法、藥事法。

這家私人口腔醫院的陳醫生跟章獻淮認識，聽他們見面時的說法，貌似他是章獻淮的口腔醫生。章獻淮沒多寒暄，把林冬遲推到跟前，讓陳醫生給看看。

拍了片子又檢查過口腔，陳醫生得出結論。「智齒發炎，這周圍牙齦都腫了。你這樣，你先回去吃消炎藥，之後找個時間來給拔了吧。」

林冬遲把藥拿回車上後，連忙將剛才外賣買的藥放在身後遮掩住。

整個過程章獻淮都沒說話，等祕書最後上車，告訴司機可以出發的時候，章獻淮開口：「你們先下去。」

祕書應了聲「好」，和司機就下車去不遠處等著。

車內昏暗，林冬遲手裡緊緊抓著裝著藥的新袋子，感到些說不出的心虛，實則心裡莫名其妙鬆了口氣。

「你……有事兒嗎？」

章獻淮看了他一會兒，問：「林冬遲，你這個人究竟有幾句是真話？」

第十五章

真話？林冬遲不知道怎麼回答。

對於贗品，真話假話重要嗎？如果非要一個答案，那麼假話顯然是更有利的。

章獻淮說話時熱氣幾乎燙到林冬遲，他推了下，轉移話題低聲說：「章獻淮，你靠太近了。」

章獻淮仍是那個距離。「如果你是林措，以我們的關係我靠你多近都正常。你現在是嗎？」

林冬遲心裡咯噔了下，藉著外面停車場的燈光看著章獻淮，說：「是。」然後他重複確認，「我是。我盡量多像林措一些，你也可以早點兒想起來，這樣對誰都好。」

沉吟片刻，章獻淮回身打開車門，伸手招呼司機和祕書過來了。

車內安靜如初。

晚飯林冬遲沒吃幾口就放下碗筷，閆叔體貼地給他拿來杯溫水，方便吃藥。吃過藥，他想起林措那些日記裡好像有提到過關於生病的事情，好像是有回林措生病，一直咳個不停，章獻淮非常關心，上班時間給他買了藥和止咳劑。

「……止咳劑喝起來味道像糖漿，甜到發膩，卡在嗓子裡很難受，我不想喝，可是獻淮還是盯著我一天喝了三次。」

「下午在公司遇到獻淮，人多，無交談。獻淮臨上電梯前跟我說：『快點兒好起來。』我也想如他所說快好起來，這樣我們都能安心。」

「獻淮買的感冒藥，吃了容易發睏，可是今日工作……」

林冬遲放下水杯看向章獻淮。

章獻淮正巧捕捉到他的視線，問：「什麼事？」

林冬遲還在思考要怎麼講，章獻淮這麼一問，加上閆叔也在旁邊，他便借著林措的身分語氣輕鬆地引導說：「你記得嗎，有次在M城我生病了也是你給我買的藥。那個藥特別甜，我不喜歡那種甜甜膩膩卡嗓子的感覺，但是你非盯著我喝，也不知道是不是怕我倒掉。」

「是嗎，你那次怎麼了？」

見他有想要了解更多的意思，林冬遲補充：「感冒咳嗽，所以你叫人給我買了止咳劑，後來到了公司你還叮囑我吃藥，要我得快點兒好起來……獻淮，當時你就特別關心我。」

閆叔默不作聲把林冬遲喝完的水杯拿走了，餐廳只剩他們兩人，章獻淮卻依舊配合，像在與他曾經最關心的林措對話：「看來我以前真的挺喜歡你。」

「嗯。」林冬遲覺得剛才吞下去的藥錠也卡在身體某個地方，落不下去。他輕輕吸氣，企圖把藥往下順一順，繼而帶有說服意味地對章獻淮說，「很喜歡。我生病了你會照顧，在車上你會主動牽手，吃飯你會願意讓我夾菜……還有很多事情。」

林冬遲先是複述、強調，然後有意無意地提醒：這些事情即使現在再重複發生一遍，章獻淮很喜歡的「你」從來也都只是林措。

既說服章獻淮，又說服著自己。

章獻淮將筷子扣在桌上，慢條斯理地擦了擦嘴，說了句「這次我記住了」，便起身離開。

可笑，林冬遲還真是盡職盡責。

章獻淮原打算問：既然我那麼喜歡你，怎麼會把你忘得一乾二淨，一丁點兒回憶都頭疼欲裂難受不已？但他分得很清，眼前人是林冬遲，林冬遲才不會知道答案。

章獻淮很少質疑自己的決定，可是否要把林冬遲當作林措看待，繼續利用，他忽而有那麼一絲猶豫。

不過這絲猶豫沒多少分量，林冬遲剛才的話一飄出來就能把它們沖散。

陳醫生開的藥效果顯著，不到一個禮拜林冬遲的牙痛就緩解許多。

牙口好，林冬遲整個人的心情都跟著變好了。口腔醫院的工作人員非常貼心地給他打電話，說方便的話給他預約拔智齒。林冬遲跟對方講好時間後，想著等章獻淮回家也告訴他一聲。

他一直聽樓下的動靜，大概等到晚上近十二點，人還沒回，猜章獻淮應該是沒辦法在今日得知這個好消息了，於是他就準備睡覺。

結果蓋好被子沒多久，章獻淮回來了。

送章獻淮回來的兩人一位是章獻淮的司機，另一位林冬遲恰好見過，正是前陣子教她點外送買藥的女助理。

那女生見到林冬遲時，心中驚訝於他竟然半夜還在章獻淮家裡，不過旁邊有位司機，她也不好多問，就言簡意賅地說：「我老闆的私人酒會，章總跟他們喝多了，老闆讓我們給幫著送回來。」

林冬遲點點頭，只是他覺得章獻淮看起來也不像喝多。章獻淮進門就直接上樓，不需要人攙扶，走路很正常，沒有哪裡不妥的樣子。

他連向女生道謝，女助理笑著說不用，從包裡翻出張名片遞過來。

「上次散得早，都沒來得及問你叫什麼。」

名片上寫著：張怡荔。

林冬遲接過來。「不好意思啊，我沒有名片，我叫林……措。」

張怡荔聽了張了張口，像要說什麼，最終又沒說，只表示還得趕緊回家，打了個招呼隨口寒暄幾句就和司機離開了。

老闆這兩天回了家，這個時間屋裡也沒其他人，林冬遲便前後腳準備醒酒藥的同時去廚房拌了杯淡蜂蜜水，拿上樓一起給章獻淮醒酒。

章獻淮臥室的房門沒關好，林冬遲敲了好幾聲都沒人應，推門進去屋裡也沒見著人。直到進到裡面，看到浴室的燈亮著，他才放下心。

「還知道自己跑去洗澡，看來沒多醉。」

林冬遲想起來今天和醫院約好拔牙，畢竟是章獻淮幫忙，還是得及時講一聲的。於是他把水放在桌上，過去敲了敲浴室門，在門外開心地說：「章獻淮，我跟陳醫生約了週日去拔牙，這件事謝謝你。」

裡面沒聲音也沒回應。

「章獻淮，章獻淮？」依舊沒有動靜。

正當林冬遲擔心章獻淮在裡面醉倒或是滑倒，打算再敲幾下，不行直接撞開門進去時，門突然開了。

林冬遲被他這赤身裸體來開門嚇了一跳，趕緊問：「章獻淮你沒事兒吧？怎麼叫你你都不回應啊，要不先把醒酒的給吃了。對了，我跟陳醫生約週日……」

話沒說完，章獻淮沒有耐心聽下去了。他伸手一把將林冬遲拽進浴室，順帶反手鎖上了門。

第十六章

浴室內冷冰冰，沒有絲毫熱氣，可章獻淮的頭髮在滴水，應該是沖了個涼水澡。

雖然不清楚章獻淮晚上出去發生了什麼，但見他順手鎖門，林冬遲的無形尾巴立刻高高翹起，腦海裡響起警報。

晚了。

章獻淮由不得林冬遲接著講些無關緊要的話或是掙扎反抗，他把人按在牆上，像野獸發情一般親吮林冬遲的脖頸。

如果說起初林冬遲還在掙扎，那麼從章獻淮的舌頭觸碰身體開始，他便失了大部分力氣，手緊緊地抓住章獻淮的雙臂，像是馬上要沉溺的人急於浮上水面，獲取救命氧氣。

「章獻淮！你……嗯……」

聰明如章獻淮早找到了林冬遲的敏感處，知道如何能不費力地把懷中人攪成一灘軟水。他偏要讓林冬遲融到水裡，自己再跳下去。

要林冬遲求，要他不得拒絕。

「等等！你瘋了章獻淮……」林冬遲被強制壓住，貼得近，下半身感覺到了頂過來的硬物。

「不等了。」章獻淮靠過來也沒什麼酒氣，如果不說，林冬遲幾乎看不出他有喝醉的跡象。

他站直身子，性器毫不掩飾地一下一下往林冬遲的小腹上戳，手伸入內褲去捏揉綿軟臀肉。

前面是章獻淮，後面是浴室的牆，林冬遲進退兩難，腿顫抖著發軟。無奈之下，他用了最原始最幼稚的方式——往章獻淮的手臂上使勁兒咬了一口。

章獻淮果然稍微鬆手，扭頭一看，牙印深且清晰。

林冬遲內心是怕的，條件反射先道歉：「對不起對不起，我不是故意的。」可很快反應過來，明明是章獻淮先來招惹的，所以又小有怒氣地說：「不對！我只是來給你拿蜂蜜水的，放開我，你要是沒醉，我要回去睡覺了。」

林冬遲初出森林，不曉得獵人本性。獵人怎麼會被張牙舞爪的小動物恐嚇住？

章獻淮全當是小松鼠撓癢，火沒消，哪會隨便放人走。他身子一側，完全擋住出路，乾脆抓過林冬遲的一隻手握住自己已經硬脹起來的性器。

林冬遲站在難以逃脫的角落裡，手被帶動著替章獻淮擼動、泄欲。他往旁邊推，章獻淮就先一步掐住他的下巴，盯著問：「你躲什麼？」

聽起來不像問句，更像提醒：林冬遲，今時今日你有什麼可躲的。

章獻淮強迫性地爯林冬遲的手和心，還覺得不夠。他喝了酒，酒裡被人偷放了些迷情的東西，現下這種摩擦和刺激根本遠不夠。於是他湊近，輕咬著林冬遲的耳朵，這才透出幾分酒後之意，說：「給我口出來。」

林冬遲懷疑自己的耳朵。「章獻淮！」

章獻淮實在不滿每每這些事情時林冬遲都會有的表情，形容不出那是什麼情緒，生氣、難過、委屈？總之複雜。可他希望林冬遲聽話，不必每次都需要威脅就能主動接受。

小松鼠被捕捉，即便是心甘情願地走進籠子，卻始終沒有被真正馴服。

章獻淮只好故技重施，重複了一遍：「口出來，林措。」

林冬遲呆呆地看了章獻淮半天，最終蹲了下去。

他在章獻淮身下吞吐，顯然沒有經驗，不懂任何口交的技巧，所以牙齒磕碰到莖身好幾次，弄得章獻淮又爽又疼。

章獻淮按住林冬遲的頭，叫他用舌頭舔，用嘴唇含，然後挺送著在他嘴裡不斷進出。後來拉起林冬遲，把他背對著抵到牆上，扒下衣服脫掉內褲，擠了不少沐浴乳草草擴張了幾下肏入了。

後穴過於緊致，還有黏滑和濕熱的觸感，章獻淮抱緊林冬遲，舔咬著他的耳朵低喘。

林冬遲仍然會痛，一開始沒忍住出聲喊了兩句，之後就沒再喊了。他咬著嘴唇用氣聲承受著來自後面的衝撞，直到章獻淮拔出來射到他的腰上、臀上，才鬆開嘴唇小小聲喘息。

嘴唇被咬得發白，回血格外慢。林冬遲就頂著這樣蒼白無力的臉龐轉身，拍打開章獻淮仍在撫摸後背的那隻手，走到一旁開淋浴頭沖洗。

洗過澡，他拿了條浴巾包裹就要離開。

章獻淮跟著走出去，攔住他要他留下來，說：「別走，你在旁邊我好像能睡得很好。」

這回不需要再以林措之名要求，因為林冬遲沒有反抗。他點點頭，一言不發解下浴巾擦了擦頭髮，然後乖乖去躺到了章獻淮床上。

林冬遲的確是章獻淮的特效安眠藥，章獻淮把手搭在他身上大概半個多小時便睡著了。

醒來時大概是早晨五點多，雖然睡得不多，但對於章獻淮而言已是足夠。

他看了眼身邊，林冬遲還在睡，保持著昨晚的姿勢背對著他。

林冬遲頭髮軟，昨晚沒怎麼吹乾就躺下，現在後腦杓的頭髮一通亂翹。章獻淮看著想給捋順，但想想這人貪睡，所以沒有動他，放輕動作起了床。

章獻淮剛起身出去，林冬遲睜開了眼。他聽到章獻淮在跟人通話，聲音壓低許多，僅能斷斷續續聽到一小部分內容。

「……對，酒有問題，你查查。

我喝了一杯。

他認識林措，這事兒有問題……我要再看一次車禍報告。

盡快告訴我。」

章獻淮通完電話進來了一趟，見林冬遲沒醒，拿著衣服就悄悄離開了。

林冬遲並非跟章獻淮一樣早早醒來，他是一夜未眠。

從剛才聽到的內容，他猜測章獻淮昨晚應該不是單純酒醉，那種眼神和發瘋般的泄慾感是之前沒有見過的。但無論什麼情況，林冬遲腦袋裡始終都浮現出那句「林措」，揮散不去。

「林措」二字成了林冬遲的罪和把柄，無法輪迴的詛咒。

昨夜章獻淮摟住他的腰，熱意從背後包裹到全身，林冬遲沒有動、沒有推。他覺得徒勞，更覺得自己可笑。明明是他親口對章獻淮說「我心甘情願」，卻總是拒絕，還對他喊林措的名字感到心煩意亂，著實像收了錢又推拉著立牌坊的貞潔騙子，非常過分。

章獻淮要林措給他口交，跟他做愛。那麼能夠得到錢的林冬遲就該低頭，妥協，代替林措把愛暫時補上，沒有任何資格為此生氣。

至於林措，林冬遲認定了將來要帶著愧歉遠離。他絕不奢求諒解，也永遠無顏面對，決心自我禁錮在無人知曉的地方作為微弱彌補。

林冬遲再一次用各種枷鎖說服了自己。只是莫名地，這一次，他整顆心都沉到了深淵。

第十七章

章獻淮下樓時阿姨正好到，他說：「先做我的，過半小時再給他做。」阿姨答應後就進廚房忙了。

一個人吃早飯的過程中，章獻淮快速復盤昨晚的事。他參加多年生意夥伴組的酒局，恰好有人帶來一位前些天剛從M城過來的商人。

那商人章獻淮認識，三十出頭，外號寧老闆。

這寧老闆早早全家移民到海外，家裡生意大部分是不能明說的，私生活也多少沾染了不乾不淨的東西。早先他知道章氏的某位少爺要到M城還有意示好拉攏，主動邀約過幾次，結果被章獻淮全推了。可能是這麼結了梁子，後來兩人在M城再沒來往。

再見著章獻淮，寧老闆仍看著不爽，正巧有人跟他問起M城的事，他就把話題故意引到章獻淮身上，笑著說：「別光顧著問我，章總在M城也待了挺多年，可惜怎麼著都約不到，單單碰見些下屬，這一回來反而碰著了，我們還真是有緣分。」

旁邊人聽出話裡有話，只見章獻淮微微頷了頷首，沒多回應。

寧老闆吃堵之後也沒停，繼續說：「對了，聽說章總剛回國就遇了車禍，好在什麼事兒都沒有，就是不知道林措現在怎麼樣？」

他故意加重「林措」，章獻淮聽了終於認真起來，抬眼對視過去。

章獻淮在M城待了多年，與林措的事情似乎是近一年林措調到海外分公司才開始的，別說S城的人了解得少，M城也沒有幾個清楚具體實情。連那邊章獻淮的助理回答時也僅將他們工作上的聯繫交代清晰，對於感情只答「二位走得很近」，不敢輕易下定論。

此前章獻淮沒對外界提感情方面的事，章家人知道的也全是M城公司內部傳過來的：章獻淮與林措在祕密交往，對他非常好。

林措業務能力不錯，過去後跟團隊共同搞定了幾位大客戶。兩人在一次慈善活動上結伴出入，舉止親密，雖然沒有明確表態，但是外人看來這就算是公開了關係。

他們回國發生車禍，章家第一時間找人壓了下來，並沒有流出什麼緋聞消息。

所以遠在M城的寧老闆是如何知道與章獻淮一同發生意外的「公司員工」是林措？

章獻淮當下沒提出質疑，只對他說：「林措一切都好。」

寧老闆聽了，將手中的酒一飲而盡，然後走到一旁倒酒。

「是嗎？沒問題當然好，看來章總還是很看重他。」

他微笑著端著兩杯酒走到章獻淮面前，聲音抬了些：「章總，既然今天這麼有緣，不如喝一杯吧，這次可別再拒絕我了。」

組局那位怕場面太冷，出來講了兩句，提議大家正好一起碰杯。章獻淮不好拒絕，冷著臉接了過來。

章獻淮聽說過寧老闆做事向來手段低劣，但沒想到他會這麼大膽直接往酒裡下東西。

那藥狡猾，發作得慢，查起來也說不出是哪杯酒的問題，寧老闆大可抵賴。藥效一到，迷情的勁頭一下衝了上來。

章獻淮察覺出異樣，不慌不忙要藉醉離開。寧老闆搶在前面，看似好心地叫了個他帶的人過來，讓幫著送送章總。那人是個年輕小夥子，沒怎麼敢抬頭，走過來就要挽手攙扶。

章獻淮碰都沒讓他碰，直接指旁邊的張怡荔，和林冬遲聊過天的那位助理。「妳來。」

寧老闆只得作罷，章獻淮不喜女色人盡皆知，他的把戲過分低級，在別人的地盤不方便強行鬧下去。

章獻淮打電話讓調查員去看看寧老闆最近在做什麼，順便重新要一份車禍調查報告，他想驗證車禍是否跟寧老闆有關係。

當初車禍發生的地點偏，前後沒有太多車輛行駛，車撞上防護欄是因為短距離超速，無明顯外界影響因素。

章獻淮查看過林措的工作評估報告，顯示的評價基本都是：自主性強，辦事考慮周全，沉穩冷靜。向來沉穩冷靜的人作為當天的駕駛員為什麼會突然出現這樣的錯誤？

既然林措和章獻淮情投意合，沒理由突然加速帶著愛人主動送死，不太合理。

這個疑惑一直卡在章獻淮心裡，現在寧老闆的出現和所作所為恰好讓他看到突破口——或許車子被人巧妙地動過手腳。

章獻淮離開房間後，林冬遲短暫睡了一小時，接著被電話叫醒，阿姨讓他下樓吃東西。

這次林冬遲已經沒有心情拖拉了，簡單洗漱就去了餐廳。

在章獻淮眼裡，林冬遲又成了一副小乞丐模樣。

而且是心情不愉悅的小乞丐。

阿姨把一碗溫熱的山藥小米粥端給他，很降火，適合牙痛才剛好的林冬遲。

他這週的早餐都是這類清熱去火的粥，前兩天一直沒碰上阿姨，現在碰見，林冬遲趕緊親熱地感謝她：「阿姨謝謝您，您好貼心，粥做得都特別好吃！我的牙齒已經好了，以後不用麻煩您給我單獨準備了。」

阿姨看了眼章獻淮，實際上她並不知道林冬遲的牙出了問題，原本給林冬遲準備的是和章獻淮差不多的西式早點，是章獻淮讓她換的清淡小粥。但是章獻淮沒有要接誇獎的意思，自顧自地刷著手裡的平板螢幕，她就對林冬遲笑了笑，說沒關係，喜歡就多吃些，不要浪費。

他們倆都沒談及昨晚的性愛，彷彿那已然是再正常不過的事情。

林冬遲邊吃邊把週日要去拔牙的事情重新跟章獻淮說了下。他語氣平和，也很客氣：「我和陳醫生約了週日拔智齒，如果那天有需要我幫忙的事情，我會去換一個時間或者提前幫你準備好東西。」

章獻淮聽著不大舒服，皺眉問：「你怎麼了？」

「沒怎麼啊。」

章獻淮說不出這種感覺，盯著他看。「語氣不像你。」反而想到了工作評估報告上關於林措的描述。

「啊？哦……」林冬遲跟他解釋，「我是做好我現在這個身分該做的事，林措的身分，私人助理的身分。」

林措的日記中，工作方面的內容總是安排得極有條理，各種事宜都規畫得很好。

一夜時間使林冬遲理清了自己和林措的差距，同時正視這個荒唐交易，他想要回歸到臨摹林措這件事情上，就得好好學習林措的穩妥和專業。

不知道是學得太像還是絲毫不像，章獻淮迅速鑑別出真贗問題。他放下 ipad，聲音冷下來：「所以你打算以後什麼都模仿他。」

林冬遲不解。「我模仿他不是你也同意嗎？我是在按照你們的要求在完成。」

林冬遲的回答讓章獻淮有些亂。的確，是他非要把贗品留下來繼續充當真品。要林冬遲的身體，要他跟林措的回憶。先同意林冬遲模仿，又不喜歡他去模仿，著實是無理的前後矛盾。

章獻淮在氣頭上，沒打算立刻解決矛盾，就模糊地告訴他：「你只要在該做的事情上去學林措就好，其他不用學，你學不來。」

該做的事情。

林冬遲心想，章獻淮口中「該做的事」是模仿林措去完成床事和提供那些回憶吧，可這些才是最難最學不來的啊。

經歷、身體和心，明明都不是同一個人。章獻淮會受到影響，他何嘗不是一直在受影響。

不過林冬遲沒有反駁，他低下頭默默吃粥，過了會兒才悶聲答應：「好。」

章獻淮起身要上樓換衣服，思來想去，仍是被林冬遲的幾句話攪得心中不舒暢。

他折回來想再說什麼，卻看到林冬遲趁他走後趴在桌子上發呆，側著枕在一隻胳臂上。從後面看去，腦袋毛亂得更加明顯，活生生成了沒有順毛的小松鼠。

章獻淮叫了他一聲。

林冬遲被稍微嚇到，回頭回得很快，臉上還帶著來不及收起的沉悶表情，眼睛睜大不少。

見他這樣，章獻淮忽略掉剛才想說的話，轉而問了個忽然躍出心頭的問題：

「林冬遲，你不會是喜歡上我了吧？」

第十八章

「沒有。」林冬遲幾乎不假思索地回答。他壓根沒時間想清楚為什麼章獻淮會這麼問，以及為什麼自己要這麼快否認。

這確實是個他們倆都會忽視的問題——模仿一個人，會不會連同愛人的心一起學了去？

林冬遲認為答案是否定的，也必須否定。

他坐直身體，覺得該做些讓章獻淮不要再有這些顧慮的保證：「你想多了。放心，我知道該學哪些不該學哪些，你和林措的感情我模仿不來。」

他甚至認為章獻淮太可惡，與其忌諱來自贗品的愛，不如放過自己，少折磨人。

章獻淮看了林冬遲幾秒，上樓前留下一句：「你知道分寸就好。」

又是分寸。

章夫人和章獻淮都叫林冬遲要注意分寸，可是章夫人讓他繼續去代替關係親密的戀人，章獻淮知道了真實身分卻還要他走近、跟他做愛。

明明真和假的界限是被他們一而再地破壞掉的。

林冬遲站在中間，非常疲憊。

到了晚上，章獻淮再次做了模糊界限的事情，他要林冬遲跟自己一起睡，原因是睡得好也許就能記起一些事情。

章獻淮要的是離得很近、沒有多少空隙地睡在一起，他讓林冬遲就像之前那樣背過去側躺著，好把手搭到林冬遲腰上。

林冬遲同意了，抱著自己的枕頭去到章獻淮的房間。章獻淮家裡的枕頭太高，他特意網購了個用習慣的款式，便宜又舒服，與他這個人正相匹配。

只是章獻淮睡覺時會開一盞暖黃色小燈，這讓他很不習慣。躺了大半個小時，林冬遲忍不住開口問：「章獻淮，你睡了嗎？」

身後沒有回應，林冬遲以為他睡了，伸手想悄悄把燈關掉，結果章獻淮先一步把人摟住。

「你要做什麼？」

林冬遲靠在他懷裡，隔著睡衣都能感覺到熱意，頓時有種上次偷吃被抓包的錯覺。

他尷尬地說：「有亮光我睡不太著，能不能把燈關了？」

「不能。」

章獻淮把林冬遲抱緊了些，似乎是阻止他別再做不打招呼的行為。「關掉我會睡不著。燈的亮度是特意選的，不刺眼，而且你不是挺喜歡睡覺，閉上眼過會兒就能適應了。」

「你這……」林冬遲一時不知該說他規矩多還是澄清一下自己並沒有很愛睡覺，不過是早上偶爾起得慢些。

燈肯定是不能關了，於是他也懶得多解釋，乾脆忍下來閉眼睡覺。

心裡對事情總想著，腦袋就會更加頻繁地提醒林冬遲——燈亮著。

林冬遲完全失去睡意，又躺了好半天，等聽到章獻淮非常平穩的呼吸聲時，他又一次伸出手，想著把燈光調暗一點點也好，要不然以章獻淮那種老年人士的起床作息，他明天肯定沒有精神。

可手都沒碰到燈，林冬遲就被章獻淮直接翻過身，兩人來了個面對面。

「我說了，燈不許關。」

林冬遲被嚇到，訕訕地說：「知道了。」想要再轉回去，章獻淮卻沒放開他。

「就這麼睡。」章獻淮把他往裡摟，不許有任何變動。

這姿勢實在太近也太熱，林冬遲將手慢慢放在身前，想稍微隔開兩人的距離。

「別動。」章獻淮閉上眼也看見了似的，告訴他，「這樣不亮了，睡吧。」

安眠藥失效，服用安眠藥的人就會難以安眠。

林冬遲「喔」了聲，不敢再動。倒不是有多聽話，主要是怕抬頭聽到章獻淮的心跳。他不想聽章獻淮的心跳，更不希望自己的心跳被章獻淮聽到。

章獻淮的奇怪方法還挺有效，林冬遲沒多久真睡過去了，小暖燈也照常開了整夜。

不過他還是比平常早醒很多，章獻淮後半夜把他抱在懷中，像上次那樣抱得很緊，導致林冬遲迷迷糊糊間以為自己被包在巨大堅果裡面，手指怎麼掰都掰不開。

後來林冬遲打算用牙把這個巨大型堅果啃開，章獻淮的聲音把他叫醒了：「林冬遲，你又打算咬我？」

林冬遲徹底醒了。

比這句話更尷尬的是，他的下半身也醒了。

林冬遲把屁股往後挪動，企圖不被色情獵人發現自己晨勃。章獻淮一開始確實沒發現，直到林冬遲此地無銀地一動，他才察覺到身下硬生生的清晨慾望……

「你硬了。」章獻淮輕笑，手就要往下去摸。

林冬遲趕緊翻過身躲開，看了眼床頭櫃上的電子鐘，裝作若無其事地說：「哎，還沒到六點，我可以再睡一會兒吧。你快去吃早飯，不要打擾到我。」

章獻淮爽快地答應：「行。」

七點鐘林冬遲頂著剛吹乾的頭髮下樓，看到穿戴整齊的章獻淮，他的心情立刻變得很不好。適才章獻淮把他按住，說是有來有往，要用手幫他泄出來。說是那麼說，卻一個勁兒地從背後頂他，不斷在他的臀縫間蹭，等林冬遲閉著眼想要射出來，章獻淮又越過他的身子從床頭櫃裡拿出不知道哪時候放的潤滑劑，擠了不少抹到後穴上。

冰涼的液體刺激得林冬遲的穴口連收縮了好幾下，貪圖一時爽快的林冬遲睜眼意識到，自己正是章獻淮的早餐。

亂七八糟的想法很快消失，章獻淮搞得林冬遲的思緒從清醒又回歸到夢裡，在這段時間，能一直上頭的只有身體最為本能的快感。

章獻淮今天沒有再執著於林冬遲的晚起，畢竟「罪魁禍首」是他自己。不過他也沒有要主動承認清晨「惡行」的打算。

他讓林冬遲過來吃東西，像沒事人一樣馴化著小松鼠把做愛當作日常。

如果說前幾次的性事林冬遲還總是帶有沉悶壓抑的複雜情緒，甚至於想用些根本無力的反抗來表示自己仍有一絲對交易的抗拒，那麼現在林冬遲也必須得承認，在他們的肉體結合中，他嘗到了爽意。

主動的消極和被動的快感開始相互糾纏，看到章獻淮時，林冬遲莫名產生的不安在身體裡不斷放大。

他坐下來吃粥，章獻淮在一旁喝咖啡，兩人沒有談話，林冬遲吃著吃著，腦袋擅自閃現出章獻淮今早掐著他的腰持續抽送的樣子。

直到章獻淮叫了兩聲，林冬遲立即放下勺子，心虛地回答：「啊？怎麼了？」

「你在想什麼想得這麼出神？」

林冬遲見他貌似沒什麼正經事，又拿起勺子繼續吃粥，嘟囔了句：「沒有，我什麼都沒想。」看這表情根本不像什麼都沒想，嘴裡沒幾句實話，章獻淮懶得問下去，就跟他確認下週末拔牙的事情。

林冬遲說：「週日早上十點半去，我問過祕書，他說你下午的行程不需要我跟著，所以下午我想順便在S城轉轉。」

林冬遲自認為安排妥當，上午拔牙，下午假借閒逛之名去給林措準備生日禮物。他打算去看林措這件事對章獻淮的說法是「要回家和林晉益吃個飯」，章獻淮當時同意了。

沒想到章獻淮此刻卻提出：「那天我陪你去。」

「啊？」林冬遲有點緊張，聲音提高了幾個度。「不、不用吧，你下午不是還有事情嗎，別麻煩你了，我自己瞎逛逛就成。」

章獻淮放下咖啡，帶著些許笑意看著他。

「我是說早上陪你去醫院，林冬遲，你在緊張什麼？」

第十九章

星期六晚上，睡前林冬遲試探性地又提了一次：「那個，明早我可以自己去的。陳醫生那麼專業，跟我聯繫的兩位護士也都特好，讓你跟著去不是麻煩你嗎？」

拔個智齒而已，林冬遲始終覺得這就是件再簡單不過的小事，而且章獻淮說「陪」，陪伴關係有家人、朋友、情侶……他們倆哪種都不是，沒有必要陪著去。

小夜燈依舊開著，章獻淮沒給林冬遲其他選擇，他把高效安眠藥往身側摟了摟，並再一次質問：「你怎麼臨近睡覺總有這麼多話？別說話了，睡覺。」

「好吧。」林冬遲算是知道了，章獻淮決定的事情基本就沒得商量。

躺在診間，林冬遲知道了拔智齒並不像小時候換牙那麼簡單，更不是一件隨隨便便結束的小事。

因為護士在電話裡囑咐了要空腹，所以林冬遲滿心思全是拔完牙要先去吃頓飯，想著想著，陳醫生給他注射麻藥，他逐漸沒了意識。

再醒來時，陳醫生說話他都聽得迷迷糊糊的，舌頭和身子像被人借走了一樣。

「林措，聽得到我說話嗎？」

「林措？」

「什麼？」林冬遲不清楚聲音是在叫誰，他只感覺現在好像躺在一個四面發白的牢籠裡，周圍沒有人，不過他也沒發現身處這種地方有任何不對。

喊話似的動靜略微吵鬧，仔細聽，隱約還能聽見章流流的聲音。

不是吧，林冬遲心想，章流流雖然說話很壞，但不至於跟自己關在這種沒有出路的地方，除非他也對章獻淮幹了什麼欺騙的壞事。

直到有人喊了聲「林冬遲」，林冬遲才應答：「是我，我在這裡。」

林冬遲是在上車時恢復較為清晰的意識，他覺得自己靠在誰身上，努力睜眼後就看到了旁邊的章獻淮。

「章……獻淮。」林冬遲一張嘴就覺著嘴巴要流口水，頭還有些輕微發暈，「我拔完牙了。」

章獻淮還沒說話呢，他靠著的那個人先叫喚起來：「你終於醒了！醒了就快點兒坐起來。」

這種語氣除了章流流還能有誰。林冬遲也不願意極了，趕緊起身。

「醒了。」章獻淮看著他倆，「流流，去坐前面。」

章流流無語，剛才章獻淮嫌林冬遲會流口水所以讓自己扶著，現在林冬遲一醒就馬上把他趕到前面去，親愛的堂哥怕不是已經被假林措給騙到了吧！

一路上章獻淮都沒說什麼，倒是章流流時不時回過頭來看他們，一副欲言又止的樣子。

林冬遲瞄到了，卻故意不問怎麼回事，非要他硬生生地把話給憋回去。

到家後，章獻淮讓他們下車，自己又離開了。

章獻淮一走，蝦兵蟹將便開始張牙舞爪起來。

林冬遲懶得理他，跑去洗手間照了下鏡子。一看嚇一跳，鏡子裡的人看上去也太癡呆了，臉腫起來，咧著嘴的模樣難看得不行。

等他敷著冰袋出來，章流流邊喝可樂邊走過來。林冬遲猜這人肯定是要講些教人頭疼的話，於是先一步含糊著問：「我拔牙你來幹嘛？」

章流流「哼」了一聲。

「我哥讓的，說你下午想去哪兒逛逛，讓我帶你去，要不你以為我願意來？」

章流流和小明星的事情本來是解決了，但小明星的劇上週播出竟成了黑馬，一夜之間話題不斷。人紅是非多，小明星的舊聞連帶著緋聞男友章流流全被神通廣大的觀眾粉絲們挖了出來。章流流的長相加上章氏這個背景迅速被揪著不放，硬生生編出不少狗血故事，後來公關團隊熬了整夜才勉強「查無此人」。

章獻淮要他近期不許去公司，也不許參加各路朋友的局。既然這麼有空，不如將功補過帶林冬遲到有意思的地方轉轉。

想到這些章流流就煩，他把怨氣撒到林冬遲身上，罵咧咧念叨：「你說你剛拔智齒好好待著不行，還要跑出去，S城有什麼可逛？」

林冬遲白了他一眼，麻著嘴也要反駁：「你回去吧，過幾天我自己去，不用你帶。」

嫂子哥非常倔強，很不配合。章流流原本還挺不爽，不過轉眼想到什麼，就笑著掏出手機對林冬遲說：「你最好對我客氣點兒，別擺這種態度。剛才你拔牙的蠢事兒我可都錄下來了，你再惹我信不信我給你發出去。」

林冬遲發懵。「你說什麼呢？」

他點開相簿影片，把手機拿得老遠給林冬遲看，得意洋洋道：「得虧我錄下來了，來，林冬遲，欣賞欣賞你的表演。」

手機裡，一個咬著紗布面容憔悴的小乞丐正軟著身子往旁邊人那裡靠，嘴上還傻乎乎叫著：「我、我出不去了，出不去……」

旁邊熟悉的聲音問他：「哪裡出不去？」

「因為被人抓起來了，他嫌棄我不是……」

「不是什麼？」

「不是他想要的。」

影片裡林冬遲眼睛眨得很慢，看著章獻淮，過了幾秒又垂下眼，滿臉沮喪。「怎麼辦，我都不知道我是誰了，嘴巴和舌頭跑掉了，那我什麼時候能出去啊？」

「……」

除了舌頭，林冬遲身上的麻藥勁兒差不多散了，此時看了手機播放的畫面，他真心希望再被陳醫生打一針，乾脆永遠麻醉睡下去好了。

林冬遲有點崩潰，絲毫沒有找到關於這段影片的記憶。

影片播放到片尾，畫面一片黑，只有章流流被章獻淮叫停後手機放在口袋裡錄到的聲音，音量不大。

章獻淮聽起來應該是很平靜的語氣。「這不是你心甘情願的嗎？」

然而林冬遲答非所問：「心裡很難受，我想出去了。」

最後這兩句……

林冬遲的心頓時跳得很快，車上章獻淮幾乎無言。

「所以他剛才不太高興嗎？」

「當然了。」見林冬遲吃癟，章流流目的達成，把手機收起來。「你剛剛口水都要流到我哥身上了，他當然不高興。我早說你得有自知之明，別以為我哥喜歡的是你，免得……」

林冬遲沒再理他，捂著臉頰自顧自往樓上走。

冰袋的涼意透過手心傳到身上，林冬遲不太能冷靜得下來。

他不明白，他說想走，章獻淮幹嘛不高興？

因為林措？畢竟林措的弟弟再蠢笨，和他也是有一絲相像之處的。或者因為章獻淮生性偏執，即使只是贗品也得按照他的意思做事，沒有說想走就走的道理。

林冬遲躺在床上，嘴巴沒有太多痛感，但一旦企圖剖析他和章獻淮的事情，左邊胸口處就時不時抽疼起來。

這場交易背離原定路線太遠，林冬遲預感疼痛會持續下去，而且儘管疼死他也沒有資格後悔，當初答應走捷徑拿錢註定了不會有好下場，他得眼睜睜地迎接一切糟糕，無能為力。

結束了下午的拍賣會，章獻淮沒留下來參加晚宴，他收到了調查員發來的報告，便藉公司事務繁忙給推掉了。

第一份是寧老闆和林措在M城的關係調查，結果表明他們兩人並沒有過實際的合作往來。不過林措的確和寧老闆進行過三次商業洽談，還是寧老闆那邊點名要求他負責的。

有意思的是，在林措和章獻淮一同參加了那次象徵著公開關係的慈善活動後，他與寧老闆的合作隔天就取消了。

存檔檔上的取消原因：雙方未達成一致，Ning 放棄合作。

第二份是新的車禍報告，與前幾次章獻淮看的無差異，車禍原因依舊是超速行駛。車沒有被人為動手腳的痕跡，表面看來與遠在M城的寧老闆無關，主要是林措超速的原因。

也就是說，事故正是那位「考慮周全，沉穩冷靜」的愛人造成的。

在車上看完密密麻麻的報告，章獻淮感到頭痛，按掉螢幕閉上眼睛休息。

車子遇到紅燈，停了下來。

章獻淮生出一種這幕曾發生過的熟悉感，上次他在車裡想要閉眼來緩解頭痛時，好像是林冬遲伸過手來握住了自己。

林冬遲的手不大，還有些涼。

現在知道了他的真實身分再做回想，章獻淮並不生氣，反而認為當時的行為挺好笑，猜想林冬遲當時被回握住的心態是什麼樣的。

緊張？害怕？大概都有，畢竟小松鼠的膽子很小。

可是笑完，章獻淮腦中又閃現出今早他全麻還沒消退時模模糊糊說的話——

難受，想要出去。

章獻淮不是不明白林冬遲的意思，但也是那會兒他才發現，原來被馴服的小松鼠會那麼不甘心，不好受。

第二十章

由於拔的兩顆智齒都在左邊，拔完牙後的林冬遲臉腫得左右不對稱，看起來非常滑稽。頭兩天比較明顯，林冬遲悄悄算了算，章獻淮看他的時候大約皺過兩次眉，估計是被醜到了。因此，晚上睡覺他就有點堵氣地把臉朝外，避免再次被嫌棄。

章獻淮問：「不嫌燈亮了？」

「嗯。」林冬遲沒張嘴，含糊地回應了一聲。

事實是朝著小夜燈他根本睡不著，十分鐘後，他只好裝作睡著了隨意翻身的樣子翻回到章獻淮面前。

看著他輕微抖動的睫毛，章獻淮忍了半天，硬生生把那句「你是不是在裝睡」給吞了回去。算了，隨他去吧。

算了——章獻淮這兩天心裡總跳出這個想法。

不管林冬遲真睡假睡，不管他為何要背過去睡，不管他究竟是不是真的……心甘情願，章獻淮想用這一丁點自由覆蓋掉林冬遲「想要出去」的念頭。

嚴格意義上講，章獻淮並不覺得林冬遲有資格想要走。林冬遲沒有幫他回憶起太多，聯合著那些人一起做荒唐的騙局，還總是撒謊。他甚至沒有打算輕易放過林冬遲。

不過隨著矛盾的念頭越來越多，章獻淮臨時決定彰顯大度，放鬆馴養條件，安撫一下不太開心的雙面間諜。

一週後，林冬遲消腫了很多，至少看起來不會像單邊臉藏食的松鼠了。

章獻淮要短途出差，林冬遲又需要回醫院複診，章獻淮就允許他帶薪休假幾天，不用跟著過去。

林冬遲高興得不行，正好可以趁這時候去準備帶給林措的東西，順便去趟鄰市。

在此之前，他與林晉益通了電話，確定去鄰市的具體時間和行動方式。

在林晉益眼裡，林冬遲依舊是個優秀的林措扮演者。他怕章獻淮起疑心，把探望林措的事情吩咐了好幾遍細節，還表示那天會派人接送林冬遲，以防露餡。

只有這種時候，他們父子間的交流才會多上許多，沒有親人的親密，細想還挺詭異。

掛掉電話，林冬遲忽然覺得林晉益同樣是個被裹在騙局裡的可憐人。可憐可恨，以章獻淮的行事作風，林晉益現在動的心思、付出的代價最後可能全部白費力氣，到時候不知道他能否承受得了。

這麼一想，章獻淮了解事情真相時的憤怒也是難免。籠子裡的動物反倒與獵人共情起來。

章獻淮一出差，林冬遲就得到大解放，自由自在，連起床都能比平時晚上一個小時。

他悠哉地在餐廳吃早餐，順便用手機搜索S城哪裡有不錯的陶藝館。

閆叔見他心情不錯，過來問是不是有開心事。

林冬遲笑著說：「來了S城還沒有去哪裡玩過，本來上次要去，後來拔了牙沒去成，今天要去S大那邊的商業街買些東西。」

「挺好的，那要回來吃晚飯嗎？」

他點點頭，家裡飯好吃還不用錢，沒必要在外面多花錢。

「可能會稍微晚一些，拜託阿姨幫我留一點兒就可以了，謝謝。」

所有安排都非常自在、完美，林冬遲滿意極了。結果他午睡起來準備出門的時候，松鼠對頭章流流竟然又來了。

這次不等林冬遲問，章流流先說：「你下午是不是要出去？上次答應我哥帶你逛，所以你動作快點兒，咱們等會兒速戰速決。」

說著，他懶散地坐到沙發上，身子發頹，看不出有任何真心。

林冬遲瞬間明白，肯定是閆叔今早問完扭頭就彙報給了章獻淮……

章獻淮真是有夠「好心」，擔心他不熟悉S城還是怕他一個人出門不盡興？擺明了是要讓章流流看著自己！說來說去純粹不信任罷了。

也是，林冬遲心想，章獻淮的確最不該對我產生信任。

不過章獻淮漏了一件事，章流流早發現林冬遲是贗品了。他派來給林冬遲「作伴」的堂弟實則也是欺騙他的騙子之一。

林冬遲沒有再拒絕，既然章流流非要完成任務便由著他去，諒他也不敢給章獻淮傳太多話。

上了車，林冬遲注意到剛才不知道蹭到什麼，衣服袖口處被蹭出了一片灰黑，怎麼拍都拍不掉。

見他抬手不斷撣袖子，章流流這才發現林冬遲這衣服是某品牌的，想也知道不可能是他自個兒買的，便故意道：「謔！我哥還挺捨得給你花錢。我說林冬遲，你應該不知道你現在身上穿的這些得多少錢吧。」

又來了。林冬遲撇撇嘴，還是抵不住好奇問了句：「多少？」

章流流輕笑著說了個數。

林冬遲輕輕「啊」了一聲，沒接話。

初到章家時，閆叔給他拿了不少衣服，委婉表示「這些會更適合林措」。

林冬遲明白自己穿得土，從N縣帶來的衣服多是些中學和大學時期買的，穿得久了，有兩件深色系也略微泛白。平常他這麼穿不會怎麼樣，但是站到章獻淮旁邊，肯定會產生直白的說不出的違和感。

林措確實不適合這樣。他不可能這樣。

閆叔拿來的衣服通通拆了包裝洗熨過，林冬遲沒看見價格標，雖然清楚不會太便宜，卻也從不知道一件短袖能這麼貴！

章流流的話讓林冬遲再次想到那句「這些更適合林措」，心裡隱隱發酸，莫名跑出來的委屈堵在嗓子眼處怎麼也呼不出去。他從前總是自我承認：我不如林措。以為做足心理準備，別人再提就不會過於難應對。可是事實上，差異被他人確定時，難過會直接翻倍。

比起明目張膽表現出來的看不起，不易察覺的比較更讓人受傷，即使是擅長自欺的人，也需要小心翼翼才能躲避。

林冬遲把頭轉向窗外，不想讓章流流看出來他的失落。好在大姨的兒子適時打來電話，他才有理由轉換情緒。

表哥打電話是要提醒林冬遲這個月該打錢了。

林冬遲問：「能不能下個月一起給，或者先轉一半？」他現在沒辦法像之前那樣工作，得不到穩定收入，三十萬也不知道什麼時候能到手，每分錢都需要算著給。

表哥說話的音量大了些，連一旁的章流流都能聽見對面是個男人的聲音。

章流流察覺出林冬遲不太對勁。林冬遲在回覆對方的時候整個人氣壓格外低沉，中途接連小聲解釋了幾遍「不是這樣的」，許是對方責罵了句什麼，他停下來講抱歉，最後輕微地嘆氣答應：「好，等我晚上回去轉吧。」

章流流毫不掩飾自己在偷聽，問他：「轉什麼？你別是用我哥的錢幹嘛了吧？」

林冬遲立刻睜大眼睛看著他，像是懷疑聽到的話，聲音有些乾。

「我……我是要給我大姨家轉錢，你說什麼，我沒有拿過章獻淮的錢！」

「行行，」聽他這麼硬氣，章流流有點尷尬，「知道了，這麼大聲幹嘛。」

想到剛才他那個語氣，章流流還是接著問：「那你是錢不夠還是怎麼回事兒？需要多少啊你跟要哭了似的，實在不行我先——」

「不用了。」

林冬遲低頭看了眼衣服被蹭到的污漬。

「就是不到半件衣服的錢。」

第二十一章

林冬遲選擇的陶藝館在S大附近商業街比較偏的位置，店面不大，外面擺了許多盤子和碗。

章流流不解。

「你早說要來捏泥，我帶你去我朋友專業的工作室弄，幹嘛非跑來這種地方？」

林冬遲懶得理他，徑直把從團購軟體團的優惠券拿出來給老闆掃描。

旁邊章流流看到價錢，嘴張開又想說什麼，被林冬遲狠狠瞪了一眼，閉上了……

章流流自認為閉嘴不是因為怕他，而是讓著他。剛剛林冬遲在車上的情緒不好，眼尾這會兒還泛著紅，裝沒關係都裝得很差勁，實在是不懂這演技怎麼騙過堂哥的。

他倒不是有多關心林冬遲，只不過仔細想想，假嫂子哥除了摳門了些，沒見識了些，脾氣差了些……好像沒什麼大毛病了。於是決定大發慈悲，看在堂哥的面子上少費心計較，反正絕不是怕被告狀。

林冬遲跟老闆談好了，考慮到後天出發去看林措，今天就不自己捏製，簡單弄釉上彩就好。老闆把他當成S大的學生，送了幾樣小東西，林冬遲照單全收，笑嘻嘻地感謝。接過製作材料，他收起笑，給章流流遞了個口罩。「戴上，等會兒會有味道。」

章流流半信半疑，看他整得一套一套的，過了會兒才發現——這不就給白杯子上色嗎。

「怎麼這麼臭？林冬遲你搞什麼，不會有毒吧？」

林冬遲沒抬頭，邊比畫杯子的空白位置邊說：「裡面有樟腦油，味道是比較不好聞，要不你先去別的地方逛逛吧，我團了四十分鐘。」

「還挺懂。」章流流乖乖戴上口罩，「做給誰的，我哥嗎？那我勸你停手，他可看不上這東西。」

「我知道，」林冬遲用毛筆開始勾邊，「我沒想過送他。」

林冬遲其實有想過也送給章獻淮一個。

闫叔說章獻淮和林措很有緣分，生日就差兩天。章獻淮雖然做了些不太好的事情，但……也有對他好的地方，如果多做一個也來得及一起燒製出來送。然而路上章流流提醒了林冬遲：章獻淮是看不上的。他什麼好東西沒見過，哪會喜歡粗糙且不專業的手工杯子。

如果……如果章獻淮再表現出任何嫌棄的樣子，甚至只是皺眉，林冬遲都會有些許難過。自尊心和自卑心所致，他決定之後再買件章獻淮能看得上的禮物好了。

章流流受不了味道，跑出去找了個咖啡廳坐著，等時間差不多才回去。還沒進屋，他聽到林冬遲在跟誰通話——

「嗯，後天去……不用了，他會讓司機來接我。」

「我明天去複診……好，知道了。」

林冬遲站在窗戶旁，沒戴口罩，聲音放軟很多，絲毫沒了對章流流說話時的那股子火藥味。聽起來還挺乖。章流流驚訝，總感覺哪裡怪怪的。等他進屋，林冬遲恰好講完。

「誰啊？」

林冬遲把口罩又戴上，坐回剛才的位置，拿起筆繼續畫：「你哥。」

果真是章獻淮！

章流流心中的怪異指數瘋狂飆升——有問題，是有問題的吧。從上次拔牙就看他們倆的相處不太對，現在更奇怪了，如果不是早知道林冬遲是個贗品，他真會以為他們是一對兒。

他脫口而出：「你、你這……」

「怎麼了？」

「你這怎麼還沒做完。」想了想，章流流還是沒問，萬一人家沒這想法，等下被自己一提醒弄假成真了怎麼辦？況且也不清楚章獻淮究竟什麼意思。

「剛才老闆過來，跟她聊了聊，她說要多送我二十分鐘。」林冬遲提到這個還挺開心，「就差一點兒了，你坐下來稍微等等，很快。」

然後他順便提醒章流流別告訴章獻淮來陶藝館的事情。

「林措生日要到了，杯子是要送給他的。」

「喔。」章流流知道得顧及章獻淮的失憶，「不過林措應該也不是喜歡這種東西的人吧？」

這種地方，這種東西……林冬遲雖然聽多了章流流的惡劣說法，聽完仍想翻白眼。

「誰說林措不喜歡，他喜歡！每年他生日我都會送，我們N縣的白泥可好了，做出來的瓷製品林措特別喜歡。」

章流流搞不懂那些N縣白泥，嘴硬道：「那林措口味也夠獨特的，說不準他是看你也送不了其他好玩意兒。」

「才不是。」林冬遲放下杯子，「之前他去M城，我要寄我們那兒最好的小魚乾和杏仁乾給他，他全都不要，怕我花太多錢。但是杯子他就要，還會催我做呢，說等我燒製好了他出錢讓我寄過去。」

「等等，從你那裡寄到國外？就為一個你捏的泥杯子？這什麼特殊愛好啊。」

「你懂什麼，他喜歡收集。」時間快不夠了，林冬遲不願意跟他多廢話，低頭接著塗杯子上的最後一塊小區域。

章流流坐到對面，繼續說：「說起來，我哥以前好像也挺喜歡收集瓷器。他有個房間專門放了好些個，有一次我闖進去玩兒還被他罵了。」

「瓷器？在哪兒啊？我沒看到過。」

「之後我哥就收起來了，誰知道收去哪兒，估計現在沒那麼喜歡了吧。」章流流本意並不在此，他故意說，「這麼看來，我哥和林措真是好配，興趣愛好都差不多。」

同好者與同好者，同等級者和同等級者，是挺配。林冬遲放下毛筆，盯著手裡做好的杯子，沒再回答。

晚上林冬遲早早地洗漱好了躺到床上，躺了半天也睡不著，這時候章獻淮又打了電話過來。

章獻淮說臨時要參加個活動，大概會晚兩天回來。

「嗯。」林冬遲心想你不用告訴我，你是老闆，幾時回家跟助理彙報幹嘛？

但是章獻淮說了，他確實有說不出的安心。

「你在做什麼？」

林冬遲犯懶，悶著聲音回答：「準備要睡了。」

「沒趁我不在把燈關上吧。」

「沒有，特別亮。」

章獻淮問：「所以我不在你也睡在我房間？」

林冬遲怔住，一時心虛得厲害，不知道該怎麼回答。他聽見電話那頭似有笑意，追問著：「林冬遲，你睡在我床上穿衣服了嗎，還是裸著的？」

「……」林冬遲憋紅臉，急匆匆回答，「你有病。我要睡了，不跟你說了！」立即掛斷電話。

林冬遲覺得自己才是真有病，簡直魔怔了，怎麼會下意識跑來章獻淮的房間睡。白天也是，幹嘛因為章流流的話一直心神不寧。

可惜他沒有林措的聰明，想不出原因。

小夜燈的光不會刺眼，卻彷彿會刺透人心。

林冬遲有點疼。

沉吟片刻，他伸手「啪」地一下關掉燈，自欺欺人地想：只要沒那麼亮，我就不會再想到章獻淮了。

第二十二章

林措所在的私人醫院規矩較多，探視時間嚴格控制，早一分鐘都不行，林冬遲只好坐在專門的休息室等待。

可是越等越不安。自打踏進醫院，他的心虛就成倍上湧，甚至考慮過乾脆臨陣脫逃。

原因很簡單，林冬遲自覺對不起林措。

林措，哥哥，章獻淮曾經的愛人。

林冬遲不僅半推半就跟章獻淮睡了，甚至控制不住逐漸生出不該有的想法。

他想起昨天去複診時護士小姐提到的：「其實局麻足夠了，章先生說你怕疼，所以詢問能不能全麻一次拔了，省得受兩回罪。」

林冬遲當下耳朵發紅，後面人家再說什麼他都沒太聽進去。

他的確怕疼，章獻淮怎麼知道的，還不是在床上聽他喊疼喊多了。不過無論如何，章獻淮記住並去跟陳醫生他們提了，這是件隨手隨口的小事，卻真實讓他感動又不知所措。

林冬遲寧願章獻淮是個徹頭徹尾的狠心獵人，才好全心注意分寸、劃清界限。實在犯規。

章獻淮不經意拉鬆警戒線，林冬遲彎低身子鑽了過去。

牆上的LED螢幕顯示距離探視時間還有五分鐘，林冬遲深吸一口氣，握緊手中的塑膠袋，裡面有今早從S城出發前剛取的、燒製好的杯子。

「林冬遲，」林晉益的助理從外面進來，對他說，「等下你可以探視二十分鐘，時間一到看護會提醒你，到時候跟她出來，不能拖延。」

助理和林晉益年紀差不多，看上去很嚴肅。

林冬遲連忙點頭，微笑著示好。「好，我會遵守。」

二十分鐘，林冬遲原本認為太少，但是真正進入到病房，他又覺得每一分鐘都好長。

林措躺在病床上，屋內靜得發冷，唯一有些許生動的只有數位跳動著的幾台儀器。林冬遲看著心裡陣陣難受，壓抑得待不太下去。

看護人員見他擔心，告訴他：「你哥已經比剛來的時候好多了，各方面指標現在都很穩定，沒有太大問題。」

「謝謝，那他什麼時候可以醒呢？」

看護搖搖頭。「難說，得看他個人意志。醫生說可能明天就醒，也可能……總之看他願不願意醒來吧。」

林冬遲把袋子放到桌上，來之前打算說的話現在一句也說不出了。他默默坐在旁邊，在腦中走馬燈一般回憶他們兄弟之間的過往相處。

很奇怪，他小時候就是莫名信賴這位大三歲、不常見到的哥哥，每每在大姨家受了委屈，林冬遲都會偷用大姨或者鄰居爺爺的電話打過去。可惜林措常需要上各種課外課程，能否接通電話全憑運氣，大多是家中阿姨接的。長大之後大家的聯繫方式方便很多，他反倒不如小時候那麼愛找林措了。他明白，林措有屬於林措的生活，他也得獨自面對自己的生活，不能經常打擾，更不能總是試圖依賴。

想著，林冬遲終於對床上的人開口：

「林措，其實我那時候真的好羡慕你啊。」

看護出去了會兒，回來恰好聽到林冬遲給林措道歉，微弱的「對不起」在安靜的病房聽得格外清晰。

她當作沒聽到，走近提醒：「還有三分鐘。」

「好的，謝謝你。」林冬遲站起來，忽而覺得二十分鐘時間變得好快，快到他還沒來得及把這段時間的事情全告訴林措，也沒整理完滿身的內疚與歉意。

「杯子是你做的嗎？」看護收拾桌面時，順手把塑膠袋拿下來了。

杯子沒什麼包裝，只有陶藝館的薄紙袋包著。杯身圖案是一簇紫色風信子，林冬遲的署名正藏在花葉之中，由兩棵挨在一起的簡易小松樹組成，象徵著他的「林」。

「好看，」看護說，「等林措醒來我會轉交給他。你放心，他一定會醒來。」

的確，林措過得那麼好，他會願意醒來的。林冬遲愣了愣，點點頭，跟看護說完感謝就頭也不回地出去了。

林晉益的助理見林冬遲一出來就蹲在門口，也不管他是否失了魂，直接過去跟他說司機到了，走吧。

然而林冬遲沒做回應，眼神直直看著地面，不知道在發什麼愣。

助理沒太多耐心，厲聲催促：「別拖太晚，林先生吩咐過，現在必須得送你回S城。」

聽到「S城」二字，林冬遲像被戳中，這才回過神緩慢起身跟著他走。

進電梯，下樓，上車……林冬遲像個被扯著線的木偶，像具失去意識的行屍走肉，他本想通過探望林措獲取些安心，不料更加煩亂。

沒有更糟糕的了。

從鄰市到S城，那顆粗製細碎的心一直飄著，怎麼也抓不住，直到進入章獻淮的家門才隱約恢復一丁點跳動的跡象。

站在玄關處，林冬遲聽見有人在同閆叔講話，聲音格外熟悉。他胡亂把鞋脫掉，也沒管閆叔是不是在，這樣做是不是禮貌，快走幾步推門進到那間屋裡。

真的是他……

林冬遲喃喃叫了一聲：「章獻淮。」

見到來人，章獻淮示意閆叔先出去。

整個過程林冬遲傻站在原地，章獻淮說：「活動取消就提前回來了。」

林冬遲不需要解釋，過了會兒，他提高音量又喚：「章獻淮。」

章獻淮頓了一頓，笑了。

然後林冬遲的一顆心突然就完完整整地回到原位。

幾天沒見，他們再一次做愛。

章獻淮把林冬遲粗暴地按在牆上後入，插進去的時候兩個人都爽快地發出喟嘆。

章獻淮咬著他的耳朵壞心嚇唬：「你再大聲點兒，閆叔在樓上會聽到。」

「嗯……」林冬遲趕緊咬住嘴唇，可是陰莖一次次狠狠蹂躪他的腸壁，那種肉和肉緊密貼合的痛感和快感逼得他根本咬不住呻吟。

他們用了些護手霜充當潤滑，隨著抽插，護手霜在連接處化成些白沫，襯得林冬遲的後穴更紅，像張饑渴的可愛小嘴，把整根粗硬的性器全吞進去的同時還要送還些濕潤催情的腸液。

章獻淮的氣息不斷灼燒。「怎麼這麼緊，還這麼多水，看來是餓了，吃不夠。」

說罷，他硬生生肏到深處去，頂得林冬遲終是忍不住，發出嗯嗯啊啊的淫穢聲。

心裡卻在罵自己不要臉。

身體愉悅伴隨的是心靈痛苦，林冬遲認定自己太不要臉，剛去見完林措，回來就和哥哥的愛人肉體交合。

不著衣物，沒有距離，而且越來越沉迷。

他也感到可笑，現如今竟然只有章獻淮讓他知道自己活著，仍活著。

章獻淮掐著林冬遲的腰，力氣很大，吮吸脖頸時能夠看見偏過頭的他眼神渙散。再往下，前端早就被插硬了，直挺挺翹著，色情地流出透亮的液體，好不可愛！

林冬遲的龜頭不斷蹭到牆，高潮迸發出來前開始低聲叫：「章獻淮，章獻淮……」

章獻淮沒理，林冬遲也不求回應。

等到章獻淮再一次全出全入地戳過穴中最敏感的地方，他閉上眼渾身顫抖著射了出來，聲音被精液染得渾濁不堪：「章獻淮。」

第二十三章

兩人結束後，章獻淮順手把旁邊的面紙拿過來，把林冬遲腰背上的白濁擦乾淨了。林冬遲則始終雙手扶著牆，微微喘氣。

「怎麼了？」

「啊？」林冬遲低頭把一旁的衣服撿起來穿上。

章獻淮盯著他。「不是去跟林晉益吃飯嗎，是不是他說什麼了？」

「他……還好，我們只是普普通通吃了頓飯，沒別的。」林冬遲面不改色地對章獻淮撒謊，希望趕緊結束話題。他有點緊張，生怕此時章獻淮再多問幾句，多隨便關心幾句，那樣他可能會立即破功。

好在章獻淮沒有再說。

他穿好衣服，章獻淮突然問了個與這些情事毫不相關的問題：

「當初他們叫你扮成林措，教你如果我問起車禍原因該怎麼回答？」

林冬遲一愣，他不知道章獻淮還在調查車禍的事情。

由於章獻淮失憶，林措昏迷未醒，車禍又查不出有任何第三人干涉或者外部因素干擾，所以是以林措超速駕駛為因結束調查。這也是章家認為林冬遲他家有義務幫助章獻淮的原因之一。

章獻淮不好對付，來之前林晉益確實羅列了許多回答的標準答案，不過「為什麼會超速駕駛」一直沒被問到。

他回想：「好像是我們在聊天，提到以後的生活，聊得太開心了結果一時沒注意就……」說出這些相當於告訴章獻淮那些準備好的欺騙細節，比起上一次的不知所措，這次林冬遲生出深切的愧疚與自責。

章獻淮倒了杯酒，忖度著林晉益應該不清楚他和林措那時候究竟發生了什麼。

如果事情真相真如他們所說呢？

章獻淮將半杯酒一飲而盡。他不能深想，一旦企圖探索那部分空白，就會跟啟動了某種保護機制似的，頭還是很不舒服。除此之外，林冬遲的話再次提醒——眼前這個剛與自己親熱過的人，本質不過是個為錢而來的騙子。

林冬遲站在那兒，頭低低的。見他這樣，章獻淮實在說不出太難聽的追究的話，只冷聲丟下一句：「你們準備得可真夠充分。」

一整日發生過的事情堆積在一起，致使林冬遲到了夜裡怎麼也睡不著。

見林措、與章獻淮做愛、重提舊事，每一件都敲砸著他的心。林冬遲逼迫自己想些無關的事情來轉移注意，譬如送章獻淮什麼禮物，如何順利度過馬上要到來的「自己的生日」，床頭這盞夜燈何時能夠熄滅……卻適得其反，更加難以入眠。

在林措的日記中，關於生日的事情他沒有絲毫提及，反而在隔兩天章獻淮生日那天簡單寫道：「10th 只能由我陪你」。

林冬遲想起章獻淮曾提到過他們倆小時候就認識了。所以，這麼看，林措已經陪伴了章獻淮十個生日。

那自然是比不了啊。林冬遲苦笑，章獻淮有過林措那麼多年的陪伴，黑暗中的暖光全是來自於他。說來說去，自己不過是熄燈後燈泡的餘溫，刺燙、短暫。

等林措再次亮起，誰還會記得消失的林冬遲？

在林晉益原本的計畫中，他要辦一個重大的生日慶典，藉此在大眾面前宣告林措的身分，坐實今後的合作計畫。但章夫人表示，林措和章獻淮剛回國就遭遇事故，沒必要再搞這些張揚的舉動，他的鬼心思只好通通爛在肚子裡。

林晉益給林冬遲提起這件事的遺憾時，林冬遲沒有任何同感，更別提做到共情。林措還在醫院內躺著，他根本不想代替哥哥去假裝開心過這個生日。更何況章夫人真正的顧慮其實再明顯不過：林措和章獻淮的戀情她沒那麼重視，她也不希望眼前的贗品成了真。

生日慶典沒辦成，改成了私人性質的慶生宴。

表面上看，這是章夫人給林晉益一家的面子。歸根結柢，她無非是要讓章獻淮繼續相信，順便提醒得了便宜的林冬遲盡心做好他該做的事情。

參加慶生宴的客人林冬遲並不陌生，有幾位家宴見過的章家人，林晉益那位年輕太太也來了。林晉益和太太阿諛著在場的一些人，剛上幾道菜便開始主動敬酒，連章流流這幾位小輩的都沒有放過。

整個房間充滿成年世界的說笑聲，但他們快速交換眼神時的動作以及對待林晉益的語氣，林冬遲在一旁看著，心裡頭很不是滋味。他既覺得心酸又有些抬不起頭，甚至不敢看旁邊的章獻淮，生怕在他臉上見到那種同其他人類似的表情。

林晉益敬完一輪，點名叫林冬遲，然後當著大家的面把他和太太準備的禮物拿出來，笑著說了幾句祝福的話。見狀，章家幾位小輩也紛紛拿出包裝精美的禮物。

這些禮物沒有到林冬遲手上，而是由莊姐和一位服務生上前接過，放在旁邊的小推車上。對此林冬遲反倒鬆了口氣，彷彿他沒親手接過，便不算收了不該收的東西。

幾位禮貌性地送過東西，章獻淮最後將他準備的禮物拿了出來。服務生剛要過來，他擺擺手，示意不用。「現在拆。」

林冬遲不得不看向他。

還好，章獻淮沒有不好的表情，也沒用讓林冬遲可能會尷尬的語氣講話。他把林冬遲的左手抓過來，給他戴上一塊黑色手錶。大約是林冬遲與林措身形相似，錶帶的寬鬆大小竟正正好合適。

「這……」林冬遲第一反應想問表會不會很貴，手錶表面簡潔，除了一串他不認識的J開頭英文，並無其他複雜圖案。正是這樣，他聯想到家中那一櫃子昂貴的、簡單款式的衣服。

不過很快，林冬遲就不在乎貴不貴了，因為他聽到章獻淮對他說：「林措，生日快樂。」

林措，生日快樂。

手錶和那堆禮物一樣，最終歸屬者全是今天真正過生日的林措。

林冬遲臉色發白，在眾人，尤其是章夫人和林晉益的目光下，乾笑著說了句謝謝，內心卻驚恐著自己剛才的所思所想。

——他竟然誤以為這塊錶是章獻淮送給他的。

林晉益不滿林冬遲小家子氣的表現，教育道：「小措，還不快好好感謝大家。」

林冬遲腦袋發空，他乖乖站起來用手撐住桌子，擠出一個最擅長的笑跟大家道謝。坐下去，他趕緊喝了幾口湯，擋住自己立刻失掉笑容的臉以及鼻子莫名泛起的酸意。

多麼可笑！

感謝是假的，生日是假的，人也是假的，只有動心是真的。

慶生宴散了之後，林晉益堆著笑去找章獻淮和章夫人閒談。他看了林冬遲一眼，林冬遲識趣地獨自走到門外。

見狀，章流流走過來抱著手說：「怎麼，生日還不開心啊，收了那麼多好東西。」

開心嗎？林冬遲感到左手發沉，全身力量好像都在幫他撐住這塊手錶。他沒勁兒再跟章流流抗衡，正如他連回頭看章獻淮的力氣都沒有了。

回到家，老闆把他們帶來的禮物拉到一旁，問章獻淮：「少爺，這些……？」

章獻淮鬆了鬆襯衫領口。「你問他。」

林冬遲剛換好鞋走進來，聽到這句話就平靜地對闆叔說：「原封不動放在我房間的儲物櫃裡吧，麻煩您了。」

「哦，等等，還有一個。」他叫住老闆，向章獻淮要這塊手錶的盒子，想要把錶也裝起來，一併與禮物放好。

章獻淮盯著他，說：「錶是給你的。」

「可今天不是……」

今天不是我的生日。

林冬遲說不下去。章獻淮就是這樣，總要他面對「是林措」和「不是林措」的決定——你既然是林措，必然得接受送給林措的手錶，接受這份沉重的禮物。

錶在林措手上是充滿愛意的禮物，在他手上只能變成籠中的又一道鎖銬。

第一次，林冬遲想要問：如果我承認呢？如果我承認我不是林措，我不想要再做林措……章獻淮，你會怎樣對我？

林冬遲沒膽量問，更不想真的聽到答案，只好說：「知道了。」

第二十四章

不同於用在林措身上的藉口，為給章獻淮慶生，章家人在老宅舉辦了一場規模較大的生日酒會。章獻淮剛從M城回來，章氏需要藉此傳遞給外界一些重要信號，除相熟的朋友及生意夥伴以外，還會邀請與章家關係融洽的知名人士及媒體，提早半個月就在為此準備了。

整個晚上林冬遲盡量離章獻淮很遠，以防章獻淮周圍時不時出現的攝影師拍到自己。林晉益囑咐了，假扮林措的期間不要留下什麼照片，免得日後給林措添麻煩。

林冬遲自有去處，今日的甜點師是前不久榮獲國際大獎還上了電視節目的那位，他絕不能錯過品嘗的機會，所以選擇站在比較角落的地方默默吃糕點。

大師果然是大師，沒多久林冬遲的嘴巴便塞得鼓鼓囊囊，好在沒多少人在意，基本不會主動過來問什麼，算不得給章獻淮丟人。

章流流同樣自我定位精準，他跑去和一位女士相談甚歡，相互交換了些成人之間的意思。但是聊到後面，他得知這位女士與之前的小明星是大學同窗好友。一聽這層關係，章流流瞬間蔫兒了，藉口說找人想要跑掉。

女士不知發生何事，只認為他行為過於無恥，怎麼聊得好好的說跑就跑。

章流流急中生智，指著遠處落單的林冬遲說：「那是我一個朋友，真的是突然想起來有重要事情得找他。對不住對不住，等會兒跟他說完再來。」

於是林冬遲看見章流流笑盈盈地朝自己走來……

有和小明星緋聞的前車之鑑，章流流不敢隨意跟影視行業的美女接觸，更別提和小明星認識，萬一被他爸或章獻淮知道了肯定沒好下場。

他見那位女士還在不遠處端著酒杯看，就擠出笑對林冬遲沒話找話，內容卻依舊欠收拾。「吃這麼多，是不是長見識了？沒想到能有機會來這種酒會吧。」

沒想到林冬遲直接反駁：「看不起誰呢，很久以前我就參加過了。」見章流流懷疑，他又說，「以前林措過生日的時候我爸也辦過，那次來了特多人，也是有媒體一直在旁邊拍照，又不是只有你們家的人才會這麼過生日。」

章流流一個字都不信，前幾天林晉益奉承他們的樣子尚在眼前，他輕笑出聲：「就你爸？得了吧，他怎麼可能！林冬遲咱能不能實誠點兒。」

「真的有！」雖然林冬遲自己說起來也覺得可能性不太大，但那些事的的確確發生過，「那次辦生日的地方超大，我當時小，還走迷路了……」

「行吧行吧。」還迷路，章流流越聽越扯，不打算接著掰扯。

他瞥見林冬遲端著小碟子的那隻手上戴著章獻淮送的手錶，「嘖」了一聲。「錶還戴著呢，看來是挺喜歡的。那你今兒要送我哥什麼啊？別還是自製手工品吧。」

比自製品貴多了。林冬遲不想告訴他，假裝低頭選甜點沒再回答。

林冬遲給章獻淮買了對袖釦，張怡荔推薦的。

他和張怡荔之前加了微信，前幾天正好在專案會議碰見，聊得不錯就順便問了一嘴「給比自己高一級別的、關係還算可以的男士送什麼做生日禮物較為合適」。

不直接說那人是章獻淮，是擔心她推薦過於昂貴的東西，也不能暴露太多他們之間的關係。思來想去，這麼問得到的結果林冬遲大概最能負擔得起。

張怡荔很有經驗，直接給林冬遲推薦了幾樣，還好心推送了購買連結。

趁著午飯時間林冬遲看了半天，覺得其中那款青金石袖釦最好，然而價錢仍是高，快趕上給大姨家生活費的三分之二了。好在他朋友圈有個同學在做海外男士精品代購，林冬遲把圖片發過去，對方立刻說有賣的且有現貨，價格比官網便宜很多。

林冬遲再三跟同學確認正品和包裝的問題，搞得人家都有些煩了。同學跟他打包票，表示是國外 outlet 的價格所以不提供發票，可是其他全和官網購入沒有差別。

考慮再三，他最終花生活費的一半咬牙買了下來。

林冬遲想，來章家的這段時間雖然有許多無奈和難過，但章獻淮對他終歸是不算太壞。無論因為前期誤以為他是林措，還是後期看在林措的份上，那些章獻淮給予的新鮮感受以及對他而言稀有的偏袒和細心，他希望盡力還一些。

晚上林冬遲被安排在老宅另一棟樓的客房，難說不是章夫人故意為之。

洗過澡，他把裝有袖釦的小盒子拿出來，很輕很慢地打開，又闔上，然後不禁感慨這是個什麼世道，兩個指甲蓋大小的小釦子就得要這麼多錢。

「應該比陶瓷杯子上檔次很多吧。」雖然林冬遲本意更想送自己做的杯子。

可惜的是，今天沒辦法及時送給章獻淮了。離場的時候林冬遲看見章獻淮和另一個堂弟正在與客人交談，他不好意思過去打擾，想著等有時間單獨相處再送好了。

他把小盒子和附贈的卡片收回禮品袋放在桌上，挨著剛摘下來的手錶，以防明天忘記。

半夜睡得模模糊糊，林冬遲覺著手腕一緊，睜了眼，床頭燈已經打開，章獻淮不知道哪時候來的，正在給他戴手錶。

「你、你幹嘛？」他嚇了一跳，想把手抽回來。

「睡不著，你怎麼跑來這兒睡。」章獻淮力氣大，拽住他，繼續把錶釦按下去。

林冬遲滯住，在這一刻彷彿看見章獻淮惡劣的、從未表現在其他人面前的一面——章獻淮給他重新銬上枷鎖，動作慢條斯理，彷彿這是再合理不過的事情。林冬遲不能抵抗，無法逃脫。

林冬遲看著手上的錶，說：「莊阿姨帶我過來的。」

和章獻淮料想的一樣，母親刻意避免他們有真正情侶的那方面接觸，不過他也沒多在意，否則不會夜裡還找過來。

他上床躺到林冬遲旁邊，手搭上去，就像前段時間的每個日夜。「好了，繼續睡吧。」

林冬遲原以為章獻淮找來是要做愛，結果只是單純睡覺。他很少主動提問，此時卻忍不住問了個過界的問題：「章獻淮，你睡不好是因為車禍嗎？」

「不是，」章獻淮閉著眼睛答，「一直不好，車禍之後更嚴重。」

「喔……」林冬遲心裡咯噔一下，想想自己好吃好睡，很少有睡不好的煩惱，「這麼一比我還挺幸運。」

章獻淮睜開眼，沒理解林冬遲為何如此單純。林晉益對他的利用與不公平從來與幸運不沾邊，怎麼因為一件小事反倒能自認運氣好了？

沒睡幾個小時，章獻淮就起床去陪章老爺子用餐，林冬遲則一個人睡到自然醒。等完全清醒，他才發現桌上的小禮品袋不見了。

回家的路上林冬遲憋了好久，還是碰碰章獻淮的胳臂，問：「你……看到了？」

他按捺住緊張，期待著得到些關於禮物的回饋。回饋中不需要任何感謝，如果能聽到喜歡，哪怕只有喜歡的語氣就可以了。

章獻淮握住他的手，反問：「看到了，怎麼想到買這個？」

「啊？」林冬遲不知道怎麼回答，就說，「好看，反正是給你的生日禮物。」

車內安靜下來，林冬遲遲遲未聽到最想聽的答案，情緒上頭，他賭氣般地想把手抽走，很快他又停住，心裡特別後悔：我在做什麼？這和當初室友跟女朋友鬧彆扭有什麼區別？

實在是贗品身分不該有的矯情。

許是有所察覺，章獻淮手上握緊了些。過了會兒，他沉聲開口：

「謝謝，以後不用買了。」

第二十五章

所以……章獻淮不喜歡這份禮物。

林冬遲找了各種理由解釋章獻淮的拒絕：怨不得章獻淮，他見過太多好東西，不喜歡或者瞧不上實屬正常。

他甚至開始自責，早知道乾脆不送，也不至於花那麼多錢換回一堆羞惱和難過，下個月還得煩惱給大姨家匯款的事情。花錢去買不符合日常消費觀的東西，講什麼償還，難道不是因為章流流的話，所以自卑心和虛榮心在作祟？

想到最後，林冬遲逐漸平靜，心中只剩失落，他回答：「好，知道了。」反正他們之間不存在以後。

林冬遲保持著關於「分寸」的警惕，可是整顆心早已偷偷溜到章獻淮身邊，再怎麼自我提醒百次千次也難以歸到原位。因此他仍存有一絲僥倖，想著或許章獻淮會「口是心非」地戴上袖釦。

但章獻淮好像真的不太喜歡那份禮物，沒有戴，也沒再提起。一次也沒有。

林冬遲自認為不會表現出異樣，依然能夠盡職盡責地為了錢盡力模仿林措。然而他的行為在章獻淮眼裡，一舉一動都充斥著林冬遲和林措兩人的巨大矛盾與差異。

章獻淮並未因他講述的「和林措在M城發生的事情」回想起任何，反而打從心底越發感到不舒服，甚至抗拒。

抗拒是因為林冬遲模仿林措還是因為那些被遺忘的事情，章獻淮自個兒也說不太清。

章氏這些年慈善做得不錯，此前一年一屆的慈善教育基金資助活動通常是由章獻淮的另一位堂弟章思瀾代表出席，今年自然而然換成了章獻淮。

活動在H市，林冬遲作為沒有太大用處的私助也被要求一同前往。

他和學生代表坐在台下，看著台上與幾位會長、當地商會主席坐在一起的章獻淮，不禁稍稍恍了神。章獻淮穿著簡單的黑西裝搭白襯衫，多數時候沒有太多表情，但被主持人提及或者學生代表講話時，會露出微笑。親切，友好。

他發言的過程中林冬遲在想：今天的章獻淮是真實的嗎？如果是，那麼前些天強硬要求自己戴上手錶的人呢？

晚上他們住在一家會員制的度假村酒店，章獻淮的房間在頂樓，他是那層唯一的住客。林冬遲和兩位隨行工作人員則安排在較低樓層的標準套房。

正當林冬遲準備跟他們一起走出電梯時，章獻淮微皺眉，一把將他拉住。

「林措，你留下。」

林冬遲看了眼那兩位同事，他們倆也愣了，不過沒表現太多，站在電梯外和章獻淮打了個招呼就目送他們離開了。

章獻淮問：「不願意？」

林冬遲不知道怎麼說，只是覺得這樣不好，似乎那三十萬裡附加的潛規則轉變成了檯面上的事。

近日他強裝一切正常的同時，當然意識到自己正陷入不應該的狀態。可怕的是，他的許多行為還與林措的日記多少有重合之處。大概是走路時會忍不住從背後盯著章獻淮，一起用餐默默注意他究竟愛吃哪些，就連章獻淮在活動上講著場面話他都會猜測和想像很多……

林冬遲想要了解章獻淮，卻不想讓章獻淮看出來。他有自知之明，他們之間最坦誠相待的只能是性事。

一想到這些祕密可能變得人盡皆知，林冬遲便著急慌亂，覺得即將要摻入很多不坦誠進去。

「不是，沒事兒了。」

還好慌張沒有停留太久，林冬遲很快被章獻淮原本要一人獨享的頂層所吸引。

酒店頂樓的房間包含露天的溫泉泳池，屋內有部私人電梯直接連通著下一樓層，那兒提供著幾項專屬的私人ＶＩＰ服務。林冬遲沒泡過溫泉，更沒見過如此高級的酒店，走路的腳步都輕快了。

小松鼠從森林一步跳到陌生都市，上下擺動著尾巴表示他所見識到的奇妙。

章獻淮看他不加掩飾地表露出好奇，實在可愛，就帶他去到更有意思的下一層。

「這兒竟然還有汗蒸？」

「對，想去嗎？」說著，章獻淮已經拉他走過去了。

「想！我表妹很喜歡看韓劇，劇裡面經常有汗蒸，然後他們會用毛巾在耳邊包出兩坨圓圓的，像兩個花卷那樣。我試過，但是一直包不好。」他幾乎從未向章獻淮提起過大姨家的事情，現在興沖沖地抖出來不少，雖然說完就後悔了。

章獻淮倒是沒想到讓林冬遲開心的事情能簡單到這種程度。

他說，喜歡的話等會兒讓人教你。

汗蒸區域的工作人員是年輕的一男一女。女生聽了描述，幫林冬遲直接捲好了一個，方便他戴上。

林冬遲笑著說謝謝，戴上去連鏡子都沒照就回頭展示給章獻淮看。

章獻淮端著杯酒坐在後面的靠椅上，眼神深邃。

「過來。」

林冬遲頂著那個毛巾走過來坐到對面，他有點不好意思，覺得自己果然如章流流所說，沒見識極了。他想減散自己的興奮，先沒話找話問：「這兒還有酒啊，真周到。你……還是少喝點兒吧。」

他這個模樣讓章獻淮想到了上次在浴室咬人的壞松鼠，於是故意把酒杯遞過去，靠近了問：「喝嗎？不過等會兒還有其他要緊事，別喝太多。」

林冬遲把頭往旁邊扭去裝作沒聽到，摸摸頭上的毛巾喃喃自語：「好像有點兒鬆了，我得去讓她幫我再捲一下。」

這時候一位經理過來主動介紹說可以提供拍立得服務，拍完能放在酒店特製的相框或相冊中帶走紀念，是項提供給ＶＩＰ用戶的特別訂製。

「還可以這樣？那需要另外收費嗎？」林冬遲心動了，他實在喜歡這裡，心想偷偷犯規地拍一張就好，絕不讓別人看到，不會影響到林措的。

經理笑著說：「您放心，不需要的。」

說罷，她拿出一張登記單，在上面快速圈了幾下，然後把表格遞過來。「林先生，相框和相冊都有一個區域需要機器專門刻印，請問您希望填您的名字還是贈送對象的名字呢？」

「這……」

林冬遲看到表格上入住客人那一欄的名字是「林措」二字。

林冬遲本想用自己的名字留住這份偷來的快樂，可現實不斷用各種方式提醒他：你現在是林措。

「林冬遲」只能作為未到過現場的贈送物件，存在於這份實體記憶裡。

「林先生？」工作人員輕聲叫他，不明白他為什麼停下來了。

林冬遲低著頭都能感覺到章獻淮的眼神落到身上，很燙，很不舒服。

「算了。」他說，「不好意思，我狀態太差，不太想拍了，抱歉。」

林冬遲把頭上的毛巾拿下來拆開，然後站起來端起章獻淮面前的酒一飲而盡。他突然意識到，虛無的快樂註定無法長留。今天的快樂結束後，明天還是不要再像前段時間那樣縱容自己生出妄念了。即便……即便是仍克制不住生些不該有的幻想，也不能向章獻淮表露半分，因為你只是贗品。

因為你從來都不是章獻淮真正的愛人。

第二十六章

林冬遲吞下了一整杯馬丁尼，章獻淮才開口：「還喝嗎？」

可能是被酒嗆到嗓子，林冬遲眼圈憋得有點兒紅，緩了幾秒他對章獻淮搖了搖頭。

「那回去吧。」

事實上，章獻淮並不否認自己總是在逼迫林冬遲做選擇，他就是想看這個謊言不斷的小獵物究竟願不願意自我欺騙下去。奇怪之處在於，兩個選擇中，林冬遲選擇自我欺騙甚至講所謂的心甘情願時，章獻淮沒有多開心。

而且越來越煩躁。

林措——想不起來就算了。這個念頭曾在章獻淮腦中一閃而過，只一次，令他自己都感到驚訝。他要找回那段記憶，又隱約希望林冬遲能選擇做回林冬遲。

可笑，他在逼迫別人的同時，也陷入了矛盾的選擇裡。

剛走進回頂樓的私人電梯，章獻淮就二話沒說開始脫林冬遲的衣服。從電梯到頂樓的溫泉泳池，兩個人的衣物丟得滿地都是。

林冬遲清楚會發生什麼，不知道是不是那杯酒的緣故，他被刺激得清醒和炙熱，由著章獻淮吮吸自己的脖子，還配合著將身體貼得更近。

章獻淮坐在溫泉泳池內的坐台上，讓林冬遲面對面跪坐著。他單手握住林冬遲的性器上下擼動，嘴上似無事發生一般有一搭沒一搭地隨意說話。

可林冬遲根本做不到好好回答，他的臀縫緊貼章獻淮的勃起，隨著前端動作不斷產生肉體摩擦，每一句完整的話語都被散掉。

章獻淮乾脆不再問這個集中不了精神的笨蛋，他親吻林冬遲的鎖骨，說：「坐好。」然後將另一隻手伸入水中，摸索著隱密私處插進去兩根手指。

「唔……啊……」

林冬遲身子發軟，往前抱緊章獻淮，可憐兮兮地喊疼。

章獻淮不信他的話，就著水濕潤，用手抽插了起來。

溫泉水被擠到皮肉之間又迅速離開，反覆幾次，穴口被浸得潤滑極了，迫不及待地把手指使勁往裡吸。

章獻淮很是滿意。「乖，再放一隻。」不等林冬遲反應過來，他真又塞入一根手指。

他輕易找到林冬遲的敏感點，故意在那周圍揉按，再猝不及防地重重戳過去，單是聽到林冬遲控制不住哼出最最嬌軟的喘息，就能他讓身下再粗脹幾分。

不多久，林冬遲感覺體內一陣空，穴口被換了個硬物抵住。龜頭一直往裡戳卻遲遲沒有真正為他填充，給予滿足。

渴求的想法越發強烈，林冬遲輕扭了幾下，喘息著說：「你別、別這樣了。」

章獻淮捏捏他臀肉，笑著問：「哪樣？」

「嗯……別在那裡……」林冬遲輕咬了口章獻淮的肩，小聲說，「好癢，你進來吧。」

「自己來。」章獻淮抓他的手往性器上帶。

林冬遲不得不紅著臉扶那根硬挺的東西塞進後穴裡，每進去一點兒，身子都止不住略微發顫。搞了半天，他以為已經進去很多了，低頭一看，還有半截在外頭呢。

林冬遲後悔了，腰往上抬就想讓那根再出來。「不行不行，章獻淮，這樣會太深，頂到了。」他整個人急著說話的樣子像極了在撒嬌，哪裡會讓人覺得不行，只會讓章獻淮喜歡得不行。

章獻淮由不得他，攥住他的手腕用力往上一頂，性器立即全根沒入。

腸壁包裹著整根陰莖，燙得章獻淮發酥發麻，快感瞬間漫到全身。他先是小幅度地進出，想讓林冬遲適應，省得等會兒再哭著叫疼。

誰知拜那杯馬丁尼所賜，林冬遲不僅沒這麼叫，反而繼續把頭埋在章獻淮肩膀處松鼠磨牙，含糊地問：「能不能快點兒？」

章獻淮鬆開手，順了兩下他後腦杓上的頭毛，故意不採取他的建議。

林冬遲只好抬頭，主動對上那雙從前很怕直視的眼睛。「章獻淮，快一點兒好不好……想要。」這話換平日裡他是怎麼也說不出口的，但此時他急需章獻淮用感情和溫度來猛烈衝撞心口和下半身的難受。

即使從性愛中獲得，這一刻的歡愉也是真實屬於林冬遲的，不用掛別人的名字，更不必還給第三個人。

完完整整，可以被林冬遲永遠偷藏起來。

被招惹至此，獵人再也按捺不住本性，摟住他的腰開始毫不留情地加大幅度抽插。陰莖上的青筋擦過每一寸腸肉，到達一個難以言說的深度後又退出。接連數十次，林冬遲爽得大腿繃緊，手指腳趾都蜷縮起來。

溫泉泳池的水面沒有一刻平靜，跟著兩人的動作起伏，試圖沖帶走他們所有的矛盾和痛苦。

也許有效，林冬遲看似無所顧慮地迎合章獻淮的侵入，再也沒表露出前幾次做愛時的複雜表情，盡情享受著慾望帶來的好處。

也許無效，射出來時他扶著章獻淮肩膀喘息，面對哥哥的愛人終於還是哭了出來。

林冬遲哭泣時眼睛紅得很快，低垂的眼尾顯得真真可憐。

章獻淮身體內的興奮值瘋狂飆升，甚至沒有良心地想，應該次次把林冬遲肏成這樣！肏得他渾身發軟，眼角發紅，再揉到自己骨裡囚禁起來，讓他永遠別想離開。

章獻淮起身把他反壓到池邊，後穴雖然沒被完全肏開，但紅嫩的小口翕張不止，不用怎麼費力便能再次將章獻淮沒滿足的性器全吞進去。

此前章獻淮想著清理麻煩，沒有射到裡面過，今天卻生了強烈的內射想法。他貼緊林冬遲的後背，粗聲問：「要我射在哪兒？」

林冬遲還沒說，他提供了個標準答案：「聽話，是不是想要我射進去？」

章獻淮的下半身沒有要離開的意思，越頂越快。林冬遲的回答聲很小，章獻淮沒聽清，裝模作樣問了第二次，這才聽到身下人帶著哭腔說了句今晚最悅耳的淫語：

「章獻淮，射給我……射給我吧。」

章獻淮心中一顫，朝林冬遲的嘴唇吻去，挺送著下半身盡數射到他體內，在高潮中完成了二次署名。

第二十七章

射入後，章獻淮的性器仍插在林冬遲的穴裡，兩人就這樣水中接吻。

林冬遲睜開眼，想記錄下這一刻，放在僅個人可見的大腦資料夾內，畢竟這是他們真正意義上的第一次親吻。

不過只親一會兒兩人便分開了，章獻淮把他托上岸，抱到浴室一同清洗。

蓮蓬頭打開，林冬遲站在洗手池那邊靠著沒動，章獻淮問怎麼了，他不好意思地說：「腿軟。」剛哭過的嗓子聽著有點啞。

章獻淮笑了，關掉水走過去。「等會兒再洗，等你不軟的時候。」

林冬遲平時嘴唇就沒多少血色，很多次早晨起床看著特像營養不良的小乞丐。可能是在溫泉泡久，又配著列酒做了半天劇烈運動，此時看起來紅潤光澤多了。

章獻淮想嘗嘗味道，他們再次接吻。

吻到深處林冬遲發出幾聲短促的呻吟，章獻淮停下來。

私密檔案傳輸中止，林冬遲睜大眼睛，心中忽然空了一塊。

章獻淮捏捏他的臉頰，把人拉到蓮蓬頭下，邊解釋：「先把裡面的弄出來，不然容易生病。」

林冬遲扶著牆，由章獻淮在後面幫忙摳弄清洗，心裡止不住胡思亂想。難怪他們說章獻淮不難相處，他對自己真的很好很好；又想他怎麼懂這麼多，是因為他和別人，和林措……也是這樣做的嗎？

林冬遲自覺有病，明明這種時候想到哥哥會很愧疚，很難受，還是一而再地刻意虐待自己。

章獻淮見他情緒沒有剛才高漲，便從後面摟住他，指尖繞過去揉搓乳首。

「還想接吻嗎？」

林冬遲往後靠在章獻淮肩上，直接扭頭和章獻淮親了幾下。

親吻的感覺很好，光是章獻淮舔弄他的唇舌都能讓林冬遲身下湧來慾望。只是這樣，他不免會更加喜歡與章獻淮做愛的感覺。

快感越深刻，以後就越痛苦。

這是林冬遲註定有的結局，即使署名百次千次，真品面世時贗品都會被廢棄掉。沒人會為了低劣製作的假貨去捨棄高價值，章獻淮也不例外。

章獻淮把林冬遲胸前的兩粒捏得紅腫挺立，碰一下身子都敏感到顫抖。於是他們在浴室又做了一次，到最後林冬遲都忘記自己是怎麼躺回床上的了。

半夜醒來，章獻淮的手一如既往搭著他的腰，林冬遲覺得熱，想了想卻沒有挪開。他抬頭輕輕用嘴碰了下章獻淮的下巴，笑了，但是過幾秒意識到自己在做什麼後，又趕緊把頭縮了回去。

林冬遲認定自己是瘋了。

瘋子才會肆無忌憚地做危險動作，自我傷害。

為了這事後半夜林冬遲都沒睡好。大概六點半左右，趁章獻淮去露天陽台打電話，他收拾好東西，悄聲溜回了低樓層原本安排好的房間。

他換了身衣服，等七點多就趴到門上的貓眼處等待。等見對面有一位同事出來，他也開門裝作「不經意」碰面，提出一起去餐廳吃早飯，彷彿昨晚其實無事發生。

——沒有酣暢淋漓的性愛，也沒有混雜著眼淚的熱吻。

返程路上，章獻淮也沒過問他這樣做的理由，致使林冬遲鬆氣之餘心感失落，總有種說不出的彆扭。

抵達S城機場，老闆早早來接他們。林冬遲幫著把行李箱放好，結果剛上車就被後座的章獻淮攥住手拉過去。

見手錶還在，那隻手稍鬆了些。

章獻淮依舊沒問早上走掉的事情，只當是不願被人在後面講話，隨著他去了。

在章獻淮看來，他們的關係是發生了變化的。不一定全部因為昨夜，但必然密不可分。

他和林冬遲開始彼此糾纏，身體與身體，心與心，然後衝撞成碎片，互相填補到對方的空缺裡。

唯一可惜的是，章獻淮的記憶空缺還是沒有補齊。

章獻淮問：「喜歡昨晚的溫泉嗎？」

林冬遲看了眼前面的司機和老闆，沒出聲點點頭。

章獻淮倒是無所謂。

「那下次帶你去瑞士。卓越風華在瑞士新開了間溫泉度假村，那兒的溫泉更好。」

還有很大的汗蒸屋。章獻淮決定先不說，到時候當作驚喜。

林冬遲「嗯」了聲，沒有多開心。他覺得章獻淮記性好差好差，幹嘛又提不存在的以後？可能是昨夜的吻留住許多溫情，他有沒反應過來吧。

所以林冬遲沒戳穿，又對他說了句：「好的。」畢竟如果可以的話，他的確非常想一起去。

此次參與活動的大學生們聯名寫了幾封感謝信，林冬遲整理好，連著紀念品拿去書房。

章獻淮正在那兒通視訊電話，一般他開會林冬遲都不會直接參與跟進，身分也不適宜聽會議內容，所以迅速放好東西便要走。

章獻淮敲了兩下桌面，對他朝沙發那邊示意。

林冬遲明白了，只好坐到那邊等。

不過被動聽了一會兒，他發現章獻淮好像不是在講工作。起初章獻淮跟對方定了行程，後天出發，要去M城五到六天。緊接著影片另一頭的人問起近期記憶的情況，直接驗證了林冬遲的猜測。

「……您上一次想起有關林措的記憶是什麼時候？」

「今天早上。」

「請問具體是什麼場景呢？您知道的，我們需要多了解，以便於催眠的過程中利用相關資訊進行引導。」

章獻淮頓了頓，說：「溫泉。」

結束通話，章獻淮看林冬遲雙手放在腿上，目視前方，沒有動彈。

「後天我會單獨回趟M城。」

「嗯，我聽到了。」林冬遲清咳一聲，「因為繼續催眠治療？」

「對，教授根據這段時間的情況制定了新方案，說是能更快想起來。」章獻淮說話時死死盯著他，似是要探出他的反應。

林冬遲則盡量輕鬆地看回去，笑說：「那很好啊，你和……林措，你們就是在M城確定關係的，回去那裡治療說不定就全想起來了。」

章獻淮蹙眉，不置可否。「也得過去才知道是不是有效。」

那你是希望有效的吧。

林冬遲不敢多說，垂下了眼。他莫名有種不妙的預感，起身藉稱行李沒收好就先離開了。

「溫泉。」

林冬遲坐到臥室的地上，琢磨起章獻淮剛才的話——原來溫泉曾是章獻淮和林措的回憶啊。

他的太陽穴突突直跳，胸口像被許多團沾了水的棉花堵塞著，悶疼交加。

疼死好了！

他認為自己活該被疼死，竟然在最不想做替身的夜晚再一次不要臉地臨摹了林措。

口袋裡的手機鈴聲響起第二次，林冬遲才回過神。拿出來，來電顯示是林晉益。

他接起來卻半天沒聽到林晉益應答。

「喂？聽得到嗎？」

突然，聽筒傳來了久違的、令林冬遲此刻最欣喜也最害怕的聲音——

「小遲，是我。」

第二十八章

H市酒店的溫泉水有股淡淡的海鹽味，林冬遲和章獻淮在那裡面擁吻、做愛，洗過澡後，味道很輕易消失了，並沒有久留。

此刻聽到林措的聲音，林冬遲又聞到了那個味道，夾雜著林冬遲偷藏的歡愉，還有……章獻淮和林措的回憶。

他坐在地上，被周圍湧起的溫泉水瞬間浸沒，整副軀體都溺到其中。

林措聲音冷冽，一字一句宣讀著林冬遲的溺亡聲明：

「小遲，你做了什麼我都知道，你該離開了。」

章獻淮去M城治療的前一晚，他們各懷心事躺在床上，沒有做過多親密的事情。

林冬遲喊了一聲：「章獻淮。」

「嗯？」

「……啊，沒事兒，我忘記要說什麼了。」

林冬遲其實想說，章獻淮你能不能不要去M城，別找那段零零碎碎的記憶了。在林措回來之前和我多待會兒吧，拜託你，多一天也好。

但是這種話過於自私，光在心裡想想他都覺得對不起章獻淮也對不起林措。

浸沒林冬遲的水沒有一刻停止波動。

章獻淮對他話說一半的行為表示不滿，追問：「到底想要說什麼？」

林冬遲非得找個話接上，磨蹭了半天才問：「就是，有個問題我想問你很久了，你之前自己住這麼大的房子不會覺得有點浪費嗎？」

「不會。」

「不會孤單嗎？」

「也不會，林冬遲，你是不是在沒話找話。」

林冬遲笑了，笑得有些蠢，他同樣覺得很廢話來著。第一天到章家他就想問了，現在也算全部圓了回來。

睏意慢慢泛起，徹底睡過去前他喃喃自語：「怎麼辦，我好像習慣你這盞燈了。」

林冬遲向來入眠快，後來似乎模模糊糊聽到了句「我也是」，不知道到底是章獻淮回答的，還是只是幻聽而已。

第二天林冬遲按時起床和章獻淮一起用早餐，飯後章獻淮就要出發去機場。

「你今天沒有賴床。」

林冬遲「嗯」了一聲，滿臉無奈。

「中午要去我爸家裡，可能是愧疚吧，他最近總找我吃飯。」

「那讓小李接送你。」章獻淮看過去，松鼠今天吃東西倒是挺小口的，「最近想去哪兒就打電話給小李，或者無聊的話我叫流流帶你。」

林冬遲拚命搖頭。「饒了我吧，不想跟章流流出門！讓小李送我過去就好，我爸那邊他會讓人送我回來的，實在不成打個車唄。」

章獻淮同意了，他對林冬遲說：「五天我就回來了。別亂跑，到時候在家等我。」

獵人天生敏銳，能夠捕捉到小松鼠這兩天偶爾的神情頹然，並推測出是與那日的溫泉還有這次M城行程有關。章獻淮放不下那些沒有找回的東西，記憶空白帶來太多痛苦，非得徹底解決才能真正快意。他只能選擇暫且放下林冬遲。

如果這次仍是一無所獲……

章獻淮看著林冬遲，認為喜歡的分量似乎能試著填平某些空白，那他從此就不再執著於缺失的記憶了。

林冬遲乖乖答應：「喔，知道了。」

等章獻淮真要上車，林冬遲在後面突然喊了一聲章獻淮的名字，幾步快走到車旁。

章獻淮伸手順了下他旁邊翹起來的頭髮，笑著問：「怎麼了？」

林冬遲被這麼一碰，準備好的話立刻躲得一乾二淨，鼻子嗆出陣陣酸意。他輕輕呼了口氣，強壓著不對勁兒的情緒小聲問：

「你是不是……記起來就不會再頭疼，也不會睡不著了啊？」

「不一定，希望如此。」

「好。」林冬遲說，「那……祝你早日找到所有遺忘的美好，以後每天都能睡個安穩覺。」

章獻淮的車一離開，林冬遲便上樓開始收拾東西。老闆拿了個更大號的行李箱過來給他。

林冬遲快速擦了下眼睛，抬頭問：「閆叔，您什麼時候知道的？」

老闆沒直接回答，只告訴他：「傻孩子，以後為自己活吧。你也知道少爺現在是認錯人，千萬別陷進去，現在還不晚。」

晚了。

林冬遲喀答兩下扣好行李箱的鎖，擠出笑容。「謝謝您，我會好好的。」

林晉益的司機來得很快，林冬遲獨自把行李箱搬上了那輛陌生的車。

老闆叫他想想還有沒有什麼沒拿。

林冬遲看了眼手腕，搖搖頭，順便囑咐了幾句閆叔要注意身體的話。

「還有，以後我哥哥來了，希望您也能好好對他。」

至此，偷樑換柱的荒唐大戲終於落下帷幕。

司機把林冬遲先帶去了鄰市的私人醫院。這回林措不需要躺在那間限時探望的病房了，他醒來後恢復得不錯，已經換到了康復樓的單人房間。

林冬遲進去，見林措氣色挺好，相比之下他反而是更加蒼白的那位。

林措手裡拿著他前陣子親自送來的杯子，看到他，淡淡地說：「小遲，你做的東西還是很有心意。」

林冬遲嗓子被心虛堵住，半天才回答：「你喜歡的話我回去再給你做。」

「不用，以後都不需要了。」林措放下杯子，開門見山道，「日記看過了吧。你到現在也沒法兒幫獻淮想起來，顯而易見，因為他心裡的人不是你。林晉益答應的三十萬我替他給，獻淮接下來的治療我會親自陪。你就不必再回S城了。

至於之後你是要回N縣還是其他地方都隨你，畢竟你是我弟弟，他們趁我不在時做的蠢事情我不會怪到你身上。但是……別再給我添麻煩。」

林措的確有能力，即便是在處理如此可笑之事時，也能如同工作評估報告中所評價的那樣——辦事考慮周全，沉穩冷靜。

他一次性給了林冬遲最直白的答案和不容商量的解決辦法。

林冬遲張了張嘴，講不出任何話。答應的，拒絕的，全部由不得他。

他背過手，握住了手腕上的東西。

贗品失去價值，不能再與真品擺放在一起是理所應當。況且我得到了錢，林冬遲心想，這筆錢不僅可以幫到大姨，下個月還不用擔心該交的生活費，一切兜兜轉轉重回正軌，該開心的。

林冬遲算不上超級樂天派，他常得到簡單快樂是因為善於自我欺騙式的調節，使得自己不用陷入太長時間無能為力和難過狀態。

可這一次他好像做不到。

林冬遲用無數好處欺騙自己，到頭來依然很難過，感覺沒有什麼會再好了。

半晌，他答應林措：「我不會回S城了。」又在林措的直視下鄭重補充了一句：

「哥，對不起。」

第二十九章

章獻淮在離開S城的路上心神不寧，適才他們的對話沒任何不正常，但就是隱約感覺哪裡不對。

思來想去，或許是因為林冬遲表現得過於正常，正常到和那天親吻時的眼淚實在難以匹配。

章獻淮生出些煩躁，仔細理了一遍前兩天回想起來的片段——林措的臉閃過多次，他們似乎產生口角，然後他就把僅裹著白色浴巾的林措從溫泉旁拉走了。

因此他確信，他和林措一定共同去過M城的某個溫泉池。

下了飛機章獻淮還是不大安心，打算給林冬遲打個電話，調查員的電話先過來了。

「您和林措近兩年並沒有在M城有過溫泉酒店的消費紀錄，不過我記得上次調查寧老闆的時候恰好查到他名下有兩家溫泉屋，所以順便看了眼。果然，林措和寧老闆的洽談地點其中一次正是在寧老闆的私人溫泉屋……」

章獻淮放慢腳步，站在M城機場偌大的落地玻璃窗前快速拼湊。

不出意外的話，林措是在寧老闆的溫泉屋被自己帶走的。在那之後，非常巧合地，他們在慈善晚會上「公開關係」。某些歪曲事實的緋聞消息很快傳遍，緊接著寧老闆提出取消合作……

在這段拼湊的過去裡，章獻淮並未憶起絲毫他與林措之間的感情，反而拎出了串一環扣一環的圈套。

M城的天氣陰冷多雨，離開S城和林冬遲，章獻淮的頭痛又開始了。

林冬遲接到章獻淮的電話，聽見的第一句話是：「林冬遲，晚飯吃過了嗎？」

只這麼一句，他立刻紅了眼圈。

他看著桌旁已經空了的外賣餐盒很輕地回了聲「嗯」，生怕被電話那頭發現自己聲音不對。

下午還沒走出醫院，林冬遲便已經對接下來的所有都沒了頭緒。按理說他該照著之前所計畫的那樣，開始過新的、輕鬆很多的生活，但他覺得劇集完結前漏掉了什麼情節。所以在司機詢問目的地時，他選擇了去任何城市都較為方便的高鐵站。

沒有目的地，也可以隨便改變目的地。

林冬遲在高鐵站附近找了家價格合適的快捷酒店入住。前台問需要辦理幾天，他看了眼行李箱，答：「五天吧。」

現下接到章獻淮的電話，林冬遲忽然意識到自己為何感到空落落沒個著落——他還是很想，很想見到章獻淮。

章獻淮這麼一走，再也沒有人願意偏心林冬遲了。

隔著幾個小時的飛行和時差，章獻淮問著林冬遲晚飯吃飽了嗎，林晉益有沒有叫司機送他回家，有沒有為難他。

林冬遲樂了，笑說章獻淮怎麼每次都有一堆問題，又告訴他：「我被林晉益留了下來，他說想跟我多聊聊，可能得過兩天才回去了。」

章獻淮對林晉益的行為抱有疑慮，但他以為是那隻老狐狸想通過討好林冬遲便於日後來換好處，所以沒多深究，只告訴他：「不用聽林晉益的話，明天早點兒回家。」

聽到林冬遲同意，章獻淮才放心許多。

掛掉電話，林冬遲躺在白色床單上對著天花板發呆。

他必須承認自己仍抱有某些幻想，猜測章獻淮對他或許是存有一絲喜歡的。

無關林措，無關任何人。

畢竟親吻的時候他感受到了章獻淮如鼓如雷的心跳，兩個赤身裸體的人通過緊密擁抱幾乎融成一體，他們真真切切地在無數個夜晚享用著彼此。這些時刻林冬遲都悄悄進行了存檔，不會有假。可能正是因為這份難以琢磨的喜歡，林冬遲再難自欺，即便答應了林措許多，也仍是放不下。

林冬遲原本覺得萬幸，因為林措的要求中沒有一條是要求他必須得放下。可章獻淮說得對，他並沒有那麼了解哥哥，也不清楚愛人之人究竟會有多敏感。

第二天下午，林措就派司機把他接回了S城。

林措的確比林冬遲厲害許多，方方面面。他不知怎麼與他們做的協商，出院便立刻以章獻淮真正的愛人身分來了章獻淮的家。

林冬遲站在門口，作為來拜訪的客人，由林措這位正牌主人請進屋。

客廳的桌上放著林冬遲穿過的睡袍，林冬遲買的小枕頭，還有林冬遲送的袖釦。

「這些……」

林冬遲愣住了，這些全是他與章獻淮日日夜夜睡在一張床上肉體糾纏的有力佐證。

林措坐在沙發上，表情不似昨天平靜，語氣冰冷中稍顯惱怒，問他：

「為什麼？林冬遲，為什麼要偷不屬於你的東西？」

林冬遲向來聽林措的話，此時聽到如此殘酷的質問，他第一次對哥哥有了徹頭徹尾的陌生和恐懼，什麼也說不出。

林措也沒有想聽林冬遲做任何解釋的意思，他允許林冬遲回來，無非是要撕碎所有可笑的、不該存有的幻想。

他拿出袖釦禮品袋中的卡片，一字一句照著念：「章獻淮，祝你生日快樂，少提問題多多開心。」

林措把卡片丟到桌上，抬眼看過去。「可是小遲，你送這種假貨怎麼讓他開心？」

假貨。林冬遲從心底湧出涼意，他急匆匆辯解：「袖釦不是假的。」卻也瞬間搞明白了許多事情。譬如章獻淮為什麼一次都不戴那對袖釦，為什麼叫他以後不用再買了。

林冬遲的聲音越來越低，嘴上還在喃喃辯解：「那是從國外 outlet 代購的」、「怎麼會是假貨呢」，不過是難以接受事實。

事實即是，章獻淮早認出了贗品。

林冬遲自己是贗品，送的禮物也是贗品。

多可笑！他竟然還心存僥倖，希望章獻淮能夠戴上，愛上。

林措說：「這個牌子從來不打折，這張禮品卡也是現在淘汰了的樣式。小遲，你想偷走獻淮的喜歡，實在是太不自量力。」

林冬遲曾以為就算林晉益和那些章家人都嫌他站得低、搆不著，章獻淮也不會真心這麼認為。但他錯了，章獻淮才是那位從一開始就遙不可及的人。

林冬遲的確沒有太多見識，明明提醒過自己無數次，還是被章獻淮好心施捨的一丁點兒溫暖給吸引了去。

他不得不承認，即使做回自己，章獻淮要的也從來都不會是這個世界的林冬遲。

林措修改了昨天不夠嚴謹的要求，在收回林冬遲偷走的所有歡愉的同時，命令他以後不許出現在章獻淮面前。

「小遲，你該彌補錯誤。」

林冬遲再次同意，拿起禮品袋倉促離開，自己叫了輛回鄴市快捷酒店的車。

路上，風不斷鑽入車窗扇打林冬遲的臉。他手裡緊握著那兩枚章獻淮不要的袖釦，心裡悶痛至極，甚至懷疑整顆心臟下一秒就會失血壞掉。

為了活著，林冬遲咬著牙用力將袖釦丟了出去，然後迅速關上車窗，怕狡猾的感情再沿縫溜進來。

可是沒用，還是好痛。

林冬遲低頭一看，手心已然被硌出了塊紅得像要滲出鮮血的印記，怎麼都擦不掉了。

第三十章

章獻淮怕黑，具體原因記不大清了，只記得和小時候的某次經歷有關。他在一個很黑的地方關了太久，被人找到救出來後生了場大病。

再後來就開始懼怕黑暗。無法在沒有亮光的地方久待，半夜睡醒就像回到那個濕答答的陰暗環境，於是需要一盞小夜燈來自我安定。

到達M城的第三天，章獻淮躺在床上失眠，夜燈開著也沒用。他發現，林冬遲不知不覺成了那盞燈。

這些天章獻淮去了公司、慈善活動所在的酒店、寧老闆家的溫泉屋，新治療方案的效果不甚理想，喚起的細枝末節並不足以拼湊起較完整的記憶片段。

幾次催眠中，教授用了所有的記憶碎片進行暗示，但得到的反應多為抵抗或避而不談，有關林措的事情仍被章獻淮鎖死在屋裡。

最後，當教授的引導內容涉及到那個半真半假的夢時，他卻突然主動交出鑰匙。

夢中的小男孩等了許久，等到忍不住在旁邊睡了一覺都睡醒了，章獻淮也沒有把門弄開。

天越來越黑，雷聲大起，下雨的徵兆非常明顯，章獻淮只好說：「我看那邊有個窗戶，太高了，現在只能試試你踩我的肩膀上去，等會兒你出去再找人來給我開門。」

「不行不行！」小男孩很著急地拒絕，「我走了這裡就你一個人了！」

「沒關係，你叫人過來我就不用在這兒待太久，聽明白了嗎？」

章獻淮耐心講了出去後的路線，小男孩點點頭，把口袋裡的小泥人留給他作為陪伴，然後穿著章獻淮的衣服，邊流眼淚邊踩著他的肩膀從上方的小窗戶口爬了出去。

黑暗和暴雨很快一同出現在木屋周圍。

催眠結束。章獻淮醒來後並未抱太大希望。「還是不行？」

「章先生，有件事情我想……可能是哪裡搞錯了。」教授把剛才助手記錄的文件遞給他，「你先看看這個。」

「催眠談話紀錄　編號：M0013A

……

醫：小男孩找到人來開門了嗎？

患：找到了，但是小措不在裡面。我沒有再見過他，泥人也不見了。

醫：小措長大所以樣子變了。你仔細想想，你們之後其實有遇到，你想像一下他長大後的樣子，再看一次有沒有見到他？

（患表情痛苦，未作出回答。）

醫：沒關係，放鬆，他不在也沒關係，你已經走出來了，我們可以慢慢找。其實小措不是他的本名，他姓林，或許你對這會有點兒印象，對嗎？

患：……對。

患：他姓林，他騙了我。

醫：小措騙了你。是不是林措騙了你？

患：小措，林冬遲……」

M城的雨一下就好幾天，不大，但是淅淅瀝瀝沒個痛快，直教人心煩。

章獻淮從心理教授的工作室回到家，雨反而停了。

連帶著十幾年前的雨一起停了。

章獻淮不清楚自己為什麼會在潛意識中留下「林冬遲是小男孩」的結論，且在教授看來，此資訊應該不會有誤——「催眠時，人的自我組織能力是可以利用記憶作出問題解答的，即使這些記憶你自己也記不清了。」

小措，聽起來無疑像是指代林措。不過結合著許多細節一齊去想，包括當初車禍醒來時章獻淮下意識憶起的名字，最不可思議的往往偏就是事實。

章獻淮猜測，他與林措大約是因為小時候的那件事情才在多年後快速有了較為親近的聯繫，否則從一開始就根本沒有理由把目的明顯的林措留在身邊。

全通了。

現在只要清楚林冬遲以前是否到過章家老宅，是否也曾被困在老宅的那個木屋裡，便能一切瞭然。

到達M城的第二天，章獻淮給林冬遲打過一次電話。林冬遲表示已經回家了，正在整理東西，還未多問，那邊就匆忙掛掉了電話。

第四天，撥打林冬遲的電話只能聽到機械女聲提示音。章獻淮轉而打給老闆，老闆說林措回家就一直很累，在樓上睡覺呢。章獻淮看了眼時間，最後還是沒讓他去把人叫起來。

章獻淮想盡快與林冬遲確認過去的事情，也想聽到林冬遲的聲音。笑聲、哭聲、還是撒嬌似的呻吟聲，什麼都好。

只是自那之後，章獻淮沒再撥通林冬遲的電話，周圍人也每次都有各種理由。直至上飛機回S城，回應他的都是冰冷的「您所撥打的電話正在通話中」。

從M城到S城的這段時間，章獻淮服用了過量的止頭痛藥，這並不是個好徵兆。

小李到機場接章獻淮，他說林措這些天都沒有找他用過車。

章獻淮心頭發緊。

丟下飼養的獵物獨自外出需要承受太多的想念和不安作為代價，他此刻唯一能接受的解釋就是那隻會咬人的小松鼠生氣了。

一定是生氣了。林冬遲在氣他一心想記起林措，氣他無數次逼迫自己做選擇，還有……還有每次性愛後不合時宜的回憶。

林冬遲因為做愛哭了那麼多回，連接吻都在顫抖著掉眼淚……章獻淮想著，的的確確生出強烈的後悔。可章獻淮越是想早些到家安撫他的松鼠，再用各種辦法嚴厲教育一番以後不許不接電話，這條從S城機場到章家的路就越堵，像是怎麼都到不了頭。

大約一小時四十分鐘後，章獻淮終於到家。

在樓下大門他就見到一個穿著睡衣的人背對著站在二樓窗邊喝水，章獻淮立刻鬆了口氣，鞋也沒換快步上樓走去。

林冬遲果然生氣了。但是人還在。

章獻淮邊走邊決定，算了，以後林冬遲想要怎麼開心都成，隨他去吧。不想提林措那不提了，喜歡泡溫泉就帶他去之前說好的瑞士度假村酒店拍照，三十萬今晚就給他轉，不過得跟林晉益那幫人把聯繫都斷掉……

總之做什麼都好，就是絕不能給林冬遲任何離開的自由。

小松鼠想法太多，太不聽話，不能讓他輕易跳出籠子。

離那人還有幾步，林措先轉過身來，淡笑著說：「獻淮，你回來了。」

不是林冬遲。

章獻淮的笑容瞬間消失，一種莫名的反感油然而生。

長久棄用的木屋被暴雨淋濕浸泡後，會生出些腐敗變質的潮酸味，裡面滿是惡劣的黴菌和被主體拒絕的記憶。此刻見到這人，章獻淮猶如再次身處年少時困住他的木屋，反胃，想吐。

有些事情或許無須再進行驗證，屋內鎖死的記憶也沒了任何意義。

「林冬遲在哪兒？」

林措還未回答，章獻淮皺著眉冷聲道：「還有，立刻把他的衣服脫下來。」

第三十一章

林措對章獻淮的反應並未表現出失措或者不滿，他只是說「看來你已經知道小遲了」，接著順從地把睡衣脫下來丟到地上，赤身裸體站在那裡。

「獻淮，我認為我們需要聊聊。」

林措清楚章獻淮這次去M城仍是一無所獲，他每一次心理治療的進展都會彙報到章家人手上，除了昨天在M城還沒來得及整理傳送催眠結果。

既然章獻淮如此迫切地想要記起來，那麼林冬遲對於他便不再有什麼黏性了，沒人比林措這位真正記憶中的主角更適合他尋回記憶。

章獻淮說：「你只需要告訴我林冬遲在哪兒。」

林冬遲，還是林冬遲。

林措頓了下，很快露出笑容，淡淡道：「他走了。」

林措素來不大喜歡笑，但還是盡量笑得自然，如同他那位廉價樂觀的弟弟一般。他往前走了幾步，靠近章獻淮繼續說：「小遲和我父親做了些不入流的交易，拿到錢就離開S城了。那些錢足夠他過不錯的生活，獻淮，我們也該重新開始了。」

章獻淮看了眼地上的睡袍，耐心消失殆盡。

如果說他具體是在何時加強了以往的猜測，完全確定林措並非他曾經所愛之人，大概就是在看到林措的瞬間。

他們都被傳聞內容先入為主，認定章獻淮的心因性失憶與他內心企圖逃避與心愛之人一同遭遇車禍的事實有關，卻忽略了心理防禦機制還有個更大的作用——自我保護。選擇性抹去最不願意記住的人和事物，以免再次受到傷害。

然而即便是回想不起來，最直觀的感覺也早已深入到細胞和骨髓裡。見到林措，章獻淮自然而然生出的所有感覺中，沒有一絲一毫能與喜歡產生聯繫。

他喜歡的人，從來不是林措。

章流流被他爹禁足了一段時間，聽說章獻淮回國，立刻跑來想求親愛的堂哥幫忙取消那些禁令。不能組局，不能四處玩兒，連公司都不能去，這些日子裡他覺得自己簡直要憋瘋了。

他剛到章獻淮家門口，就看見個和林冬遲有幾分相似的人冷著臉上車離開。

不知怎麼的，章流流想到了林冬遲的親哥林措。進屋後，章獻淮的行為似乎證實了這一點。章獻淮沒理他，而是不斷撥打著誰的號碼，全部沒有打通，最後一怒之下將手機砸了出去。

章流流從來沒見過哥哥這般慌亂、憤怒，還有些許無可奈何。後來章獻淮找他要手機又撥了兩次，另一頭依舊沒有人接。

正是這個時候，章流流忽然意識到了問題的嚴重性。他原以為兩個人朝夕相處，林冬遲喜歡，甚至愛慕章獻淮是再正常不過的情況，沒承想徹底陷進去並先失掉基本理智的竟然會是章獻淮！

他的堂哥，趕走林措，愛上了個冒牌貨。

公司少了位名叫林措的私人助理，章獻淮日常工作實際上沒有受到任何影響，畢竟那個崗位從來都可有可無。

所以一切可以重新開始嗎？章流流表示嚴重懷疑。

他親眼看著章獻淮家酒櫃中的酒消失得比以往更快，也在某次老宅家宴過後偷聽到章夫人與家庭醫生的通話，說章獻淮拒絕進行心理複診，定期的身體檢查更換了新的私人醫院。他們託關係偷偷去查過一次，可是管理嚴格，僅能從藥物領取單上模糊地了解到章獻淮的失眠症越來越嚴重。

除此之外，章流流也沒再在章獻淮家中見到過林措，連老管家閆叔都不知道去了哪裡。

章獻淮一意孤行地做了許多章流流難以理解的事情，不過他偶爾在想，說不定這才是堂哥不加偽裝的真實模樣。

為了找林冬遲，章獻淮派人專門盯住林冬遲的出行紀錄、銀行紀錄、親友聯繫紀錄，可無論是S城還是N縣，任何地方任何角落都沒有尋到林冬遲的蹤影。有一回說是有了不那麼確定的消息，章獻淮丟下晚宴就連夜跟他們過去找，卻還是徒勞而歸。

林冬遲消失了，連家裡他居住過的痕跡也正在快速消失。

漸漸的，只剩下一張照片，那是調查員當初去林冬遲大姨家裡拍的入學照。大學時期的林冬遲臉頰還稍微有點嬰兒肥，章獻淮光是看照片就知道一定很好戳，笑起來應該會像隻滿足的藏食小松鼠。而來到章家的這段時間，林冬遲比照片上清瘦許多，因為被嫌棄，吃飯的習慣動作都有在偷偷矯正和注意。

章獻淮懊悔不已，在溫泉酒店他看得出來林冬遲想拍張屬於自己的照片作為留念，而且那天的林冬遲久違地笑得特別自然、開心。

該讓他拍的。

對於章獻淮現在這種偽正常狀態，章流流擔心的同時其實非常心虛，於是他主動交代了之前在車上聽到的事情，想著能否幫上什麼。

「林冬遲好像有定期給他大姨一筆錢，估摸著小幾千吧。他那次錢還不太夠，被電話那邊的男的大聲罵來著，沒開擴音我都能聽到。哥，是他不讓我跟你說的，而且你當時的情況……確實沒法兒說啊。」

章獻淮立刻明白了從林冬遲之前工作單位那兒拿到的個人銀行流水單中，幾筆規律的轉出是怎麼回事。

原來，他的寶貝紅著眼圈說的每一句「我心甘情願」，歸結到根本全是身不由己。

林冬遲實在是不太聰明。

他笨，喜歡欺騙，不僅騙別人更愛騙自己。為了錢就答應那些對自己毫無公平可言的交易，還因此被脅迫著以林措的身分一次次上章獻淮的床。

章獻淮覺得自己同樣愚蠢至極。厭惡欺騙，又偏偏授權給林冬遲這樣一個笨蛋騙子來騙走他的感情。

獵人總自以為能夠掌控獵物的命運，殊不知馴服時三心二意的下場就是獵物逃脫。

章獻淮的小松鼠跑了，消失在誰都找不到的森林裡。

第三十二章

林冬遲離開的第三個半月，別墅養護公司的黃經理與章獻淮的助理聯繫，說是想要上門致歉。清潔員在給章獻淮城北那套別墅做內飾清潔的時候，不小心打碎了個「應該是較為珍貴」的杯子。

看過照片，章獻淮沒什麼印象。黃經理將杯子的碎片裝在盒中一起帶了過來，帶著歉意對他說：「阿姨上報給我們後，就第一時間跟您這邊聯繫了，希望能友好商討一下如何賠償處理。」

章獻淮的確不記得見過，但莫名有點眼熟的感覺，他拿出最大的那塊杯壁碎片仔細研究，一旁的章流流也湊到跟前來看。

章流流如今雖說恢復了些許自由，卻還是常常感到無聊至極，沒事就跑到堂哥家裡。一來能觀察著章獻淮，二來比較清淨，吃喝都有，還不用回家聽爸媽嘮叨。只要他不瞎鬧騰叫人來開派對，章獻淮就不會趕走他。

章流流看了兩眼，小聲嘀咕：「他還真送了。」

「什麼意思？」

章流流感覺不太妙，試探性地問：「這不是林冬遲做的嗎？」

見章獻淮仍然沒有印象，他硬著頭皮指了指圖案中的一處。

「是他做的吧，我看他上次給林措畫杯子的時候留的標記就是這種。」

章獻淮放下碎片，盯著他。「講清楚。」

「哥……」於是章流流只好把剩餘隱瞞的部分也交代了出來，那些關於他和林冬遲去S大商業街做手工杯子的事情。

兩棵挨在一起小松樹，藏在熱氣球圖案的吊籃上。

一個很林冬遲的簽名標記。

章獻淮問黃經理：「杯子放在哪個房間？」

「三樓最裡間。」黃經理把平板遞過去，他們在擺放和摔壞的地方都進行了拍照存證。

幾張照片章獻淮反覆看了半天。城北的房子是他父親買的，他們一家人曾長住過一段時間。後來父親過世，章獻淮和母親就沒怎麼再回去住過，只有特殊日子去小待幾天，平時房子就委託給專業的養護公司定期保養和清潔。

三樓最裡間放的是些父親收藏的字畫和大家選購的藝術擺品，林冬遲製作的杯子為什麼會在那裡？

照片上的架子除了一處空缺，其他位置擺有七八個陶瓷杯，每個杯子前面均放有一個標著年分的小木牌。

章流流被震驚到。「這……不會都是林冬遲做的吧！哥，你們有認識這麼久了嗎？」

章獻淮沒接話，徑直拿出手機給祕書撥過去。

「林措前兩天不是想來送東西嗎？讓他現在過來。」

這期間林措到過總公司幾次，頭兩回章獻淮仍會問他林冬遲在哪兒，林措並不回答，結果就是他現在很難與章獻淮的祕書聯繫，除非章獻淮本人同意。

林措與章家人聊過，可那邊沒有任何要幫他的意思。自打林冬遲消失，章獻淮在許多事的態度上變得異常堅決，不再像從前睜一隻眼閉一隻眼全然順著他們心意。章老爺子向來最疼愛這個孫兒，更是替他在眾人面前開口了幾句，因此章夫人一干人只得妥協。

林措本欲與林晉益商討新方法，恰好章獻淮鬆了口主動提見面，他立刻出發，近一小時的路程不到半小時就到了。

與林措再相見，章獻淮不似此前那般問起林冬遲的行蹤，他坐在沙發上平和地說：「聽說你有東西要給我。」

「對。」

林措拿著紙袋走上前，跪坐到章獻淮腿旁的毛地毯上，企圖拉近兩人心理距離。

「獻淮，記得嗎？每年生日我都會寄到M城給你，杯子的含義好，你說很喜歡。」

他拆開紙袋，裡面是個陶瓷杯，形狀與別墅那些不大一樣，但上面的畫風非常相近，都是童趣且清新的圖案。

算上眼前這個，正好十個。

章獻淮接過杯子轉了半圈，果然，在花的葉子下方找到了兩棵簡易小松樹。

他的嘴角難得揚起。「我的確喜歡。」

「是風信子。」林措也笑了，不緊不慢地補充，「M城東部有個莊園每年四五月分風信子開得都很好，之前工作忙沒空去，現在把它養在杯子上給你。」

章流流拿著剛倒好、盛有冰塊的碳酸飲料從廚房過來，恰好聽到林措的話，又瞧見章獻淮手裡拿的杯子，瞬間明白了什麼。

他皺起眉，抬高聲音問林措：「這杯子你做的？」

林措「嗯」了聲。

即使再蠢也能大致猜到之前章獻淮收到的杯子是怎麼回事兒了。章流流氣得不行，伸手就把飲料朝林措身上潑去，大罵：「原來你他媽才是那個假貨，你做的？你知道塗這個杯子的時候有多臭嗎？我親眼看著林冬遲畫了大半天。還真敢編！」

他心裡極不舒坦，既氣自己明明有份跟著林冬遲去，功勞卻莫名其妙全成林措的了，又氣林冬遲太不爭氣，遇上這種哥哥還蒙在鼓裡替他說話。

從前欺負林冬遲的人全然忘記自個兒當初是怎麼欺負人家的了，扭頭就幫著跟章獻淮告狀：「哥！別放過他，說不定之前去M城他就一直在利用林冬遲騙你！」

因為尚且隔著段距離，那杯水幾乎潑到旁邊，僅有少部分順著林措的頭髮向下，沿臉頰緩緩滴落。

從病床上醒來後，林措說話做事一如從前，句句過心斟酌，行事作風十分得體，與林冬遲甚至是林晉益都隔著「不同世界的距離」。就連此刻被潑了水，他本可能出現的可憐狼狽實際也未表現出過多，整個人仍是一副倔強清冷的模樣。

林措沒跟章流流計較，他對上章獻淮的眼睛，確定了心中所想。「你根本沒有想起來。」是否能想起來已經不那麼重要了。

章獻淮暫且不打算計較章流流沒有教養的行為，他把剛才黃經理帶來的盒子摔到林措身前，冷冰冰地說：「林措，你究竟偷了他多少東西？」

其中一塊碎片掉出來，尖角劃破林措的手背，很快滲出血絲。多年的不堪也將他的偽裝割出一道口子。

林措再也沉不住氣，情緒激動許多。「你喜歡上他了？」然後他自答：「你喜歡上他了。可是你知不知道，林冬遲是在利用我接近你。」

說完，林措笑了，笑容不再有林冬遲的影子，更像是他自己──冰冷、淒涼、咎由自取。

「林晉益要我把我們在M城的每件事情記錄下來，又拿著我寫的東西給他模仿，否則你以為以他那個膽子怎麼敢來這裡？你們第一次見面，他怕被人發現自己不屬於那個生日會，用的都是我的名字！」林措單手撐著桌子站起來，身上的杯子碎片和血先後墜落。

他徹底鑽出偽裝的皮囊，抓住章獻淮的手臂歇斯底里道：「從頭到尾林冬遲都是個贗品，獻淮，你喜歡他不過是在喜歡另一個我！」

聽到這話，章獻淮突然起身將林措反壓到桌上並掐住他的脖子。「贗品？」

章獻淮聲音低沉，像是想強壓住怒氣卻收不住絲毫。「林冬遲模仿你的時候我只覺得噁心，好在除此之外他和你沒有半分相似，否則我不可能愛上他。」

章流流站在一旁，這會兒才真正感覺到恐怖，他以前從來沒聽見過堂哥說話的語氣如此凶戾。只見林措那隻手背上的血滲得更多，滴到毛地毯上，迅速隱匿不見。他怕章獻淮控制不住，連叫了兩聲哥。

章獻淮這才鬆開。

章獻淮端起酒杯將酒兩三口飲盡，沒再看林措，邊走向屋內邊吩咐：「太髒了。流流，等會兒叫人把那塊毯子丟掉。」

事實上，章獻淮並非能夠做到忽略全部。他聽到了林措口中所謂的事實，也聽到林措在背後喊的那句「林冬遲答應過我永遠不會見你，你這輩子都別想找到他」。

然而章獻淮堅信不會這樣——林冬遲總喜歡說些自我傷害的謊話，騙得過很多人，但是往往騙不到章獻淮。

他唯一騙到章獻淮，就是笑著送章獻淮離開。

章獻淮吸取教訓，決心找到林冬遲後得用各種辦法教他從此別再撒謊。算了。

章獻淮想，撒謊也沒關係，只要林冬遲別再傷害自己，傷害彼此。

第三十三章

林冬遲消失的第四個月，瑞士卓越風華的溫泉度假村酒店發來歡迎郵件，表示此前預約的日期將近，期待相見與入住。

章獻淮沒刪除郵件，而是叫助理去與那邊聯繫，給明年第一季度的每個月都預留出一套溫泉房。

沒幾分鐘郵箱響了一聲，章獻淮以為是助理的回覆，點開卻是調查員發來的郵件：

「章先生，已確認林冬遲工作地點及居住地。

地址為：H市新連街道……」

章獻淮此前派去的人用公司的名義問了幾次都沒問出什麼結果，大姨和表哥始終說不清楚林冬遲的近況。

正因如此，章獻淮更叫人盯緊他們。

即使有那三十萬，這家人也少了每月額外的「生活費」。貪婪的人永遠學不會滿足。三十萬說多不多，除去治療腎病的費用，剩下的終究難以填住那張以恩為名不斷吸血的嘴。

果然，調查員跟著他們得到了林冬遲的消息，不過是從一直被忽略的林冬遲表妹那裡。

表妹在讀大學，平時住宿，所以調查員之前幾乎沒碰見過她。這回正好表妹週五回家，在樓底下快遞櫃取件之後，她先是看了眼周圍，再去垃圾桶旁拆了好半天快遞，把東西放進包裡收好才上樓。

調查員直覺不對勁，等人走後去把包裝翻了出來。

上面的資訊被表妹用鑰匙劃了很多道，但是能隱約看出部分內容——一個H市開頭的位址，寄件人姓林。

章獻淮查收郵件以及附件中工作地點的照片時，幾個月來第一次心跳得如此之快，即使那上面壓根沒有林冬遲的身影。

H市的汗蒸、溫泉、擁吻、徹夜性愛……那裡有林冬遲喜歡的東西和記憶。

晝夜更迭，原來小松鼠生活的森林入口一直停留在那個夜裡。

林冬遲下班回家，邊爬樓梯邊摸羽絨衣口袋深處的鑰匙。雖然燈一直亮著，他還是用腳跺了下，心想今天樓道的聲控燈好靈敏，隨即抬頭就看見站在家門口的章獻淮。

很突然，很不真實。

章獻淮身著黑灰色大衣，什麼都沒帶，站在那裡正要拿手機給誰打電話。見到林冬遲，章獻淮放下了手機。

四個多月，一百來天，章獻淮躺在床上無法入眠的時候，想像了無數次與林冬遲重逢的樣子，他靠這些未發生的畫面來說服自己要耐心等待相見。而真的見到面，他所想像的激烈反應並沒有發生。

章獻淮比想像中平靜太多，只是眼睛死死盯著林冬遲，腦中僅有一個念頭：要確保接下來的每一秒鐘林冬遲都在視線範圍之內。

他怕，怕這是幻覺，更怕林冬遲再次消失。

章獻淮向前走了一步，喉嚨乾啞，不確定自己到底有沒有真的發出聲音：

「林冬遲，不是叫你在家等我嗎？」

聲控燈滅了，林冬遲趕緊又跺了一下腳，手指抓著冰涼的鑰匙。

要進去嗎？可他不想讓章獻淮進屋。因為緊張、焦慮，而且一想到某些事情好不容易平復的心情就會被打亂。

除此之外還有個更客觀現實的原因——他的住所太小了。

林冬遲租了個一房一廳，自己住著綽綽有餘。H市不比S城，租房沒那麼貴，尤其這種老居民樓，交通和租金都非常合適，總體來說算很不錯。

但這些不錯都是相對他而言。

林冬遲不希望被章獻淮看見真實的他過著與他們如此天差地別的生活。章獻淮如果看到，以他挑剔的性格，那些日子剩餘的美好印象會被通通碾碎掉吧。

他們不能一直站在門口。

林冬遲無奈開門的時候手微微顫抖，內心大聲拜託著章獻淮別看不起也別嫌棄。拜託，千萬不要，儲存的那些歡愉沒剩多少了。

進屋後，林冬遲的坐立不安寫在臉上，怕被看出來，所以脫外套時他也把頭低著，像是做了什麼錯事。

的確是做了錯事。

見他這樣，章獻淮忽然非常生氣，他伸手用力托起林冬遲的下巴，沉聲重複了一遍：

「叫你在家等我的，為什麼不等？」

不僅沒等，還撒謊跑了。

林冬遲一個人藏在擁有珍貴回憶的城市，把所有的聰明都用在逃避感情上。甚至……甚至乖乖答應林措永遠不會再出現。憑什麼這樣答應，章獻淮太想問他，林冬遲，憑我和你之間難道從來都只算交易？你有什麼資格如此定義！

林冬遲被迫對上那雙眼睛，於是花了幾個月時間修補的心臟瞬間繃線，酸痛得不行。

章獻淮眼裡滿是血絲，林冬遲看不下去，想扭過頭不再看，卻被強硬拽了回來。

他心虛得要死，只好像之前那樣，努力裝出輕鬆的語氣回答：

「因為那不是我的家啊。林措回來，我的任務就結束了，留在那裡等你算什麼事兒？放開吧，你現在這樣做很沒有意義。」

如他所願，章獻淮放開了。

林冬遲心裡反而難受起來，他像隻受驚的動物，重獲「自由」的同時立刻往後退了幾步。為掩飾不舒適，還側過身去拿桌上的水壺倒水，用看似自然的動作繼續偽裝。

章獻淮盯了他一會兒，倒是輕笑出聲。「林冬遲，你還是這麼喜歡撒謊。」

他把大衣脫了下來，門口的衣帽架小，他便將衣服蓋在剛才林冬遲掛的那件羽絨衣外面。

「啊？」林冬遲頓住，沒再繼續倒水。

章獻淮走過來，如同那兩件衣服一般從背後緊緊抱住他，說：「明明不捨得走，為什麼不敢承認。」

「我沒……」

不等林冬遲否認，章獻淮先將他手裡的杯子重重甩了出去。水撒得滿地都是，即將倒映出在場所有人的真心。

林冬遲慌了。他被牢牢束在章獻淮懷裡，怎麼掙都掙不過。情急之下，他只好用老套的方式對章獻淮的手狠狠咬下去，一點也沒收住力氣。

不過林冬遲不知道，比起失去時的頭痛，這種疼對章獻淮根本算不得什麼。

章獻淮任由他把手腕咬出又紅又深的牙印也沒在意，用另一隻手快速挽起林冬遲的袖子。

那塊手錶還戴在手上。

章獻淮笑了。「林冬遲，你喜歡我。」

從獵人手中逃脫太難，所以小松鼠曾日夜祈求林措醒來，幫忙把籠門打開。

可當林措醒來，林冬遲踉踉蹌蹌走出去並回頭看時，卻發現並非林措替他打開了鎖，而是牢籠早就消失了。

林冬遲的心從始至終都是自由的。

他拋下許多，逃避許多，最終還是捨不得解開章獻淮親手銬上的鎖，只好把自己又重新關回牢籠裡。

第三十四章

林冬遲不懂章獻淮的目的，他已經離開並一個人躲起來了，為什麼還要找到家門口，面對面揭開最傷他自尊的祕密？

「所以呢？」他沒有心力去對抗，垂下手無力地說，「我偷走這塊錶沒有還給林措，所以你要來定我的罪嗎？」

章獻淮沒料到林冬遲會這麼回答，驚愕地看著他。

「對不起，我現在還給你，對不起。」林冬遲自覺可笑，推開章獻淮，低頭要把手錶解開。頭一低，眼淚就不受控掉出來，大顆大顆地與地上那灘水匯集，共同映出他殘破不堪的內心。

無所謂了。

林冬遲無所謂章獻淮是不是會看到這幅蠢樣子了，他一心想把錶還回去，盡快結束這場審判。可是越著急，手顫抖得越厲害，錶帶怎麼也摳不開。

「林冬遲。」章獻淮按住那隻手，卻被用力甩了開來。他有些無奈，把林冬遲緊緊摟抱在懷裡，讓他沒有空隙再去做這事情。

林冬遲卻仍在逃避，手上不斷推打，並不想聽到最後的宣判詞。將已經撕裂的地方再次撕開的做法實在殘忍，不必總是這樣自我傷害。

「林冬遲，林冬遲……」章獻淮把人摟得更緊，語氣明顯輕了許多，「聽我說，你沒有偷也沒有罪，有罪的是我，是我走的時候沒把門關好。」

掙扎的手慢慢停下來。

林冬遲耳邊一陣嗡鳴，開始懷疑自己聽到的每一個字。

「……是我讓你有機會逃出去。乖，別摘，也別跑了。錶是給你的，自始至終都是你。」

一時間，林冬遲在章獻淮傳遞的幾個資訊中徘徊，分不出先理解哪個比較好。他也不確定聽到的和分析出來的是否會一致，甚至不敢相信存在一致的可能。

會嗎？

章獻淮，也有喜歡的嗎……

趁林冬遲呆愣住，章獻淮二話沒說吻上去。

太久了。太久沒觸碰到心愛的獵物，他不願把全部時間都用在爭吵上。此刻就該如那天從S城機場回家的路上所想，用力教訓林冬遲一頓，再把人壓按到身體裡愛撫，讓林冬遲清楚他對他全身上下抱有多少渴望和愛意。

章獻淮的吻太具侵略性，林冬遲不得不接受，又習慣性地抗拒。直到他的舌頭被吸吮住，力度堪比前陣子用來縫補心臟的膠帶，林冬遲身子一下子軟了。

正合章獻淮心意，他順勢把人推到後面那個不怎麼大的雙座沙發上。而正是躺下來被扒了褲子，林冬遲才立刻恢復大部分清醒。

林冬遲要把內褲拉起來，嘴上邊無力呵斥：「章獻淮，你幹什麼！」

章獻淮笑了，以更大的力氣乾脆給他整件都脫掉，如從前一般一字未改回答：「幹你。」說罷，手指順著臀縫往深處插了進去。

林冬遲太誘人，上身的毛衣襯衫整整齊齊，下身除了雙短短的毛絨厚襪和掛在左腳腳腕處的內褲，已經什麼都沒有了。

未勃起的性器乖乖趴在兩腿間，脖頸和膝蓋都紅撲撲，渾身都寫著歡迎深入品嘗。光是看著，章獻淮褲襠裡的東西都能粗脹幾分。

章獻淮想在這寶貝的每一處都塗抹上精液，讓他不再那麼乾淨，讓他由內而外都是自己的署名標記，好永久私人佔有。

隨著手指越入越深，林冬遲的意識越發混亂，總地來說還是不大能接受這一個小時內發生的事情。他夾緊雙腿。「不行！章獻淮，別這樣！」

白色內褲被蹬到了地上，林冬遲握住身下的手腕，一時間找不到合適的言語表達疑問和顧慮，只能一個勁兒地說：「不行，真的不行！」

章獻淮又強硬插了根手指進去。

「不、不行，別進了！林……」

「噓，噓——」章獻淮及時用吻堵住林冬遲，離開時還朝他的下嘴唇惡狠狠咬了一口，「沒有不行，也別提別人，只有你。」

或許是懲罰，也可能是無法繼續強忍，章獻淮手上的動作草率起來。穴口尚未處於完全準備好的狀態，他也沒多憐惜，抽出手指換上了那根貪婪的硬物上去。

為防止林冬遲再說些無關緊要的人和話，章獻淮直接捂住他的嘴，另一手扶著硬挺的陰莖一點點用力擠進那紅嫩小洞裡。

沒有潤滑和充足擴張的地方略微乾澀，全根沒入後，動起來還是不夠順暢。章獻淮也不管了，按住林冬遲的腰側就強行大幅抽插。

好在林冬遲格外「有出息」，沒多久，腸壁就被肏得濕濕軟軟。

儘管如此，痛感依舊難以忽略。太長時間沒做，林冬遲張著嘴，疼到叫不出來。他的身體充滿了矛盾，雙手雙腿會不自覺繃緊以承受異物入侵的疼痛，可當被性器碾過敏感點，他的力氣又即刻泄得一乾二淨。

林冬遲感覺自己整個人都被章獻淮貫穿了。今天的章獻淮跟著了魔似的，每下都頂到很深，陰囊與臀肉大肆碰撞發出淫亂的肉體拍打聲，夾雜著章獻淮的低喘，聽得林冬遲慌亂得不行。

林冬遲抬手摳住沙發把手，希望能借力把身子往上挪開些。章獻淮哪能允許，拽著他的毛衣往下拉，迫使兩人貼得更緊，勢必要將林冬遲吃個乾淨。

指縫中慢慢漏出了林冬遲的呻吟。他像是幅提醒大家觀賞的藝術品，前端明明沒怎麼被安撫，也半挺著冒出不少液體，沾到毛衣上特別水亮。

知道是爽著了，章獻淮便不再捂他的嘴，順勢低頭與他接了個長長的臨近窒息的濕吻，然後由上至下欣賞林冬遲大口呼吸的模樣。

「林冬遲，」章獻淮又吻了一下，在他臉旁動情呢喃，「我終於找到你了。」

寶貝失而復得，沒人清楚章獻淮有多後怕多高興。

林冬遲則眨眨眼睛，沒有接話。他戴著錶的那隻手從剛才不知道什麼時候開始就壓在腰下偷偷藏著挪動著——他還在擔心章獻淮會把喜歡隨時要回去。

章獻淮算是發現了，這個傻子必須得給他掰開了揉碎了直白告知，才能真真切切明白自己的心意。

無須彎繞，不要任何暗示，直說就好。

於是在高潮來臨之際，章獻淮將精液和心意一齊送到林冬遲身心的最深處，告訴他：

「寶貝，我的寶貝，喜歡你，我的人和心全都給你。」

第三十五章

喘息逐漸平緩，林冬遲的嘴張了又張，半晌，他在章獻淮的注視中先開口：

「你說喜歡……」

「對。」

「那……我是誰？」

林冬遲緊張到極致，不可置信卻忽然願意去試著相信。丟掉的幻想再次尋回，他猜測也許在自己不知道的情況下運氣大好，發生了些神奇的事情。

總之，在當時當刻，他只想要確認：是我嗎？章獻淮交出喜歡的人。

屋內沒了剛才身體躁動的聲音，非常安靜。章獻淮心中頓痛，用手輕撫林冬遲的臉，順著嘴唇、鼻子、眼睛，一字一句清楚地講到他能安心：「林冬遲，我喜歡的是你。」

林冬遲一直以來逼迫自己不許喜歡，更不准暴露喜歡，用許許多多別人根本沒那麼在意的感情束縛自己。可當身體感受著另一個身體的熱度和心跳時，他累了，好累好累，不想再胡思亂想那麼多了。

他眼圈泛紅，半天說不出話，等章獻淮又叫了他一聲，才把手伸過去輕輕拽章獻淮的衣角，小聲說：「去床上吧。」

聽到這話，章獻淮的眼神燙得嚇人。他沒拔出性器，就這麼直接插在穴裡把人抱到臥室。

林冬遲怕掉下去，緊摟住他的脖子。每走一步，下面都被頂深一些，加上剛才射進去的東西在裡面充當著潤滑，身體又爽又癢。

剛碰到床，章獻淮就躺下來要林冬遲跪坐在自己腿上，還哄他把衣服都脫掉，說是「想多看看你」。林冬遲如願脫掉毛衣後，頭髮亂糟糟，下身插著那玩意兒，整個人表現得特不好意思，拘束得很。

因此頂了幾下跨，章獻淮仍不太盡興，大手忍不住來回揉他的臀肉，攛掇道：「寶貝，把襯衫也解開，自己動。」

林冬遲乖乖聽話照做，慢慢上下扭動臀部，邊動還邊低聲抱怨好疼。

但是也很爽，他不敢說，其實戳到穴心爽得停不下來。

也不想停。

過於突然的肯定答案和驚喜使他此刻太樂意承受各種肉體上的感覺，或痛或快樂，通通都在表明——全部真實。

章獻淮真真切切出現在這裡。他們正毫無距離地親熱，彼此坦誠真心。

襯衫滑落了一側，露出白皙的肩頭，林冬遲騎在身上紅著臉泄欲的模樣讓章獻淮渾身興奮，硬是拉他的手碰兩個人連接的地方，甚至想再往裡插一兩根手指。

這嚇得林冬遲使勁兒搖頭，一直嗚咽著拒絕：「不要不要，那裡真的不……進不去了。」

他說著，眼睛已經閉上了，腰直往後彎，性器也硬挺翹著，沒有平時那樣綿軟幼小的可愛，滿是露骨的色情。

「章獻淮……嗯、嗯啊……」他越動越快，牽章獻淮的手給自己快速擼動陰莖，龜頭時不時重重戳到兩個人的掌心，「我想射，快要出來了……」

「不許射，忍著。」章獻淮用拇指按住林冬遲濕答答的鈴口，然後主動向上用力，頻率比他自己動的時候快上很多。

看自己那根隨著章獻淮的大力肏弄上下搖晃，林冬遲一個勁地抓撓他的手，帶著哭腔求：「真的想射，嗚……想要弄出來，幫幫我……」

聲音性感中帶著沙啞，而這一切正是幾個月來章獻淮想著他自慰時常有的畫面。

找不到林冬遲，章獻淮便只能通過酒與幻想來進行粗糙的自我催眠。如今找到了，他心中又斷斷續續幾分鐘愛連著幾分鐘恨，所有複雜的情緒、思緒都在這場性事中徹底釋放出來。

等章獻淮鬆開手允許林冬遲解脫的時候，白濁是一股一股沿著柱身慢慢流下來的，小小松鼠哭著恢復了他可憐兮兮的本體。

來之不易的性事做到後面便不再存有理智，他們既沒好好潤滑，力氣也沒怎麼收著，總共做了三回多，結束後林冬遲的穴口明顯紅腫了。

他被抱著去狹窄的浴室清理，這會兒才發現後面出了點血。

「疼嗎？」章獻淮用食指在那周圍打圈，不等林冬遲回答，他又說，「疼點兒長記性，以後就不敢亂跑了。」說著，手頭使勁往裡按了兩下。

「嘶——」

痛感更加明顯，林冬遲靠在章獻淮肩膀上抽氣。他越想越氣，朝著章獻淮肩頭大口咬下去，幼稚地想：疼死你！讓你也長長記性。

沒有殺傷力的磨牙在章獻淮這兒直接被認定為小松鼠的可愛之處。他當即心軟，想著林冬遲向來怕痛，剛才還哭成那樣，就不接著欺負了。沖洗乾淨後，他拿吹風機把林冬遲頭髮臉蛋吹得熱烘烘的，再拿大浴巾裹好帶回床上。

兩人共同蓋一床單人被子，章獻淮身子一大截露在外面。他環顧四周，皺眉忍住了一些肯定不合時宜的話，然後從後面抱住林冬遲，問：「屋裡有沒有消炎藥，等會兒吃兩顆。」

林冬遲很睏，平時這時間早睡了，就很敷衍地說：「沒有，想吃的話明天再買吧。」

但是閉上眼安靜沒幾分鐘，他的心莫名突突跳得厲害，他趕緊扭頭去看——幸好，章獻淮還在。

「是不是以為這是夢。」章獻淮一眼看出他的擔憂。

「嗯，」林冬遲轉過身，面對面靠在章獻淮懷裡，「太像夢了。剛才有一瞬間我特別怕睜開眼夢就醒了，但是是沒有你的那種醒來。明天不會這樣吧？」

「不會，你好好睡一覺，睡醒我還在。」

雖然得到這樣的保證，林冬遲的睏意仍褪去不少，也不知道在想什麼，表情呆呆的。

「怎麼了？」

林冬遲想了想，小心翼翼地問：「你那個催眠怎麼樣了？是有想起來，還是……沒想起來

滿贗
分品
© 2024 滿分贗品
周涼西—著｜ALOKI—繪
春光出版 NOT FOR SALE

啊？」問出這些，林冬遲稍微有點難過。他有太多忍不住想問的問題，可是真問了又逃避式地不敢聽答案，生怕答案變成日後不好的回憶。

章獻淮垂眼看著林冬遲，感慨萬千。

的確，他們之間有太多事情沒說清楚，關於林措，關於記憶，關於遺漏和被偷走的過去。好在最重要的喜歡他們已然先說了個明白。

於是章獻淮告訴他：「明天慢慢講，你快睡吧，放心。」

那些都可以明天慢慢再講，而好不容易抓回來的小松鼠則需要時刻馴養，章獻淮算得明明白白。

「好吧。」林冬遲不情不願地答應，「那我再問最後一個問題行嗎？」

「……行，說吧。」

從見到面他就感覺章獻淮的眼裡滿是疲憊。「你是不是還在失眠？」

很奇怪，林冬遲希望章獻淮回答說睡得好，同時又自私地希望聽到他說沒睡好。如果只有我一個人在夜裡想你，太孤獨了。

林冬遲的出租屋沒有小夜燈，洗手間開著的暖黃色燈光灑了一半到臥室，所有的陳設和章獻淮家裡天差地別，而某種程度上似乎也沒有區別。

沉吟片刻，章獻淮回答：「你不在，我睡不著。」

他像是在講一件與自己無關的事情，語氣十分平和。「要去M城那天，你祝我每天都能睡個安穩覺，可你說跑就跑，臨走前的幾句話全是謊言。林冬遲，你走後我沒有一天能睡得好，比以前更加糟糕。」

林冬遲鼻子發酸，悶聲說：「對不起。」

「原諒你了。」章獻淮低頭吻他，「只要你待在身邊愛我就沒關係。」

第三十六章

手機鬧鐘第四次響起之前，林冬遲總算醒了。他縮在被窩裡，見章獻淮已經洗漱完畢，還翻出了件他之前買大了的T恤穿，昨天的不安瞬間打消不少。

「你起好早啊。」

章獻淮聽到聲響，看林冬遲只露出個小腦袋，覺得可愛極了，走過來催他快起床，然後探下身就想接吻。

林冬遲迅速把頭縮回去，在被子裡大聲說：「今天下午才去上班，不用急。」

章獻淮卻不是這個意思，他一把掀開被子，怕冷風鑽進去太多，又給蓋上了些。

「起來吃飯，然後收拾東西跟我回去。」

林冬遲收起笑。「跟你……回去嗎？」

離開S城後，林冬遲在H市的一家兒童藝術館工作，是從之前慈善活動認識的一位工作人員的朋友圈裡得到的招聘資訊。藝術館很小，工作人員不多，他負責部分行政工作，去了一個月左右開始兼職泥塑手工課的老師。

林冬遲對這份工作挺滿意的，從前他就想過要離開N縣，過真正屬於自己的新生活，雖然中途……但現在也算達成了。

當初同事們知道林冬遲初來H市生活，問他為什麼選擇這裡。林冬遲打趣說：「頭腦發熱，真是頭腦發熱。在自動售票機上買票的時候突然想任性一把，光看名字就覺著咱這地方不錯，對眼緣兒，所以就來了。」

他說得隨意，大家自然而然當成玩笑。哄笑中，不會有人知道林冬遲站在人來人往的高鐵站中央時，握著車票的手心有多痛。

其實林冬遲自己也覺得好笑，僅和章獻淮來過一回，怎麼就有了獨自定居下去的衝動？當章獻淮找來H市時，他的坐立不安有一大部分也是來源於怕被看破心思的窘態。

現下章獻淮說回去，從H市回S城，他們兩個人。林冬遲在心底毫不猶豫地答應了，和那天買票的速度一樣快。做完決定他才發現，原來和章獻淮一起生活也是自己期待的生活。

不過他沒有說出同意，而是反問章獻淮：「你先告訴我你是怎麼找來的？我明明沒有告訴……」林冬遲想到什麼，「我表妹？難道是她告訴你的？」

「她沒說，但我知道你給她寄快遞。」講到這，章獻淮有些不悅，「幾個月你都沒給我發任何資訊，唯獨聯繫了你表妹，還給她寄東西。」

好記仇。林冬遲乾笑兩聲。「因為表妹一直有幫我注意家裡的情況，她人很好，答應我連大姨都不會說。」

「家裡。」恐怕只有林冬遲把那兒當成是家裡。章獻淮大概了解那家人對林冬遲是怎樣的索取，語調冷淡許多：「他們還有找你要錢嗎？」

如果仍在繼續，他認為有必要去干涉一下那位表哥的想法和行為。

「沒有了沒有了。」林冬遲坐起來，盡量輕鬆地說，「本來有擔心一次性把錢給了不太合適，所以拜託表妹幫我順便留意。她跟我很好，不會告訴別人，這樣一來我還可以跟進大姨的治療。也是怕他們找不到我會著急。」

林冬遲的聲音越來越小：「可是沒有。他們沒怎麼提到我，也沒打聽過我在哪裡。我猜錢應該是夠了，算是好事吧。」

以前想起有關大姨和表哥的事情，林冬遲多少會有些不舒服，但只短暫地持續幾秒。因為這種情緒很沒用，就算他難受死了也沒人在意。這會兒給章獻淮講，不怎麼會難過的事情竟好像帶來天大的委屈，他有了種把所有經歷過的糟糕全訴說給他聽的衝動。

這或許就是能夠安心示弱的感覺吧。

林冬遲感覺得到，章獻淮依舊願意偏心自己。

而章獻淮是願意的。

他親了下林冬遲的額頭，兩人無言對視，自然而然接了個長長的溫情的吻。

帶有安慰意思的親吻很快變了味兒，章獻淮嘴唇向下，舔吮林冬遲敏感的脖頸，聽到身下人抑制不住地哼出聲。

還未進一步深入，如同所有好事都需要磨練那樣，門鈴刺耳響起。

「別管。」章獻淮一雙手行動迅速，伸入衣中去揉捏那兩粒更為敏感的東西，可門鈴還是沒有眼力見兒地大聲叫嚷著。

林冬遲笑出聲，趕緊推開章獻淮從另一側爬起床，套了身睡衣就跑去開門。

來的人捧著盒葡萄，是租住在對面的同齡男生。他剛從老家回來，給林冬遲分些帶回來的水果。林冬遲用手順了順凌亂的頭髮，接過水果道謝。

他們在門口多說了幾句，屋內傳來章獻淮的聲音：「林冬遲！」

鄰居往裡看了眼。「你有客人在啊？」

「對……」林冬遲還沒說完，章獻淮先走過來給他披上了件外衣。

高高大大的人站在林冬遲身後，對鄰居點點頭，又對林冬遲說：「屋裡有蚊子咬我，你過來幫我看看。」

「……」是很沒有說服力的理由了。

鄰居覺著哪裡怪怪的，擺手對林冬遲說：「那你們忙，我得回去收拾行李。」走的時候，章獻淮還很有禮貌地跟對方說再見。

林冬遲從抽屜翻出蚊香片，嗔笑章獻淮：「他是我鄰居，人家有女朋友的，之前我剛搬來他們還好心幫了我不少忙。少爺，你未免太小氣了吧！」

章獻淮哪裡管人家有沒有女朋友，他純粹是自私，不想把自己獵得的寶貝分給別人看。

更何況是剛起床的小松鼠。

經過一夜欺負，林冬遲看起來蒼白、有氣無力，像極了隨時會軟著身子被壞獵人抓到被窩裡再欺負一次，還是不帶掙扎的那種。

但壞獵人嘴硬，不會說出這個想法。章獻淮指著手上被咬的紅包表示：你這屋就是有蚊子！完全避開了「林冬遲私有化」的話題。

林冬遲一看，果真是被蚊子咬了兩包。他拉過章獻淮的手，用拇指指甲用力在蚊子咬過的紅包上按了個「米」字。

「你在做什麼？」章獻淮被林冬遲認真畫「米」的樣子逗笑了。

林冬遲瞥了他一眼，解釋：「是魔法，這樣弄了之後被蚊子咬的包就不會癢。禁止多問，問了就不靈。」

「行，那這個藍綠條紋的小方片？」

「這是蚊香片。」林冬遲蹲下來把蚊香片插好，然後抬頭問章獻淮，「你有沒有覺得我們常常活在不同世界啊？」

林冬遲的自卑心理出現得相當隨機，每當他想鼓起一絲勇氣做什麼時，S城那些人的話便化為不良情緒將他阻攔。以前他很少放心上在意，但再次遇見章獻淮，他忍不住不斷考量。

章獻淮問：「為什麼這麼說？」

林冬遲想了想，換了種說法。「單說屋子吧，對我來說這裡很合適，無論是大小啊，環境啊。但你有沒有覺得太小？」

「嗯，是小。」章獻淮也蹲下來，與他平視道，「不過沒關係，你走之後，我第一次發現家裡很空，大也沒用。林冬遲，只要你陪著我，我們就生活在一個世界裡。」

事實上，林冬遲和章獻淮都心知肚明，一起回S城這個決定對方不會有異議。只是確認彼此的感情之後，他們需要好好坦白自個兒的真實想法，不再摻雜過多的謊言、騙局和被誤解的心意。

走過各種彎彎繞繞，林冬遲終於走回正路，問了那個他習慣性逃避卻仍然想知道的事情：「那麼，林措呢？」

關於林措的所作所為以及目前尋回記憶的進展，章獻淮沒打算瞞著林冬遲。他將了解到和調查到的事情對林冬遲全盤托出，包括對車禍的懷疑、M城關係的澄清，以及他能想起的記憶片段……除了林措冒充林冬遲的惡劣過往。

每次要提到那十年林冬遲做過的杯子，話到嘴邊都生生被嚥了回去。

章獻淮不打算隱瞞林冬遲，是因為他需要了解自己信賴的哥哥究竟如何。只是真的面對林冬遲並真正對上他的眼睛，章獻淮開始心軟——他的寶貝不該為別人的過錯受委屈。

現有資訊已經讓林冬遲難以將之與哥哥相聯繫。

「不知道為什麼，好悶。」

章獻淮以為他是因為不太能接受，卻聽林冬遲接著說：「原來被人騙這麼難受。那段時間我和他們合夥騙你……對不起，章獻淮，你得有多不舒服。」

章獻淮著實沒想到林冬遲此刻難過的部分原因，是想到了他也是受騙者。

「太笨了。」章獻淮把他抱在懷裡，「不要替我不舒服，你沒對不起我。」

一旦涉及感情，林冬遲總是主動忽略自我，笨得不行。正因如此，章獻淮想，那些不知如何告知的真相更該原原本本告訴這位想很多的笨蛋。

讓他知道，現在所有的愛和感情全是你應得的，林冬遲你只管接受就好。

第三十七章

第二天林冬遲與章獻淮就一同離開了H市。

好在工作那邊處理的都是些比較閒雜的事務，不需要過多交接。同事們表達了些許可惜，也祝他回家一切順利。

是的，林冬遲辭職的理由：要回家了。

走得倉促，屋內東西幾乎沒怎麼收。為了趕緊把林冬遲帶回去，章獻淮答應他會讓搬家公司打包好直接送回S城，徹底斷了多待一天的藉口。

至於租的房子，林冬遲老老實實付了違約金。章獻淮聽他在一旁念叨著可惜這些錢，隨口問了句還有多長租期。

「七、八個月吧。」

「八個月？」章獻淮臉沉了下來，所以如果不是自己找來，他竟然想長久躲在這地方。

林冬遲趕緊給章獻淮塞了顆葡萄到嘴裡，擺出副講道理的架勢。「按年租每個月可以便宜兩百多，有錢也不能亂花錢，這是節省著過日子，你理解的吧。」

章獻淮並不理解，但是面對這麼乖的鼠，還是點了下頭。

臨走前林冬遲去跟對門鄰居好好告別，把家裡未開封的零食和牛奶都拿給他，並邀請他跟女朋友有空去S城玩。

鄰居答應了，跟林冬遲站在門口笑著回憶了好些這幾個月的趣事和煩心事。

整個過程章獻淮的反應好了很多，沒表現出展示自己珍藏品的絲毫吝嗇，甚至也大方邀請他們。當然，如果最後人家和林冬遲要友好握手擁抱時，沒立刻拽開林冬遲就更好了。

回程路途中兩個人沒講什麼話，彷彿都怕話一說多，做了很久很久的夢還未擁有好結局便會醒來。

林冬遲看著窗外，發現路跟以前不太一樣。他心頭一緊，問章獻淮：「我們不回去嗎？」

「是要回家，以後我們住另一處，那兒更適合兩個人住。」

「喔喔。」林冬遲繼續回過頭對著外面，雖然不太清楚章獻淮具體怎麼打算的，但他的嘴角已經忍不住笑意，一直揚著。

新住處是個四層半的別墅，開門後，林冬遲拉著行李箱走在前面，章獻淮負責關門「滴滴」兩聲上了鎖。

林冬遲轉身，與身後人四目相對，憋了一路的慾望和複雜情緒瞬間爆發。

章獻淮幾步邁向前，緊緊抱住他就開始親吻。林冬遲則鬆開攥得很緊的行李箱，抬頭迎著這一切。既有說不出的強烈愛意，又莫名地想要痛哭。

終於、終於可以有個地方停留下來。

終於可以大大方方地愛章獻淮，同時被他所愛，毫無距離地將彼此融到身體裡、心裡。回家了，兩個人的家。

林冬遲被吻得嘴唇紅了一個度，眼睛濕漉漉的，隨時要流淚的樣子。

章獻淮非常滿意，手指摩挲著林冬遲的嘴唇，說：「氣血不足，得多補。」

林冬遲沒懂他幹嘛突然說這個，卻也點點頭。「可能有點兒吧。」此前入職體檢的時候醫生說是稍微有點貧血。

「以後叫阿姨多給你做些好吃的食補。」

林冬遲聽了挺開心的，剛要提名那道非常好吃的豬蹄，又聽章獻淮說：「這會兒阿姨不在，先吃其他東西。」

他把手指伸進林冬遲的嘴裡，強硬地抵按住柔軟的舌側。

「寶貝，一滴精十滴血。」

是這麼用的嗎……

林冬遲直接被氣笑，把他推開。「你有病！」

章夫人到家門口的時候，林冬遲正裸著下半身坐在餐廳桌上，摟著章獻淮的脖子索吻。

章獻淮未脫衣物，下邊鼓鼓囊囊的一大包頂著他，把小小松鼠都蹭紅了。聽到門鈴不斷在響，他不大開心，親了親林冬遲，囑咐道：「在這兒等，我去看看。」

林冬遲「嗯」了一聲，安靜坐在桌上。

但是很快，他似乎聽到章夫人的聲音。在確認那不是幻聽後，疲軟的林冬遲嚇得從桌上跳了下來，也不顧章獻淮等會兒會不會生氣，迅速把褲子穿好。

章夫人知道章獻淮特意去H市找林冬遲，還偏偏帶回城北那處許久沒有住過的別墅，就已經明白章獻淮的選擇和決心了。

她輕嘆了口氣，對章獻淮說：「林冬遲在這裡吧，你去把他叫出來。」

「媽，」章獻淮沒有答應，「他剛回來，過陣子我再帶他回老宅看您吧。」

林冬遲在S城受到的輕視，除了林晉益，更多的就是出自章家。章流流、章夫人，甚至是最初的章獻淮，在不了解他的情況下都或草率或無意地做出了傷人行為。

從前章獻淮有所察覺，會有意無聲避免，結果呢，林冬遲還是離開了。所以現如今章獻淮不再有任何顧慮，他要做的就是從根本把人護住。

林冬遲躡手躡腳走到拐角處，思考著要不要出去。他是心虛害怕的，總覺得自己做錯事情。章夫人聲音不大，林冬遲只能斷斷續續地聽到她提閆叔，提到醫院，還有心理治療。章獻淮低聲回答了幾句，就聽到章夫人抬高聲調說著「全是為你好」。

為章獻淮好？

當初林冬遲的媽媽把他留在大姨家，也說「為了你好」，說如此一來林冬遲能在比較完整的家庭長大。然後不到半年她就改嫁，拋下林冬遲去和別人組成完整家庭了。

這麼多年來，被表哥強制要求上交生活費，被大姨和大姨夫默許家中的不公平，林冬遲曾無數次想，這難道是媽媽口中的「好」嗎？到了章家人那裡，他們以所謂的「為章獻淮好」去欺他、騙他、瞞他，用荒唐的事情進一步傷他的心。

說到底，「全是為你好」不過是這些人強加意願到別人身上，並為此打上美好幌子罷了。

林冬遲靠著牆壁，皮膚一陣冷顫，他回想起知道真相時章獻淮的眼神，手指禁不住略微顫抖。停頓片刻，他緩慢走了出去。

「你怎麼出來了？」章獻淮擰眉，表情不太好。

林冬遲想說我是來陪你的，不過這麼近距離面對章夫人，他犯了膽怯，不太敢出聲了，只過去站在章獻淮身邊，用行動陪著他。

章夫人順著章獻淮的目光看去，她與林冬遲見面次數不多，許久未見，乍地一看林冬遲和林措的確有幾分相像，這也是當初選定他的主要原因之一。

她對著林冬遲，話問的卻是章獻淮：「和林措有幾個角度確實很像，是因為這樣嗎？」

林冬遲光著腳，略顯不知所措。

章獻淮一把拉住他的手，回答：「我說過了，跟其他人無關。」

贗品之所以不被認可，不僅因為外表上與真品存有一定差異，還在於其中的價值和意義難以臨摹。

既然別人不懂，那章獻淮就來親自鑑定，林冬遲才是獨一無二的真品。

章獻淮把林冬遲拉到章夫人跟前，握緊了手中的冰涼。

「媽，還記得那次生日會我被鎖在木屋裡嗎？出去後我生病，許多事情記不太清，也沒人敢提起。可後來騙我的人怎樣了大家心知肚明，否則老爺子不會罰我去M城。

M城實在不好，和那個木屋沒多少區別，但是有個小男孩一直陪著我，幫我開門……

林冬遲就是那個人，他是我的光和希望。」

章夫人走了，林冬遲以為的場景並沒有發生。他覺得手心好暖，眨眨眼抬頭看章獻淮，整個人鬆弛了下來。

章獻淮捏他的臉。「在想什麼？」

「在想好多。」林冬遲如實回答，他一時間接收了許多資訊，著實需要認真理解一番。「其實我以為你媽媽會丟張支票到我身上，隨我開價填數位，條件是要我離開你。」

章獻淮沒看過韓劇，不知道這人哪來的這種奇怪想法，以為他是還在擔憂，便安撫林冬遲道：「放心，她不會這樣做。」

林冬遲點點頭，想起了老闆，這次回來還沒有看到他，而且剛才聽見章夫人說他已經離開了。

「章獻淮，你是還在怪闆叔嗎？」

怪他嗎，或者說怨過他嗎？章獻淮沒有直接回答，只說：「我非常信任闆叔。他年紀大了，身體不好，是時候該好好休息一下了。」

章獻淮與老闆之間的感情複雜，此刻不想多提，他笑著告訴林冬遲別多想了，便帶著他上樓，徑直走向三樓的最裡間，那個記錄著所有過往的房間。

一開門進去，林冬遲就看到了架子上擺放的陶瓷杯子，每個外面都用玻璃罩罩著，宛如珍貴藏品。

林冬遲愣住。「這是……」

章獻淮在背後看著他，沉聲說：「我們錯過的十年。」

第三十八章

人們分開再相遇的概率是多少，接連錯過最終依然相遇的概率又是多少？林冬遲算不出來，只知道很難很難。

十年，他給哥哥十年生日做的每個陶瓷杯都出現在章獻淮手裡，不難猜測林措做了什麼。

也許是已經有過認知顛覆，林冬遲異常冷靜，快速聯想著章獻淮所說的木屋與小男孩。

最終，他翻找出那段古早且模糊的記憶，睜大眼睛望向章獻淮，喃喃道：

「原來是你。當初媽媽帶我來S城，把我一個人留在我爸的家門口就自己先走了。他們正準備出門，家裡的阿姨也不在，只能帶上我。那天林措穿得很好看，我聽到他們在說生日。所以我、我一直以為是林措的生日會。問的時候他明明點頭了……」

林冬遲的聲音越來越抖，五歲左右的具體情況能記起的實在不多，但因迷路而困在小木屋的事情他卻有著深刻印象。

當天，屋中同樣「迷了路」的大哥哥耐心安撫他，並問他叫什麼名字。

林冬遲與整個生日會環境鑿枘不投，幾乎無人理睬，他以為是自己沒有被正式邀請的原因，再加上怕出去後又被林晉益責罵，便撒謊借了「壽星」的名字來回答。

逃出去後，他費了很大力氣找回樓裡，告訴一個大人，有大哥哥被鎖在後花園了。

後來他們是如何處理的，林冬遲不清楚。在模糊的記憶中，爸爸並未過問這件事，也沒留下他，第二天他就再次被送回大姨家。

現在想想，生日會人多，林冬遲始終被忽略於眾人的視線裡，因此沒人會將他與章獻淮被困作出聯想，包括林管益。而唯一清楚事實的林措則是通過林冬遲送的生日禮物——泥塑小人，察覺到了不對勁。

章獻淮被找到時，旁邊大人的手裡也拿著一個。很明顯，這種粗製的手工製品只能是出自林冬遲。

講完，林冬遲站在原地，胸口泛起悶滯。

章獻淮看得出來他正在緩慢嘗試接受，不禁心疼起來，心疼本該被珍惜的寶貝長久以來被棄置在雜物間內。

好在終於找到了，找對了。

「林冬遲，我們又待在同一個屋子裡了。」章獻淮的聲音很輕，生怕多一分重量就會敲碎現實，「這次不讓你先走了。」

獵人踏進自己為小松鼠精心打造的籠子，丟掉鑰匙，誰都無法逃離。

晚上洗澡的時候，章獻淮非要跟著進去，林冬遲笑罵著推開他。

「別以為我不知道你在想什麼！」

當然，弱小松鼠抵抗失敗，章獻淮總能成功侵入，甚至有了新的理由。

「錯過這麼多年一起洗澡的機會，不該補回來嗎？」

林冬遲不知如何辯駁，他腦海裡總浮現出上回這人喝醉酒把他按到身下的畫面，又羞又氣，乾脆直接不理章獻淮，自顧自地開始淋浴。

他的表情壓根兒藏不住事情，章獻淮趕緊把衣服脫了個精光，走過去就想抱住那具白皙美妙的軀體。

沒想到剛靠近，就眼瞧著林冬遲深深吐了一口氣，然後閉上眼睛。

好像在做法。章獻淮頓住。「寶貝，你在做什麼？」

林冬遲很大方地把自己的小迷信告訴他：「這樣呼出去，煩心事會被沖走，身體也能騰出空間，那麼心願就有機會霸佔位置成真了。」

他認真講解的樣子讓章獻淮忍俊不禁，心裡直呼怎麼有人肉體和靈魂都如此可愛。

「那讓我來看看你的心願有哪些。」說著，章獻淮的大手貼到林冬遲身上。沐浴乳沒沖乾淨，林冬遲的皮膚摸起來極為軟滑，像滴過香油的嫩豆腐，微彈可口。

林冬遲被摸得舒服，下意識挺送出自己這道美食供章獻淮品嘗，嘴上不忘回答：「我的心願是你以後能睡個好覺。」

章獻淮低頭親吻了下他的肩膀。「好。」

林冬遲轉過身，小聲說：「今天你和你媽媽的對話其實我聽到了些。繼續去心理醫生那裡複診好嗎？我陪你一起。」

林冬遲眼裡似有靜水，看一眼章獻淮，水光便隨心浮動。

章獻淮被好看的閃爍所吸引，這次直接吻到了他的唇上，笑著說：「好，全答應你。」

小夜燈亮著，林冬遲需要重新適應。他眼睛疲憊地半睜著，怎麼都睡不著。也挺奇妙，此刻躺在章獻淮身旁，他有種熟悉又陌生的感覺。

章獻淮一隻手搭在他腰上，見他緩慢眨著眼睛，問：「怎麼了？」

「章獻淮，如果你完完整整想起來所有事，會不會……記起你和林措多年來的細節，還有你們在M城真正的關係。我在想，說不定比你想像得更親密呢。」林冬遲不敢抬頭，「畢竟你們的確認識了很久。」

他依然會擔心，尚存的不確定反覆撓抓心臟上剛剛癒合的傷口，其中還有許多難以言喻的愧疚和束縛。林冬遲得到的從來不多，他只想確定這些不會再被奪走，或是還回去。

「不會。」章獻淮沒有絲毫猶豫，回答，「我喜歡你，和過往沒有關係。」

他摟住林冬遲，看著那盞燈，語氣淡了些。

「而且能輕易被本能拋棄的記憶，再多也沒有意義。」

第三十九章

催眠的過程比此前順利了許多，用教授的話講，章獻淮的意識不再那麼強烈抵抗，雖然短時間內無法憶起全部，但至少能夠一點點打開心理防備。

他們達成了共識，接下來的診治不是非要找回什麼，真找不回也不要緊，林冬遲只希望章獻淮能與執念和解，每日好眠。

第二次去診治時，林冬遲坐在另一間休息室。他用手機刷著S城近日的徵才資訊，訊息「叮」一聲從螢幕上方彈了出來。

「我在門口，現在下來。」

室內暖氣很足，林冬遲還是打了個冷顫。

自從回到S城，他就在等待林措找來，只是沒想到林措尋的時間如此巧妙，恰好選了章獻淮不在身邊的時候，連位置都打探得一清二楚。

他到洗手間洗了把臉，對鏡中的自己長長呼出一口氣，然後鼓起勇氣獨自下樓。

幾月未見，林措看上去清瘦不少，眼眶凹陷如同道溝壑，把清冷的眼神襯得分外明顯。

林冬遲剛剛走近，林措就冷冰冰問：「為什麼回來？」不等回答，他又說，「就這麼甘心跑回來做我的替代？」

如果是以往聽到哥哥如此質問，林冬遲或許會先將所有的錯歸咎於自己。而今知道真相後，他開始轉變思考方式。

林冬遲不得不承認，一直以來自己在意的哥哥不過是想像和逃避的產物罷了——林措無數次拒絕收N縣特產，他則忽略掉林措壓根瞧不上廉價物品的可能性；林措每年生日催促他寄陶瓷製品，他還為哥哥也同樣在意兄弟情分感到欣喜。

林冬遲自認為相當愚蠢，為此得到了教訓。

而此刻面對林措，他也沒有半分生氣，只認為哥哥可悲可憐。有過被迫做替身的經歷，林冬遲深知丟掉本我需要承受多少痛苦，更何況林措長年累月地偽裝，已經病入膏肓了，甚至到這會兒還在自我欺騙。

他企圖最後抓住一縷幻想，和聲道：

「哥，為什麼這樣？不要這樣了。偷東西的人，明明不是我啊。」

小時候的經歷、章獻淮的尋找、十年的陪伴，林冬遲從未主動求過什麼，可是已經僅剩不多的東西為何還要被擁有很多的人不問自取？他不明白。

「所以呢？」

林措既然找到這裡並特意算準時間叫林冬遲下來，便猜到了章獻淮有把全部事實都告訴他的可能。「你的意思難道是我偷你的？」

林措沒有絲毫歉意。

他厭惡，厭惡林冬遲每一次輕鬆的笑，林冬遲的毫不知情，厭惡林冬遲事到如今仍然乾乾淨淨！

他徹底撕開那堆懶得再經營的假象，不留餘地一刀刀刺過去。「林冬遲，如果當初不是我的名字我的身分，你怎麼可能有機會從那個小地方走出來認識章獻淮？我費了多少力氣擺脫林晉益去了M城，你呢？你捫心自問自己付出過多少，又輕易從我這裡得到多少！章獻淮現在給你的哪樣東西不是你從我日記偷的？你是不是不知道自己有多幸運啊，什麼都沒做就輕易拿到手裡，我要的最後都給到了你，還我一些你究竟有什麼可委屈！」

林措的每個字都扎進林冬遲的皮肉裡，極深，沒有出血卻疼得人快要喘不過氣。

林冬遲再也無法壓制住聲音中的顫抖。

「瘋了，你真是瘋了，你知道自己在說什麼嗎？哥，咱們不要這樣好不好……」

林措嗤笑一聲，語氣越發接近歇斯底里。「章獻淮本該配上最好的東西，偏偏對不值錢的爛泥感興趣，我倒想問問到底是誰瘋了。」

林冬遲從不知曉平日裡清冷靜默的人拔出的刀會如此尖利，他只知道，眼前這個無比陌生的殺手不再是他的哥哥了。

半天，林冬遲才緩慢開口：

「如果你來找我是想說這些，那我和你無話可說了。」

他裹緊外套轉身要走，林措卻突然衝上來使勁地拉扯住他，力氣大得嚇人，林冬遲沒站穩，差點絆了一跤，懼意從心底油然而生。

「小遲，小遲！」林措攔著林冬遲，沒說是也沒說不是，只是如往常的每一次那樣不許抗拒地要求林冬遲，「你去……去阻止章獻淮別繼續做催眠。他既然選擇贗品，就沒有資格再想起與我有關的任何事！」

寒風順著傷口侵入，反而把林冬遲凍得格外清醒——不對，哪裡不對。

林措做事向來直截了當，這次來的真實目的卻通過彎彎繞繞引出。若真如林措日記所寫的那般，他不是更該希望章獻淮盡快記起來嗎？此時給出的理由實在難以成立。

所以林措為什麼想阻止章獻淮做催眠治療？

或者說，林措真正想阻止的記憶是什麼祕密？

林冬遲渾身發涼，不敢多想下去。他推開林措的手。

「我不會答應你了。你和爸爸今後的所有事情都與我無關，反正早在離婚那年你們就一起把我丟掉了，不是嗎？」

第四十章——完結

章獻淮催眠結束出來時，看見林冬遲咧嘴笑著跟職員小姐姐討杯熱水喝。他大步靠近，明顯感覺到林冬遲一身寒氣，不像在屋內久待的樣子。

「笑得好傻。」章獻淮摸他的手，卻被悄然躲閃開了。

林冬遲接過小姐姐遞來的紙杯，撇撇嘴解釋：「伸手不打笑臉人，很多人看到笑就感覺舒服，這樣會討人喜歡，做事情好像會容易一些。」

雖然是這麼說，他還是有些尷尬，笑著求人辦事是他摸索出來的習慣。

「真的看起來會很傻嗎？」

章獻淮聽了不大舒服，他不知道林冬遲如何總結出這種「經驗」，此前也沒注意到林冬遲會這麼在意他人的看法。

見他不回答，林冬遲輕喚了一聲。

章獻淮看著這個笨蛋，認真對他說了句不算回答的回答：「不會。你別再討別人喜歡了，討我喜歡就好。」

「啊？幹嘛突然這麼說。」林冬遲笑出聲，眼睛都瞇起來，活像隻攢足了一百顆松果過冬的開心小松鼠，「不覺得傻了？剛才不還嫌棄。」

「不嫌。你討我喜歡不用做任何事，因為我已經很喜歡你了。」

回家路上，林冬遲問起今天的情況，章獻淮表示「和上次差不多」。

「林冬遲，」章獻淮牽起他的手，果然，手指冰涼，「我們第一次牽手就是在這車上。」

這句話……林冬遲聽著非常耳熟，是他曾經對章獻淮講過的，不過那會他的身分還是林措。

林冬遲安靜下來，正如林措所說，他的的確確在接近章獻淮的過程中不斷模仿著林措。他不認同林措的觀點，卻又不太能分辨出章獻淮喜歡的那個「林冬遲」幾分是自己，幾分是哥哥。

盯著兩人覆在一起的手，林冬遲兩三次欲言又止。

可章獻淮手心的暖意慢慢傳遞過來很是舒服，他想要從今往後都能大大方方地感受這溫度，不再摻雜任何心虛了。

於是，他深深吸了口氣，開口：「章獻淮，其實當初跟你說的那些……」那些「我」與你的某些相處方式，包括為你夾菜，第一次牽手，還有生病時的悉心照顧……全部是從林措的戀愛日記中模仿來的。

林冬遲帶著歉意將最深處的祕密和盤托出後，心裡鬆快了許多。

他想，章獻淮最恨謊言，怕是會生氣吧。無論怎樣生氣都是我該承擔的，別不要我就好。

作為彌補，松鼠願意將自己的一百顆松果都送給獵人。

章獻淮聽完倒是非常平靜，淡淡說了句：「假的。」

「假的？」林冬遲一時沒反應過來，「什麼假的？」

「去年我和林措共同出現在雲上中餐廳的唯一一次是華人商會舉辦的活動，我和他並不同桌。偶爾幾次送餐也是他直接送去公司辦公室的，林措沒許可權到頂樓。所以我說，他的日記內容都是假的。」

除此之外，前兩個月寧老闆又來了S城，調查員發現林措跟他深夜碰了一面，半夜兩點五十離開。

章獻淮覺得有問題，便讓人細查了當年那次未達成的商業合作。結果從組內一位已經調職的外國員工那裡了解到，外國員工才是最先與對方的負責人接觸的，林措違規私下去與寧老闆聯繫，後來寧老闆就點名要求非要林措不可，換走了人家。

洽談前，平日寡言的林措主動與幾位組員透露「Ning 不太好惹」的資訊，暗示寧老闆會動手動腳。

寧老闆是否真的對林措有某些過分舉動不得而知，但種種跡象表明，林措一直在用見不得光的小動作來促成他與章獻淮那段所謂的戀情。

正因如此，才有了後來溫泉和慈善晚會的事以及各種傳聞。

章獻淮不希望讓林冬遲陷入過多複雜，便轉移話題安慰他：「說起來，林措臆想出來的所有虛假，我們倒是每一件都真實做到了。」

即便如此，林冬遲仍目瞪口呆。一個人得瘋到什麼程度才會花那麼多日夜編造一段不存在的感情，連細枝末節也不放過？

編到最後把自己都給騙了，編造者甘願深陷其中，讓他脫離虛假就等同於逼他承認不存在的一切。

日記中的內容林冬遲看過許多次，他的腦中突然閃現出一句章獻淮生日當天林措寫下的：「10th 只能由我陪你」。

只能由我陪你。

只能由林措陪章獻淮，如果不能呢？

林冬遲整顆心懸到嗓子眼，小心翼翼地問：「那你有沒有想起有關車禍的事情？那天是意外嗎？」

林冬遲知道這個問題很不合時宜，尤其現在他們就坐在車中。但是今日與林措見過面，他無法不把這些聯繫起來。

如果他猜得沒錯，車禍是林措故意所為……

林冬遲不夠聰明，想不出該怎麼辦。他著急地看著章獻淮，希望章獻淮能幫幫忙。

「不記得了。」

章獻淮一眼看透林冬遲的想法，溫和地告訴他：「沒想起來，你也別想了。」

別想了。

章獻淮的聲音彷彿羽毛飄落到心尖上，輕易地把林冬遲錯位的心臟帶回了原處。他點點頭，輕輕靠在章獻淮身上好保持羽毛平穩。

他信章獻淮，此刻，想不出答案的事情似乎沒那麼重要了。

不重要嗎？林冬遲看不到章獻淮的笑容迅速消失。

章獻淮通過催眠想起的相關內容，就是在黑暗出現之前林措在駕駛座上笑著說的那句：

「你這輩子別想再見到林冬遲。」

章獻淮不確定這是車禍當天真實聽到過的話，抑或是自己根據林措的所作所為拼湊出的答案。不過車禍究竟是如何發生的，林措又為什麼會超速，他已經能猜個八九不離十了。

章獻淮並不打算以法律手段來解決這件事，費時費力，更重要的是，林冬遲會受到影響。

林措沒有哪裡特殊，他必然得為此付出代價。不出意外的話，林措在S城將再也無法找到令他滿意的工作和商業合作。奪走他本人最為重視的生活物質條件，方能令章獻淮勉強滿意。

除此之外，章獻淮與林晉益通過電話，要這隻自私自利的老狐狸表現誠意，「勸」林措永遠離開S城。他的寶貝當時是如何被林晉益要求和限制的，章獻淮要林措親身去體會。

當然，林冬遲不需要知道這些。

半夜醒來，章獻淮無意識攥緊林冬遲的手，把懷中人給弄醒了。

林冬遲迷迷糊糊睜開眼，問：「做惡夢了？」

他本能想抽出發疼的手，不過緩了幾秒還是沒有這麼做。心理治療過後，章獻淮遵從醫囑逐漸減少安眠藥物的用量，可能還是不適應，半夜常會斷斷續續夢到小時候的事情猛地醒來。好在知道了夢裡那個人是小林冬遲，所以沒有從前那麼難熬。

章獻淮「嗯」了一聲，想到什麼，趕緊鬆開手給他揉了揉。

「夢到以前一些事。」

「是嗎。」林冬遲坐起來把床頭的水杯遞過去，故意開玩笑道，「章少爺，你不是又要把我忘了吧！」

章獻淮喝了口水，深吸一口氣，忍住沒有提出服用止疼藥。

林冬遲在一旁「不依不饒」地學他當初醒來時的樣子，還壓低嗓子問：「誰是林冬遲？」學完，自己先笑個不停。

記憶選擇性地消失，也許找得回來，也許找不回來。

無所謂了，因為愛人的名字會永遠記在心裡。

章獻淮放好水杯，順勢吻了下林冬遲的額頭，笑著一字一句地回答：

「是你，我獨一無二的寶貝。」

（全書完）

番外一

回到S城的頭一禮拜，章獻淮和林冬遲沒有真正實現肉體結合，原因很簡單——林冬遲太怕疼了。

H市重逢的那個晚上他後面出了點血，應該是沒有好好潤滑擴張就大幅度做了很長時間所致。因此他們每次剛要進行最後到一步，林冬遲就會拿出這件事來阻止。

「疼！不要了不要了，得好好休息。」

逃脫幾個月，好不容易抓在手裡卻只能看不能吃，章獻淮不答應。可當他把人強按住，手指剛觸碰到穴口，林冬遲都跟積攢許久的松果一下子全被人掏空了似的，叫得異常淒慘。

章獻淮心一軟，只好停止繼續侵入。

獵人絕不能因此吃虧，他要求小松鼠必須負責解決。

手部勞動是基本解決方法。

因此浴室、沙發、床上，不讓插入的結局就是章獻淮硬著性器，抓過林冬遲的兩隻爪給自己擼到射。這還沒完，大概是兩人相擁著接吻的工夫，章獻淮便能再硬起來，繼續欺負。

林冬遲無語，故意苦著臉抱怨手痠。

手痠怎麼辦，當然是選擇體諒寶貝。有一天章獻淮大方表示：「那別用手了。」

用嘴、腰窩、臀縫、腿內側的嫩肉……不僅無須林冬遲出力，性器在這些地方進出摩擦還能為性事多添幾分色氣。

實際上，起初幾天林冬遲拒絕的確是因為怕疼，他擔心過程中又被搞到流血。章獻淮平日裡是足夠貼心，可一到性事上獵殺本性就暴露得淋漓盡致。

而得到足夠休息後，林冬遲還在喊拒絕的原因則單純是被章獻淮的慾望給嚇到了。憋這麼久，不讓插進去他都能找其他地方把自己玩得迷迷糊糊，真要插入的話，林冬遲覺得很大概率會被吃到一根尾巴毛都不剩。

林冬遲的小心思被章獻淮看得一清二楚，他反而不急了，縱著這人次次推脫。

林冬遲說不要，章獻淮便放開，然後把他的小小松鼠和自己那根貼在一起，要他兩手握住，自己再粗戾地頂胯抽動。等林冬遲快達到高潮，章獻淮就立刻放開，掰開兩瓣柔軟臀肉在其間繼續衝撞。

如此一來，林冬遲前面硬得滴水，後面又有更硬的東西不斷敲門。他受不了，得不到抒發的身體難受極了，進也不進來，推也推不開——章獻淮正兩手死死掐著他的手和腿呢。更麻煩的是這會兒他也不好求什麼，否則就相當於人家要吃，他還主動送上去催促對方：吃我！

小松鼠多少是有自己的倔強在的。

最後林冬遲咬住嘴唇，還是堅決不鬆口打開大門。

小松鼠有多小，倔強就有多小。

不過兩三回，林冬遲屈服了……

沒辦法，射不出來的感覺實在不舒服，鈴口難以順暢吐露出液體來，離高潮總虛虛實實差一步。於是，在章獻淮併攏他雙腿，龜頭出沒於兩腿之間數次後，林冬遲面帶潮紅，開始嗚咽著求章獻淮進來。

「進？進哪裡？」章獻淮笑了，摩挲著他的嘴唇問，「寶貝是想給我口出來？」

林冬遲真是快哭了，他不顧能不能受得了，直接拉章獻淮的手往身下帶，聽起來滿是撒嬌的語氣。「別弄了，進來……快進來吧……」

「進哪裡？」章獻淮仍不為所動，停下來，瞇著眼看他這些誘人反應。

林冬遲著急，只好主動抬胯往那炙熱的性器上貼蹭，鼻喉發出難忍的嗯哼聲。

「你……要你肏進來，穴裡……」

章獻淮本打算等林冬遲急出眼淚了再餵飽彼此，可肉粉色的褶皺小口動情張合著與下體親熱，他根本無法不被其吸引。

太騷了。

他狠狠拍打幾下白皙飽滿的臀，林冬遲得到刺激，「啊——」地叫出聲，不知道是疼的還是爽的，反正傳到兩人耳中全變成呻吟。

抹上去的潤滑化成水亮的催情劑，章獻淮扶著硬物終於擠入肉穴內。褶皺一點點撐開變平，後穴毫不浪費地把陰莖全吞了進去。

伴隨巨大的脹意和滿足感，林冬遲繃緊雙腿，痛快射了出來。

也許是幾日來積攢了過多爽快和慾望，白濁格外濃稠。章獻淮邊用力插到最深處，手上邊把那些精液在林冬遲胸前抹開。

很好，林冬遲被弄髒，被肏得失去理性，渾身上下還有無數與他做愛留下的痕跡……眼前亂七八糟的畫面，章獻淮非常滿意。他彎下身子吸吮林冬遲的小舌頭，兩人在搖晃中接吻，在小夜燈照亮的深夜裡繼續享受親密。

對章獻淮而言，林冬遲無疑是世界上最好的大廚也無法做出的深夜美食。美於真心，美於身體，美味於不可複製的愛慾。

番外二

林冬遲近期都在一家房地產公司全職實習，週末休息，正好章獻淮週六要去H市出趟差，他沒什麼事，便答應跟著一起去了。

祕書給訂的酒店依舊是上次那家，挺好，兩人心照不宣地等待著晚上令人性奮的某些娛樂活動。

獨自在屋內吃過晚飯，林冬遲趁章獻淮開會還沒回來，掏出行李箱中的祕密武器——一顆章流流送給他的 LUSH 浴球。

經過多次教訓，章流流終於無奈接受堂哥色字當頭的事實。為了自己未來的愉快生活，他打算偶爾「奉承」一下這位總是跟他唱反調的嫂子哥。

他送給林冬遲一套 LUSH 禮盒，神祕兮兮地告訴他：「丟一顆到水裡更有情調，懂吧，知道該怎麼做了吧，以後可別說我沒想過幫你。」

不要白不要，林冬遲回去偷偷上網搜了一下這個名字，發現這浴球就是泡澡之前丟一顆進去，然後水就會閃有顏色的亮光，用處好像不是特大，但勝在超級漂亮。正如章流流說的，兩人泡進去會很有情調。

章流流說丟進水裡，卻怎麼也沒想到林冬遲把它丟到私湯的溫泉水裡了……而且是套裝裡顏色最深的一顆。

不知是否與水質有關，水並沒有變成林冬遲看到的那些影片裡的好看顏色，而是成了一種難以言說的黑藍色，非常奇怪，像墨水整瓶被打翻了倒進去。顏色聚集在一起，不攪動就散不開，還會從中冒出許多淺色的泡沫來。

下毒既視感。

林冬遲慌了，快速思考著該怎麼補救。要命的是，章獻淮恰好結束會議準備上樓了。

兩個人對著墨水溫泉沉默了近半分鐘。

「我是想增加點兒情調來著，沒想到變成了這樣。怎麼辦，真的好浪費，這樣還能洗嗎？」

章獻淮笑得不行，把他拉出去。「沒事兒，你先去洗澡，我叫人過來清理。」

林冬遲洗完澡，裹著浴袍窩在臥室內的軟沙發上等了半天。等章獻淮打完工作電話過來，他的頭已經一頓一頓，抱著腿睡過去了。

「寶貝。」章獻淮叫醒他。

「嗯？」林冬遲睜眼，開口就先模模糊糊問收拾好了沒。心裡還想著溫泉呢。

工作人員剛才表示換水得換好一會，章獻淮不想耽誤太多時間，乾脆讓他們先走了。

章獻淮把縮成一團的林冬遲一把環膝抱住，整個轉移到床上，安慰他：「下個月咱們去瑞士，我定了之前答應你的那家溫泉度假酒店，那裡的環境更好，你肯定喜歡。」

然而林冬遲還在糾結外面的溫泉浴池，沒有回應。

「別想了，」章獻淮乾脆把他壓住，跟拆禮物似地拉開那條繫住的睡袍帶，「有情調的事兒不止那一件。」

章獻淮在屋內看到 LUSH 球的包裝時，問都不用問，輕易就能猜到是哪位好心的情場高手教給林冬遲這些辦法。

情場高手本人還在想呢，到時候章獻淮他們回來自己會得到堂哥多少誇獎和獎勵。他甚至大膽幻想，說不定堂哥心情大好，還能幫自己去跟老爸商量，買下那輛他看上已久的跑車。

結果，章流流的確如願收到了許多來自堂哥的「感謝」和「寵愛」，只是……和想像的有那麼一點點小出入罷了。

番外三

舊屋

林冬遲沒有問過章獻淮當年為什麼會被鎖在木屋裡，他一直以為章獻淮和自己一樣，也是迷路走進去了。直到有回章流流跟別人打電話偶然說到「章天然」這個名字，表情還特別奇怪，追問之下他才知道了個大概。

章家老大家裡多年未孕，後來領養了一個男孩子，就是這章天然。

章天然比章獻淮大四歲，按規矩當時也入了族譜。他七歲多到章家，該懂的已經懂了不少，可能是生性敏感，長越大就越不滿章家長輩，尤其是章老爺子對章獻淮的偏愛。他將這些歸咎於血緣關係以及章獻淮父親過世較早兩個原因，常仗著年紀和大哥的身分用幼稚的手段對章獻淮多加刁難。

章獻淮會對章天然表現出順從的樣子，再不經意地把被欺負的事情表演給最有意義的觀眾——章老爺子或者大伯。

最後通常能夠達到目的。章天然因此被責罵甚至家法懲罰，於是更加厭惡章獻淮。

章獻淮八歲生日那會，恰逢老爺子大病初癒，為給家裡多添些福氣喜氣，他們將章獻淮的生日宴辦得格外隆重，在老宅請了不少人。

章天然不知道用了什麼當誘餌，宴會中途把章獻淮騙去了後花園荒廢的木屋裡。章獻淮前腳進，他後腳就在外面悄無聲息把門鎖上。當然，章天然千算萬算沒算到，林冬遲因為迷路又好奇，也一同被困在那木屋裡。

章流流從他媽媽那裡聽說，找到章獻淮時，因為下過大雨的緣故，章獻淮渾身發抖，衣服都在滴水，出來就生了場大病，看了好一陣醫生也不見好。有人在背後說，怕是章老爺子的病氣過到了孫兒身上，估計以後會落下大毛病。

章夫人得知後勃然大怒，要求以後誰都不准再提。現場的媒體朋友也全被塞了紅包，所以章流流這些後輩知道的細節相當零碎。

林冬遲沉默了會兒，沒敢說自己其實是當事人之一，再者，說出來又有誰會信？他問章流流：「章天然後來怎麼樣了？家宴好像沒有見過他，也從來沒聽過這號人。」

「他不在S城。大概是在我哥去M城的前半年，他突然從老宅西樓的陽台摔了下去，之後就被送去國外的一家療養院了，很少回國。而且他剛來家裡的一年多大伯母就懷了思瀾，我覺得有他沒他也沒差吧，不知道該說他是倒楣還是活該。」

「從陽台上摔下去？」林冬遲記得那個陽台確實防護欄比較低，但不至於這麼不小心。「他為什麼會摔啊？」

章流流聳聳肩。「我怎麼知道，他對我們都沒好臉色，我反正不太喜歡這人。上次見他已經是兩年前大伯母的生日了，坐著輪椅來的，回來沒幾天就走了。」

章流流講的八卦與其說是破碎的回憶，更像個故事，是章獻淮從來沒給林冬遲細講過的前因後果。

見林冬遲發呆不說話，章流流趕緊囑咐他：「你可別跟我哥他們說這些！要不然他媽和我媽肯定得一起罵死我。」

「是嗎，這麼嚴重？看你表現吧。」林冬遲故意嚇唬他。

不過也沒有可說之處，畢竟已經是過去式。林冬遲輕呼一口氣，打算如章獻淮曾告訴他的那樣，對待這些無法再查驗真假和真相的過去，乾脆「別想了」。

新屋

新住處有個後院，那裡有條白色石子路，能直接通向後院空置的雜物屋。

章獻淮瞞著林冬遲找人把雜物屋改成了小型陶藝室，帶著林冬遲推開門進去後，眼看著他眼睛睜超大，嘴巴「啊」得圓圓的，半天講不出話。

「怎麼了，不喜歡？」他這反應看起來傻乎乎，章獻淮拿不太準是怎麼回事。

林冬遲搖頭。「這……你不是說是房頂補修嗎，騙我。」

林冬遲想哭又想笑，撓了撓鼻子，感覺這時候如果哭出來就太沒出息了。可他的確想大哭一場，竟然會有人這麼用心注意他的喜好並願意為此買單，在屬於他們兩個人的家裡。

「章獻淮，你不用對我這麼好，我不知道該怎麼還你。我可能也……沒有那麼多能給你的。」

章獻淮笑著拉過他的手：「寶貝，你已經給我非常多了。」

一個陶藝屋於章獻淮不是難事，花錢請工人裝修就可以搞定，與尋找林冬遲相比實在太過容易。

他明白，林冬遲其實是高興的，只是高興之餘還在憂慮——怕無法給予章獻淮相同程度的高興，也懷疑自己是否有資格接受如此的喜歡。

常年被忽略的小松鼠表面樂觀，實則敏感心細。美好出現過多，大大超出了曾經的預期，於是開始懷疑自己。因此，章獻淮決定，要一遍再一遍、不厭其煩地傳達給這隻整片森林中獨一無二的珍稀松鼠：你值得被愛，值得更多純粹的愛意。

章獻淮也立即對林冬遲說了。

林冬遲笑出聲來，小小聲說了句：「謝謝，我好喜歡。」然後拋下章獻淮轉頭就去看屋內的設施和工具。

見他滿眼滿心的愉悅，章獻淮想到樓上那些玻璃罩底下的陶瓷杯。曾經，林冬遲的陶瓷杯對他而言是種寄託和陪伴，而從今往後，林冬遲做給他的陶瓷杯則會多出一樣誰都臨摹不來的東西——愛。

番外四

半熟南瓜

自從家裡騰出專門的地方能做陶藝，林冬遲一有空閒便會過去。成品一多，為避免浪費，林冬遲特意挑了幾個稍大的當花盆，種些好養活的花或者多肉之類的綠植擺在家裡各個地方。

有天阿姨在廚房煲南瓜粥，林冬遲路過看見，找她要來了把南瓜籽，洗淨後放入前不久剛做好的橙色圓杯子裡，再拿土埋好。

晚上，章獻淮看到林冬遲的身影在陽台晃，走過去一看，他正在認真研究怎麼擺放那些小盆呢。

「怎麼多了一個？」

林冬遲像舉起獅子王那樣兩手舉起那盆新生兒，笑著告訴章獻淮：「看！這裡面有你今晚喝的那些南瓜粥的孩子！」

「……」

章獻淮帶著幾分懷疑問：「南瓜？你種了南瓜？」

「對，以前我見劉爺爺種過，就是我跟你說的開陶瓷店的那位，可是每次還沒長出來南瓜就被他拔下來炒菜吃了。我想試試這個是不是真的能長出南瓜。」

章獻淮不太相信這個小盆能長出南瓜，也怕到時候空空如也的話林冬遲會失望。上次林冬遲不知道從哪裡搞來十幾隻小蝌蚪，換水的時候沒注意，全從水池滑走了，他為此難過了很多天。因此章獻淮先打預防針，說：「寶貝，S城和N縣天氣不一樣，萬一長不出南瓜你也別太難過，想吃南瓜就叫阿姨買來做。」

這話林冬遲可不同意了，他莫名燃起鬥志。「打賭不？我一定能長出南瓜！」

章獻淮聳聳肩。「賭什麼？」

兩個成年人在陽台對著那盆南瓜粥的孩子打賭。

如果能種出南瓜，章獻淮就得無條件答應林冬遲一個要求（林冬遲覺得機會寶貴，還沒想好要做什麼）。

如果種不出南瓜，林冬遲就得像南瓜粥裡的南瓜一樣乖乖聽話，讓章獻淮吃掉。

是這樣的，林冬遲仗著章獻淮的喜歡，最近經常射完就讓他拔出去，有兩回還上嘴咬人。對此，林冬遲解釋：「不是我不行，我是擔心你過度疲憊，一覺醒來又把我給忘了。」

章獻淮一直哭笑不得，恰好可以抓住這個機會——只要南瓜種不出來，林冬遲今後就不許再拿這些當藉口了。

賭約愉快達成。

作為章獻淮和林冬遲家裡最有存在感的「第三者」，章流流也知道了這件事。

他最近心都在一個小時候的玩伴身上。玩伴性格很好，中學移民出國他們便斷了聯繫，前不久那人剛回國，章流流跟她吃了一回飯，立刻有種怦然心動的感覺。

章流流告訴堂哥自己想認真追求那姑娘，章獻淮則認為他的這一次和從前的每一次沒多少區別，所以根本沒有當真。

誰承想章流流還真認真起來了，他與存在曖昧的女士們全部斷開聯繫，酒局夜場也不再去了，下班有事沒事就跑去那女生的公司樓下獻殷勤……

或許是他的「誠心」過於明顯，章獻淮主動打電話說要找他聊聊這事兒。

章流流開心得不行，一下班就跑到他家裡。

章流流到得早，章獻淮和林冬遲都還沒回家，他也不見外，直接癱在沙發上玩手機等。阿姨給倒了杯冰汽水放到桌上，他拿的時候才看見旁邊有盆不知道是什麼品種的植物。

「這什麼啊？」

「哦，小林種的南瓜苗。」說著，阿姨小聲嘀咕，「奇怪，怎麼擺到這裡了。」

阿姨見章流流睉眼死盯著這盆南瓜苗，手指頭還一個勁兒地戳上面的葉子，趕緊叮囑他別太用力，順帶把林冬遲他們打賭會不會長南瓜的事情給說了出去。此前林冬遲有找阿姨請教過澆水的問題，一直信心滿滿地要贏章獻淮來著。

天地良心，章流流原本真沒打算幹什麼，但是一聽說他們是在打賭，且看這盆葉子生長情況非常良好，親愛的堂哥明顯有要輸的趨勢啊……

林冬遲下班回家，迎接他的就是一盆東倒西歪的南瓜苗。他大聲「啊」了出來，捧著南瓜苗飛快跑上樓，推開書房的門就質問：「章獻淮，你怎麼還耍賴啊！」

章獻淮皺眉，接過來看了眼，問他：「這是怎麼了？」

章獻淮完全一副不知情的模樣，見他這樣，林冬遲不禁懷疑自己是不是誤會了，聲音虛下來不少：「難道不是你弄的？那它怎麼可能莫名其妙死了，還死得這麼慘。今早出門明明好好的！」

「寶貝你別急，我給你問問。」章獻淮放下不幸早夭的南瓜苗，拿出手機撥通電話，順便按開擴音。

電話那頭很快傳來章流流輕快地招呼聲：「哥，怎麼了？」

「流流，你今天過來的時候是不是動了一盆南瓜苗。」

「對啊。」章流流跟邀功似的，沒被審就先把犯案經過吐露出來，「我幫忙澆了點兒水，熱水，哈哈哈哈，這樣一來它那個葉子……」

沒聽完，章獻淮說聲：「知道了。」然後直接掛斷通話。

罪魁禍首找到了。章獻淮嘆氣，起身摸摸林冬遲的頭髮，溫和地安慰道：「明天我讓流流來給你道歉，別生氣了。」

林冬遲倒也沒有多生氣，只是覺得可惜，小聲罵：「章流流也太混蛋了吧。」

「是，他手一直都挺欠的。」

「怎麼辦，現在好像沒辦法繼續賭了。」林冬遲指著那盆熟透了的南瓜苗……或者說南瓜苗菜問道。

章獻淮非常大度。「沒關係，就算我們都贏。」

只能如此了。

林冬遲點點頭，轉念一想，好像多賺到了章獻淮一個無條件服從的要求。小賭怡情，賭到最後皆大歡喜，他的心情突然因此變好很多。

當然，笨蛋南瓜直到晚上洗淨被脫掉外衣都沒察覺出哪裡有問題。

番外五

林冬遲請張怡荔吃了頓飯，把自己的真實姓名和現在的情況老老實實交代了一遍，至於為什麼當初要隱瞞身分，他只說是有些難以啟齒的個人原因。

張怡荔人很好，性格大大方方，他們幾次碰面都相談甚歡。他希望之後能夠與她繼續做朋友，所以還是早些坦誠相待。

「所以你叫林冬遲？」張怡荔聽完是有點驚訝，但是沒計較什麼，倒是像想起來東西，長長「哦──」了一聲，「難怪那個時候……」

張怡荔告訴林冬遲，之前那次送章獻淮回家時，章獻淮路上全程挺安靜地閉眼坐在後面，但一下車醉意便顯現出來，走路特別不穩。他們趕緊上前扶，然後模模糊糊聽見他說了句冬至怎樣怎樣的話。張怡荔第一反應覺得像是人名，可再要仔細聽就被章獻淮甩開了。

章獻淮對他倆說不用再扶，完了似乎清醒許多，獨自徑直向門口走去。

「當時我猜可能是哪位比較親近的人，開門又看見你在章總家裡……」張怡荔笑著說，「你那時候的名字和我聽到的不大一樣，所以一直以為是我自己多想，現在倒是終於對上了。」

一番話聽得林冬遲很不好意思，同時他也默默思考著那會章獻淮為何會提到自己。

因為他是助理，還是在意識不太清楚的情況下章獻淮反而露了些許真心？

說起來，他們倆究竟何時對對方產生「偏離正軌」的情愫現在都難以說清道明。好在許多矛盾的、想要盡力克制的想法，終究還是順著真實心意扎根於心，沒有浪費。

兩人閒聊了幾句，張怡荔問起：「所以上回你問我的生日禮物，那對兒袖釦，就是送給章總的吧。」

林冬遲嘆氣。「袖釦……」

回來後，章獻淮沒問，林冬遲也提起說自己已經把袖釦帶走扔掉了。

畢竟是高仿品，林冬遲每每想起總是不舒心。他想找機會和章獻淮講清楚，又怕在章獻淮眼中這會是虛榮和心虛的表現。反而對於張怡荔這樣的局外人，他倒是能掏心窩子表達。

「袖釦的確是給他的，可我買到假貨，送也沒送好，都怪我貪便宜。」

林冬遲把代購的事情一五一十講了出來，包括後來去找代購同學算帳，同學生氣不認，非要他去出具一份專櫃檢測報告再來指責。

林冬遲苦笑。「哪個專櫃會給贗品做檢測報告啊，他算準我沒辦法，乾脆把我拉黑了。東西我丟掉了，當作買個教訓吧。」教訓不能因小失大，更教訓自己別再違背意願，送沒那麼真心想送的東西。配不配得上，不是小小袖釦能證明的。

張怡荔對此沒轍，只能提醒林冬遲下次一定多得注意，又勸他：「許多原本簡單的事情到後來變得麻煩，就是因為被人想複雜了。其實你可以把來龍去脈跟章總講清楚，像對我說的這麼說就行。」

者？」

「可是……」

「別想太多，沒關係的。」張怡荔說，「你擔心章總能不能接受，有沒有想過你也是受害者？」

回家後，林冬遲多少心不在焉，張怡荔的話讓他發現，自己的憂慮歸根結柢還是「贗品」二字。「假」的人與物無形壓住他，即使事實已然清晰，他也習慣了先把自己放在很低的位置，以至於問題堆積。

吃飯時章獻淮看他沒有多大食欲，吃得很小口，就問他怎麼了。

林冬遲張張嘴，還是沒講出袖釦的事。

「表妹昨天中午打電話來，說大姨下個禮拜要準備做手術了。」

章獻淮「嗯」了一聲。「如果手術費用不夠我來出，其餘的你不用多參與。」

林冬遲也不想再參與，但是真做手術肯定還得去看看。「別擔心，要錢的是表哥啦，大姨對我沒有不好。而且她更疼表哥很正常，畢竟他們是母子，血緣更親嘛。」

「林冬遲，你已經還了，把你所有能給的都給了。」章獻淮放下筷子看著他，認真道，「你不能只替別人想。」

見他不言語，章獻淮繼續說：「你表哥是他們的寶貝，你是我的寶貝，不比誰差。我也希望我的寶貝能多考慮自己的感受。」

沉默片刻，林冬遲抬眼問：「不會太自私嗎？」

「不會。」

他們繼續吃飯，林冬遲把湯一口氣喝完，鼓起勇氣開口：「章獻淮，那個……之前送你的袖釦你還記得嗎？」

「記得。」章獻淮終於明白笨蛋今晚到底在想什麼了，搶先說，「我知道你帶走了。」

「啊？你知道？」

林措沾沾自喜拿假貨說事的時候，章獻淮就猜到了為什麼東西會不見。當初他拒絕林冬遲再送，現在不再提這些，本意是想降低對林冬遲的傷害，誰知……

章獻淮明確告訴他：「寶貝，我沒有嫌棄，也不會怪你。」

事情並沒有想像得那麼不好。

林冬遲突然感到委屈，鼻子發酸。「章獻淮，我是被騙了。代購跟我說那一定是正品，能省很多，其實我也花了好多錢，誰知道竟然是假的，他們太過分了！」

這模樣可愛又令人心疼，章獻淮忍不住戳他的臉蛋，笑著說：「沒事，你是真的就行。要不要我去幫你把錢討回來，還有，你把東西藏到哪兒了？」

林冬遲想起自己那天宛如韓劇主角失戀的舉動，實在是不好意思，根本不想讓章獻淮知道。他乾笑兩聲，擺擺手說：「算了，還是別要了。」

章獻淮故意追問：「真不要了？」

「不了不了，快吃飯吧，阿姨今天做的這道豬蹄好好吃。」林冬遲趕緊給他夾一塊肉，用林姓小松鼠獨有的乖巧技能及時給事情畫上了圓滿句號。

番外六

林冬遲雖然笨，但也在慢慢摸索著了解章獻淮的全部，包括床上那些事。久而久之他發現，章獻淮的性愛癖好多多少少是有點小變態的。

例如章獻淮很喜歡林冬遲沒有全硬起來的性器，會在前戲的時候一邊和林冬遲接吻，一邊用大手在下面抓弄，揉捏兩顆卵蛋。

中途林冬遲如果先射，章獻淮不會惱怒，很多時候反而更加開心——冒著精水的性器半軟掉，乖巧地癱倒在白皙的肚皮上面，實在更加可愛！看著這樣的小東西，他也不管林冬遲能不能受得了，會抽插得更用力，有種要把林冬遲強行揉入身體裡，不許再出來的意思。

一天晚上，林冬遲終於對章獻淮的這個癖好表示嚴重抗議。

他們剛洗過澡，章獻淮自己穿了浴袍又不許林冬遲穿，兩人這麼躺在床上，沒多久章獻淮就開始不安分地摸赤裸裸的小松鼠和小小松鼠。

林冬遲拍開他的手，擺出正經嚴肅的樣子說：「章獻淮，等等！我覺得你這樣很不好，你是不是把它當成……當成什麼玩具之類的了？」

「嗯。」章獻淮大大方方承認，並反問林冬遲，「有誰規定不能這樣嗎？」

當然，即使真有這麼一條規定他也不會聽。

說罷，他的手又覆上去不斷把玩。不僅摸那裡，還順著往下探到兩臀之間，嘴上哄著林冬遲：「寶貝，你太可愛了知道嗎，先不要硬起來好不好？」

不好！

林冬遲被氣笑，他本來下定決心今晚一定要抗議這個略微變態的做法，誰知道章獻淮能這麼厚顏無恥。而且這會兒章獻淮的確把他摸得有點爽，好羞好氣。

很快，林冬遲哼出聲來。他再一次按住那隻手，著急地喊：「啊……章獻淮！」

按住的手不僅沒停，手的主人還把他反握住。

章獻淮故技重施，趁林冬遲沒反應太多，抽出自己浴袍的帶子便綁住那雙手，任他怎麼叫喚都當沒聽到。這帶子雖沒有彈性，但質地柔軟，用起來真真得心應手極了。

「章獻淮?!你怎麼老是這樣，快把我放開。」

沒有了阻礙的章獻淮親親林冬遲的嘴唇，笑道：「寶貝，你生氣的時候也在爽吧，下面一跳一跳的，看起來很可愛。」

他的吻很快到了所謂更可愛的陰莖上，先是親吻了下泛著水光的小巧龜頭，然後抬起來看一眼林冬遲，又低頭親了一下，最後將它含到溫熱的地方。

林冬遲看著自己的東西在章獻淮嘴裡硬起來，臉燙到不行，口交沒一會兒竟然就把持不住，叫著射出來了……

嗯，比平日的時間短很多。

章獻淮略有所思地看了他一眼，微笑著起身去浴室漱口，留下臉色快速變化的林冬遲。

如果這裡有棵樹就好了，林冬遲想，如果這裡有棵樹，我現在就啃個洞鑽進去。

實際上真有樹他也爬不了——手還被章獻淮綁著呢。

章獻淮出來，看到的就是臉紅紅趴在床上、試圖裝作看不見來逃避現實的林冬遲。

「把我解開。」聽到聲響，林冬遲頭也沒抬悶聲說。

解什麼？這姿勢正合章獻淮意。他至上而下從身後抱住他，大手撫著軟熱的肉體，與底下的身子緊密貼得沒有縫隙，同時不忘安慰林冬遲：「寶貝，我剛才沒有笑你，真的，你快不快我都不怎麼介意。」

「我介意！」林冬遲雖然氣，卻沒忍住輕喘了聲，「而且我平時根本不是這麼快你又不是不知道。」

章獻淮單手拿來床頭的潤滑，擠了許多到他兩臀之間。「我不太記得了，現在給你個證明自己的機會。」說著，兩根手指隨著水潤液體一起溜入了還濕潤著的炙熱小洞裡。

小小松鼠挺立成健壯小小松鼠被按壓在床上，再加上章獻淮大開的浴袍一直磨到林冬遲的小腿，導致林冬遲身上好幾處地方都癢得很。他趴著被插入，手又沒辦法動彈，慾望與刺激同時貫穿全身，沒多久嗓子就爽到叫不出聲了。

終於，章獻淮良心發現，解開浴袍帶把他翻了過來，想著從正面插入寶貝也能舒服點兒。

結果兩人正臉一對，林冬遲眼眶蓄的眼淚瞬間沿著太陽穴流了下去，眼角哭紅了，看著非常可憐。也非常性感……

章獻淮抓過一個軟枕頭塞到他腰下，穴口不斷張合著出現在眼前。他摩挲了會兒，扶住性器狠狠插進後穴中，力氣大到有些收不住。

章獻淮用力，林冬遲的後穴就也敏感地吸咬住性器，一切全憑身體自然而然的反應，肉眼可見穴口周圍的潤滑和體液形成薄薄一層白沫。

清醒意識殘留不多的林冬遲只感覺那硬物在身體內又脹幾分，根本不清楚章獻淮看到他這模樣比摸到軟趴趴的性器更加興奮。大概是會想要把他多肏出幾顆眼淚，跟人魚眼淚似的，越多越寶貴，越多越惹人心疼心愛。

如此寶貴的軟嫩小松鼠還只有一個人能看，章獻淮心裡有說不出的驕傲。

事後，林冬遲被抱去清洗。他雙腿發軟，頭抵在章獻淮肩上輕喘，半天沒有說話。太累了，真是太累了，後來他們接連做了兩次，要不是他咬著章獻淮的嘴唇央求要休息會兒，還不知道要怎麼玩下去。就連章獻淮摟住林冬遲的腰的時候，手指也不歇，還在時不時往下揉捏臀肉，根本意猶未盡。

「章獻淮，你真是變態。」林冬遲對這場性事以及章獻淮奇怪的癖好做出總結。

章獻淮笑了，低頭吻他的額頭，回應道：「寶貝，我真是愛你。」

番外七

醫我的藥

林冬遲怕疼，生理上的疼痛只要一點點就會反應很大。對別人他還會有所掩飾，對章獻淮則是直接表露出來。

主要是吧，這些情況通常發生在床上。

床上那些事情只要爽不要疼是有點難的，尤其碰上章獻淮這位他親身認證很變態的人，林冬遲每次都要先嚎兩聲再慢慢被肏到叫不出聲來。

林冬遲曾經有過抗議，他會擺出很可憐的表情靠在章獻淮身上，認真發問「你平時的好都上了哪裡」或者「章獻淮，你說要疼我就是這麼疼的嗎」。

他突然來這麼一句，章獻淮還挺招架不住，畢竟寶貝紅著眼的樣子真是很可憐。

於是，在一次清晨，被迫作戰了一整晚的林冬遲醒來，看到床頭放了管藥膏。

起初林冬遲沒在意那個東西，翻過身想繼續睡回籠覺，結果動一下就察覺出有點不對勁。身體某個地方冰冰涼涼，滿濕潤的……

林冬遲想到什麼，又動了一下，臉開始發燙。他伸手把藥膏拿到手裡，看完背後寫的功效和成分，明白了——章獻淮趁自己睡著時給後面悄悄上了藥，可以消炎去腫的那種。不過這東西不是什麼萬能特效藥，章獻淮買來主要為了給他緩解疼痛，也算是給這個怕疼的小傢伙一些安慰。

用過兩次，林冬遲沒感覺出太多呢，章獻淮倒是先喜歡上了。因為給林冬遲上藥的過程實在太美妙。

洗完澡他會叫林冬遲乖乖在床上躺好，說：「不是總說疼嗎，抹了就不疼了。」

藥膏需要用指腹的溫熱化了再擦到穴內，也不知道是不是故意的，章獻淮的手指總是帶著藥膏不偏不倚往敏感點上戳。但凡林冬遲條件反射夾緊腿，就會被他朝臀上拍打，嘴上完全是在正經上藥的語氣：「這樣怎麼好好給你抹？放鬆，腿張開。」

聽起來像是只有林冬遲一個人想歪。

林冬遲不好意思地照做，抹著抹著，氣氛果然如他所想變得更加色情。

後來章獻淮按著腰從背後肏入時，他確定了，章獻淮哪裡是上藥，分明是用藉口上自己。

為了不讓章獻淮的詭計繼續得逞，林冬遲拒絕聽話，不再允許這類「貼心」舉動。為此，他還用上了之前種南瓜時贏得的要求：以後我要自己抹。

雖然非常可惜，但章獻淮同意了。

只是做愛時會更加用力地肏弄，表達無聲的不滿。

林冬遲拿到抹藥主動權後沒用過那藥膏，因為每次他打算塗抹，章獻淮都端著酒杯在旁邊看，毫不遮掩，跟等待觀看午夜成人頻道似地守著播出，搞得他特彆扭，乾脆不弄了。

這天章獻淮回老宅看章夫人和老爺子他們，林冬遲便拿出藥膏打算用這段獨處時間來久違地塗抹一下。

林冬遲脫掉褲子趴在床上，那藥膏說是藥，質地和面霜類似，而且與皮膚接觸時不會黏膩，用起來還滿舒服的。他學習章獻淮的手法，一手撐著床，另一手輕輕將膏體推抹進去。

「嘶——」

冰涼的觸感瞬間刺激得穴口收縮了好幾下。

藥膏在腸道內慢慢化開，給穴內帶來絲絲癢意。那些感覺好像會遊走，捎帶著林冬遲心底也莫名似有羽毛掃過。林冬遲忍不住多進了隻手指往裡一起送，自我解釋：沒什麼，抹藥當然是要這樣。

實際上手指來回多次，隨著頻率提高，快感和羞恥感已經讓他硬了起來。

林冬遲從沒通過後面自我解決過，那兒向來由章獻淮負責，這下第一次誤打誤撞地嘗試了，他的心情很是複雜。

複雜的絕大部分原因是想要。

快意逐漸壓垮了腰，林冬遲加快手頭動作，上半身塌到床上，左手也伸到身下慢慢隨著後方擼動起來。

兩隻手指藉著化開的液體順暢進出。動作越來越快，不夠，還是不夠……

「章獻淮，章獻淮……」林冬遲閉上眼，委屈巴巴地喊出聲，想要章獻淮幫他。可是章獻淮不在，比起平日裡的動作，他拙劣的自慰方法根本滿足不了習慣貪婪的後穴。

章獻淮回家很晚，進臥室看見林冬遲已經在睡了，便放輕腳步去洗澡。出來時，他無意間瞥到櫃檯上的那管藥膏扁了一大截。

顯然，有人趁他不在獨自上了藥。

章獻淮回到床上，朝林冬遲後脖頸深吸了一口，上手輕輕撫摸，然後貼著肉往下伸進內褲裡。

林冬遲哼了一聲，把那隻手推開，含糊說：「別鬧，睡覺啦。」

「寶貝你睡，我幫你檢查檢查。」

「嗯……檢查什麼？」林冬遲還是閉著眼，懶洋洋地問。

章獻淮臉不紅心不跳地正經說道：「檢查藥膏有沒有抹均勻。你擠了很多，怕你沒用對。」

林冬遲一聽，立刻清醒了一大半，故作生氣狀抱怨：「你是不是質疑我，覺得我連抹個藥都不會？別碰我，我要睡覺了。」

零分撒謊笨蛋是否真的生氣章獻淮一看即知，他嘴上追著親吻道歉，手已經強勢地探到了那裡——穴口濕軟，手指稍稍用力，輕易就能進去兩隻。

「嗯——」

「寶貝，」章獻淮咬住他的耳朵，輕輕舔咬，「太不乖，是沒有餵飽你嗎？」

林冬遲被硬物抵住，沒被填滿的空虛感又泛上來，這會兒也不想裝什麼了。的確餓了。

他往身後蹭那性器，委委屈屈地說出今晚的委屈：「因為你都不在……」

這種犯規的邀請引得章獻淮全身的慾火都竄到腹部，他頂頂林冬遲的臀肉，壓著嗓子追問：「我來了，想要什麼？」

林冬遲沒有出聲。

章獻淮又用力頂了下。「說。」

他小聲回答：「想要你進來，肏我。」

林冬遲很少請求，既然請求了當然得答應，甚至要給更多。

小松鼠被餵飽，吞下獵人的東西才心滿意足地才再次入睡。

第二天醒來，他縮在章獻淮懷裡回憶了下昨晚餓暈說的話，臉上紅一塊白一塊。心想林冬遲你真是沒有原則，以後這壞人不就有把柄了嗎。

為銷毀證據、杜絕人為饑餓，林冬遲今日起床做的第一件事就是跑到屋外，到公共垃圾桶扔掉了那管藥膏。

台灣版獨家番外1

小松鼠學車記

01

林冬遲與章獻淮目前住的別墅離林冬遲的公司距離很遠，這導致他如若不想每天單程花一個小時四十五分鐘擠地鐵，就得讓章獻淮請的私人司機載他過去。

然而有司機接送這件事情並沒有想像中那麼舒服，在很多時候，這會被貼上「有錢人」的標籤。加之章獻淮這個有錢人還不是一般有錢，連阿姨買菜的車都是公眾眼裡的「貴價車」，十分容易惹人爭議。

林冬遲不想出風頭，便不得不讓司機提前停在遠處，自己再步行走到公司，維持好普通打工人的形象。

久而久之，他對這種類似於間諜的上班行為感到深深的疲憊。

若只是疲憊，林冬遲倒是也能忍，他從不是吃不了苦的人。問題是某天跟司機大哥閒聊時，他才知道章獻淮為他單獨請的這位專屬私人司機每個月的工資竟然比他朝九晚六的死工資還高。

太虧了！

林冬遲認為這筆高昂的費用實在是沒必要，敢情他辛苦上班賺的還不夠在他身上每天花出去的？

儘管這筆錢不由他出，章獻淮更是絕無跟他計較錢的意思，他依然覺得不該這般浪費。於是當天晚上，林冬遲就跟章獻淮認真表示：從明天開始我不要讓司機接送了，我要自己通勤。

由於前二十多年寄人籬下的日子，林冬遲確實有著吃苦耐勞的精神。辭掉專屬司機後，每天三個多小時的行程他從未向章獻淮抱怨過一聲累。

他不累，章獻淮卻心累得不行。自從林冬遲開始一個人上下班，章獻淮每每跟他聯繫，得到的回答不是在擠地鐵，就是擠班車。

有次出差，早上七點章獻淮打電話問寶貝在做什麼。

林冬遲回答：「我在地鐵上呢。」

晚上十點，章獻淮又問下了班的寶貝在做什麼，是否要邊洗澡邊看影片。

林冬遲還是回答：「晚上加班來著，我現在在地鐵上呢。」

章獻淮很是無語。「你怎麼永遠在地鐵上？聲音還那麼亂？」

林冬遲笑著說：「大少爺，你知不知道地鐵每天有多少人，擠上去需要轉多少站啊。不說了，要下車了，這趟人很多。」然後電話那邊傳來一陣摻雜，通話結束了。

章獻淮對著一陣忙音皺起眉頭。他認定這樣簡直是浪費時間，有這個時間可以去做不少事情了，拿來培養興趣愛好的話，林冬遲說不準都能成為半個陶瓷藝術家。

可是還能怎麼辦，他只能寵著，誰教他攤上一個勤儉節約的寶貝。

02

為了不讓林冬遲多受苦，章獻淮想到了一個折衷的辦法——把苦丟給章流流。

章獻淮讓祕書打電話通知這位堂弟：「下週一開始，你上下班之前先充當林冬遲的司機。」

如此一來，不僅不用多請一位私家司機，多花一份錢，林冬遲還可以免去每日三四個小時的通勤時間。實在是非常完美的決定。

而另一邊，得到額外工作的章流流苦不堪言。他多次向親愛的堂哥表示抗議，甚至回家跟爸媽抗議，大罵堂哥見色忘弟，不守哥德。

誰知章獻淮提前跟他爸媽打了招呼，美其名曰這是在磨練流流不良的心性和習慣，讓他勤奮起來。章流流的爸媽知曉章獻淮的能力，也支持他用各種辦法調教這個不懂事的兒子。

最終，章流流抗議無效，次次都被各方嚴厲駁回。

解鈴還須繫鈴人，章流流受不了這委屈，他決定從「罪魁禍首」林冬遲那裡下手。

他感覺直接跟林冬遲這隻壞松鼠直接說必然不通，於是給林冬遲當司機的時候，他開始故意使壞，以此激發他主動退縮的念頭——

林冬遲說天氣很熱，想開空調，章流流便故意把他座位底下的加熱打開；林冬遲覺得雨下太大，關上窗戶，駕駛座的車窗按鈕就會「不下心」被章流流按到；林冬遲在回家路上接到返回加班的通知，章流流就陰陽怪氣地說加班一晚上還不夠他買一瓶酒……

他們一路吵架，儘管最後都有章獻淮幫著收拾，但次數多了，林冬遲也不想再這樣。思來想去，他乾脆做出一個決定：我要在這個夏天學習開車，冬天拿到駕照！

03

林冬遲提出這個想法是帶著些許小心翼翼的。他們都記得章獻淮和林措的那場嚴重車禍，他也注意到了自那之後，章獻淮幾乎沒有再坐過除專職司機以外的人開的車。現如今他想學車，很難說不是一種提醒，林冬遲也擔心會因此勾起章獻淮的心病或是誘發不好的回憶。

然而實話告知後，章獻淮卻不覺得有什麼問題。林冬遲是林冬遲，林措是林措，他不會再分不清，也不會將他們再牽扯到一起。

「真的嗎？」林冬遲再三確認，「我主要是想自己學會了就不用總麻煩別人，去哪裡也都方便。但是假如你真的有那麼一點點介意，可以告訴我，我都可以不學的。」

章獻淮讓他放心。「那場車禍本就跟你沒關係，只要你想，那就去吧。」

有了章獻淮的話，林冬遲安心了許多。他閒不下來，故意打趣著問：「你這麼好，就不怕我學會開車之後連夜開著車跑了？而且這回我就多帶一些好吃好喝的，把家裡的貴重物品也帶走，找個祕密森林藏個十年八年的，誰都找不著。」

章獻淮已然習慣了他的天馬行空，每每聽他這麼講，不僅完全不生氣，還覺得可愛得很。他親了下林冬遲的額頭，溫和笑道：「不怕。我給你做了標記，你去哪裡我都能找到你。」

森林裡的小松鼠很多，但是渾身都帶著獵人吻痕的只有一個。

為了更好地讓林冬遲達成學車目標，章獻淮找人安排了一個駕駛培訓班，專門對他進行一對一教學。屆時教練可以根據林冬遲的情況單獨安排練車時間，即便林冬遲工作很忙，也能盡量在三個月左右的時間助他拿到駕照。

林冬遲開心不已，抱著章獻淮連聲感謝。他正愁平常上班沒有特別合適的閒置時間去練呢。寶貝自己送到懷裡，章獻淮摟著他的腰，言語越發不正經。

「真要謝我？你這種口頭感謝未免太過簡單，不夠有誠意。」

林冬遲感覺到一隻大手正在對自己又摸又捏，並有逐漸往襠部移動的趨勢。他心頭發熱，也頓時戲癮大發。

他乖巧地靠在章獻淮肩上，小聲問：「那章先生覺得要怎麼感謝才不簡單啊？」

「你說呢？」章獻淮的手伸進他的內褲，往半軟的性器上稍稍用力彈了一下。

林冬遲輕哼了聲，面頰發紅。「你幫我找了個不錯的培訓班，我陪你睡一晚上？」

「一晚不夠。」章獻淮上手開始套弄，「要學三個月，起碼得陪我睡三個月。」

林冬遲沒有過多力氣進行理性分析，只得一邊受著親吻，一邊含含糊糊答應這個不公平協議。「好吧，就當是給章先生交學費了。你可得好好教我。」

04

學車，尤其是夏天學車最不可避免的就是曬黑。林冬遲不懂做防曬措施，每次去練車的時候戴著個鴨舌帽就去了。結果練車第二天回來，他的皮膚經過兩日十來個小時的曝曬，直接被曬傷了。

換作是旁人，或許還不會過於顯眼。偏偏林冬遲膚色白皙，曬過之後的泛紅明顯到你有雙眼睛就能看得見。一側胳臂還曬出了一小片水泡。

林冬遲原本並不打算把這事告訴章獻淮，他自個兒覺得不是什麼大問題，且也擔心章獻淮看到了，之後都不讓他再去。

不承想，外送員給他送曬傷修復膏來的時候，正巧與回家的章獻淮碰到了一起。

「這是什麼，你身體不舒服？」章獻淮一眼認出外送員手裡的袋子。上回林冬遲智齒發炎，在外賣 app 上買藥送去公司，藥物的包裝也是同樣的紙袋。

不等林冬遲回答，他打開紙袋，拿出了裡面的東西。

「你曬傷了？」

林冬遲尷尬地笑笑，莫名有種做了賊被抓包的心虛，只得一五一十把今日練車的情形說出來。末了，他強調自己什麼事都沒有。「純粹就是曬久了，手有那麼一點點紅和癢。沒關係的，塗點兒藥就好了！」

若是真沒關係，根本不用換上一件絲質長袖居家服，分明是想擋住什麼。

在沙發上坐好，章獻淮深吸一口氣，沉聲要求：「把衣服脫了。」

林冬遲「啊」了一聲，還想狡辯。章獻淮說：「你不是只有一點點紅和癢嗎，脫了應該沒什麼吧。還是我幫你？」

「我……」林冬遲無奈，他清楚章獻淮最不喜歡別人撒謊，也聽得出章獻淮什麼時候是在開玩笑，什麼時候是在擔心生氣。他不想惹怒章獻淮，只得乖乖解開了上衣釦子。

白皙的身體和兩截發紅小臂的鮮明對比直接出賣了林冬遲。

章獻淮又做了一次深呼吸。

見狀，林冬遲急忙解釋：「我上網查過了，這就是普通曬傷。你也知道這兩天熱，地表溫度都到了七十度左右，我在這種天氣練車被曬到是很正常的。你別生氣，以後我就專挑沒有大太陽的時間去上課，等下就買防曬乳和防曬袖套……」

「我不是生氣，是無奈。」聽他做完一系列保證，章獻淮臉上仍是沒有半分笑意，「跟你有沒有做防曬無關，而是無奈你不懂愛惜自己。」

林冬遲愣住了，他沒想到章獻淮會這麼說。

章獻淮說：「林冬遲，你覺得這些都沒什麼——每天擠三四個小時的公車地鐵去上班沒關係，學車被曬傷，紅成這樣也沒關係。可是我覺得有關係。你不是一定要吃苦，你已經吃了那麼多苦，可以不用那麼習慣，學著好好愛自己。」

林冬遲心一下就軟了，比被陽光直曬化得還要徹底。

他坐到章獻淮身邊，小聲說：「我以前不苦，不用替我擔心的。」

章獻淮拿起藥膏，擠出一些給他緩慢塗上去，問了句聽上去不太有關聯的問題：「你知道最初你來家裡，我是怎麼對你起疑心，開始懷疑你不是林措的嗎？」

林冬遲回想。「因為我和他習慣不一樣？」

「是，也不是。」章獻淮說，「你的習慣不像是林措那種在富裕環境下長大的，除此之外，你很樂觀，給我的感覺就好像多難多苦的事情到你這裡你都可以撐過去。這和我從原先公司的同事口中了解到的林措不太一樣。」

林冬遲安靜聽他說著，手上陣陣冰涼，感覺身體和心都舒服了很多。

章獻淮說：「這就是你暴露最多的地方，但也是你閃耀的地方。我從來沒有愛上過林措，產生不了心動，但你的光一點點照進來，我不得不看到你，被你吸引。我要說的是，你已經很好了，不需要再回到淤泥裡證明自己。你值得被珍惜，懂嗎？」

這一刻，林冬遲好像突然明白了許多之前忽略掉的東西。無論是不要司機還是無防護曬傷，他都帶著過往的慣性思維企圖自行處理。他不想章獻淮為自己顧慮過多，花費過多，可這樣一來他反而辜負了愛人愛他的心。

看著平常十指不沾陽春水的章獻淮此刻皺著眉、細心地給他擦拭手臂，林冬遲也全然收到了章獻淮希望他好、希望他愛人先愛己的心意。

心意過於寶貴，再去忽視就是蹧踐，是天大的可惜。

想到這，林冬遲鼻子發酸，也不顧藥有沒有塗好，兩手一伸，直接摟住了章獻淮的脖子。

章獻淮以為他在鬧彆扭撒嬌，問：「怎麼了，不開心了？」

「才不是。」林冬遲忍不住悄悄掉了幾顆眼淚，悶聲說，「我就是突然覺得，我也好愛好愛你。」

台灣版獨家番外2

春遊記

01

自從拿到駕照，林冬遲一直計畫著要跟章獻淮來一個春日郊遊。為此，他搜集了許多出行地點和外出遊玩攻略，甚至特意做了一個相關的ＰＰＴ。

章獻淮得知後，不想他過於勞心費神，直言：「不用麻煩，你想出去玩兒的話就直接定好地點，告訴我，我讓祕書去安排行程和酒店。」

林冬遲卻拒絕了，他覺得這是不一樣的概念。

「你說的那種是旅行，我說的是春遊，春遊才不是這樣的。」

章獻淮不解，不都是直接找個地方玩，哪裡不同？

林冬遲湊到他耳邊，輕聲說：「我們到郊外春遊，那邊沒有什麼遊客，空氣很好，風景也很好。只有你，我，一輛越野車。我們可以在那裡做任何我們想做的事情……」

「任何想做的事情」充滿香香的松鼠誘惑，當即把章獻淮說得心服身體也服。章獻淮沒了質疑，將時間空出來，決定完全配合寶貝的安排。

然而春遊計畫不知怎的，還沒實施就被章流流知道了。

章流流跑到他們家裡，好聲好氣地懇求林冬遲：「喂，你都是我嫂子哥了，你安排的那個春遊就也帶上我唄？或者……把你的計畫安排給我一份，你不是做得很仔細嗎？」

「為什麼要給你？」林冬遲瞇了瞇眼睛，覺得很不對勁兒，「說！憋著什麼壞呢。」

「放——」章流流想到自己在求人，立刻把後面的「屁」憋了回去。他懶得多繞圈，聳聳肩，實話說了。「我最近追一個喜歡戶外的姑娘，她的社交平台全是各種出遊出行的照片。為了讓她對我感興趣，我撒了個小謊，說是我馬上也要去郊外踏青，什麼都準備好了，到時候她人到就行。她就喜歡那種有規畫有條理的人，這不是你們恰好也要去嗎？帶帶我，讓我先學習學習唄。」

原來如此，林冬遲不禁感慨，這傢伙還真是只有在追求女生的時候才會這般用心。

不過林冬遲依舊沒有鬆口帶上他一起，他一邊收拾著出門要帶的東西，一邊拒絕：「不行，不方便。我和章獻淮的計畫不適合你們的情況。」

章流流不樂意了，他沒力氣再裝乖下去，梗著脖子吐槽：「怎麼不適合？那你說說看哪裡不行。我看，林冬遲你就是摳，跟以前在公司食堂吃飯一樣摳門兒。好歹咱們現在也是半個親戚了，你連分享都不願意跟我分享。你等著，我要告訴我哥去！」

林冬遲被他氣笑了，主動拿出手機按下章獻淮的號碼遞過去。

「你告啊，看看你哥等會兒會幫誰。」

見他真的打電話，章流流趕緊狂按螢幕上的「結束通話」按鍵。他無語極了，這問題還用問嗎，章獻淮還能幫誰？他那個愛寶貝如命的哥哥必然是要幫林冬遲的！

玩笑歸玩笑，林冬遲還是告訴流流：「網上那些攻略很多，你挑一個去用吧。我們的計畫特殊，意義不同，不適合別人。」

說得神神祕祕，章流流好奇心上來了，要他今天一定說清楚哪裡不同。

林冬遲說：「我們最後的安排是在崖邊看日落。」

章流流沒聽懂。「這有什麼特別？」

林冬遲補充：「不穿衣服看。」

「……」這下懂了。

章流流感覺煩死了，莫名其妙吃了一大口狗糧。他怒罵一聲「臭情侶」，隨後摔門離去。

02

林冬遲將春遊安排得滿滿當當，然而計畫終是趕不上變化，他們出發到半路，天突然開始下雨了。

往前開了好久，一直沒有停止或者變小的趨勢。

林冬遲冬天剛拿到的駕照，到手不過兩個多月，算不得經驗豐富的老司機。擔心冒著大雨開山路有危險，他們商量過後，最終還是將車停在了較為安全的備用車道，等待雨勢變小一些。

這條路半天都沒有幾輛車駛過，林冬遲滿臉愁容，覺得今天的出行都被自己搞砸了。

章獻淮注意到他的情緒變化，伸手捏了捏他氣鼓鼓的臉頰，說：「傻不傻，天氣預報都沒準確報出來，天氣差跟你有什麼關係？」

林冬遲把腦袋往章獻淮的大手上蹭了蹭，仍然有些難過。

「可是，可是今天本該是很完美的春遊啊。」

林冬遲拿出平板電腦，打開精心製作的ＰＰＴ。「按照計畫，再過半個多小時咱們就能到了。到了之後我們可以先在地上鋪墊子，把那些吃的喝的都擺上去，然後吃東西、聊天、玩棋牌遊戲。等到黃昏的時候，咱們就把天窗打開，一邊看日落，一邊親親……最後趁著天色沒有黑到不行，我們趕緊收拾好垃圾，安全地回家休息。」

這些安排是那麼地愜意且有意義，林冬遲越講越覺得好可惜。他長長嘆了一口氣。

「我還帶了自己燒製的杯子，連聊天的時候要聽什麼歌曲、零食水果要怎麼擺盤也全都想好了。怎麼這樣啊……」

章獻淮聽完，指了指後座上的袋子，問：「這裡頭就是你準備的零食？」

「嗯，我買了好多，都是很好吃的。」

章獻淮伸手將袋子打開一看，種類果然繁多，不僅有洋芋片、果凍、牛肉乾，也有些飲料和八寶粥。如果他沒記錯，出發之前林冬遲還往後備箱放了個小冰箱，裡面凍著切好的水果以及分裝過的雞爪和滷肉。一切都可見林冬遲對這場春遊的用心。

章獻淮沒有策畫過這類行程，但他清楚這需要付出不少心力。他不想林冬遲過於失落，直接拆開了一包洋芋片，拿出來吃了幾口。

「我很少吃這些，味道還行。既然不能在外面，在車裡吃也不是不行。」

林冬遲心心念念的春遊是在草地上享受和煦的春風，而不是如此刻這般在車內邊吃零食邊看傾盆大雨。但是章獻淮這樣養尊處優慣了的少爺都不嫌棄這種環境，他心一動，也嘗試著接受起來。

接受新體驗的過程中，林冬遲逐漸平靜了許多。他按下一點點車窗，伸出一隻手，感受雨水與手背親密觸碰。

冰冰的，沒有他以為的不舒服。

甚至……比他想像的舒服很多。

收回手，林冬遲問：「我剛剛是不是太情緒化了？」

「不會。」章獻淮見慣了他的樂觀積極，偶爾看到這樣的寶貝，同樣喜歡得不行。

林冬遲又說：「其實，我今天本來是想要圓夢的。」

03

林冬遲從來沒有參加過春遊，他所在的小學和中學每每組織春遊時，都要先收取一定的出行費及小飯桌的費用。

「通常一次是要收五十塊到兩百塊左右，錢不算特別特別多，但是我大姨家的條件不好，這對他們來說就是一筆很沒有必要的開支，所以我一次都沒去過。」林冬遲回憶著，臉上並沒有因此感到太過難受，而是早已習慣了那樣的結果。

「六年級的時候，學校組織的春遊活動是爬山。那座山在孩子們眼裡很神祕，有許多傳說，還有一個劇組在那邊拍了很酷的武俠劇，所以那一年我特別特別想參加。

我去求大姨，告訴她我到了地方什麼都不買，絕不另外花錢，只讓我去一次就好。她還沒說什麼，我大姨夫先拒絕了。他覺得五十塊可以讓他兒子，也就我堂哥，去跟朋友吃一頓肯德基，拿去爬山太浪費。他告訴我，如果想爬山，週末隨便找個山都可以自己爬。他這麼說了，我不想讓大姨夾在中間為難，所以最後沒有再提這件事情。」

聽到這，章獻淮無比心疼。他握住林冬遲的手，不發一語。

林冬遲笑了笑，回握住這隻大手，輕聲道：「都過去了。他們養我已經很不容易了，本來也沒有讓他們給我花這些錢的道理。只是那個遺憾一直在我心裡，我就特別想好好春遊一次，把曾經沒做到的一次性做個完整。」

「所以你買了這麼多。」章獻淮突然明白了平常勤儉節約的林冬遲為何一反常態，買的零食多到他們兩個今天明天根本都吃不完。

林冬遲「嗯」了一聲，解釋：「我看我的那些同學朋友每次去，他們的家長都會給他們裝上滿滿一書包的零食和小吃。我沒有經歷過，所以想替過去的自己好好準備一次。」

既然沒有辦法圓夢，林冬遲就也不想了，只當是自己倒楣。

後來，他們在車內就著窗外的雨聲聽他事先挑選好的歌曲。都是些舒緩浪漫的歌，環境竟也出奇地愜意。

他們兩個人的身體挨在一起，儘管沒有像計畫中的那般在黃昏下做愛，兩顆心卻靠得比任何時候都親近。

04

回去之後沒多久，章流流得知他們出遊當天下大雨的情況，特地打電話來對林冬遲幸災樂禍。「活該，這就你們倆不帶上我的代價。」

彼時林冬遲正坐在地上拆快遞，他很是無語，咬牙切齒地回懟過去：「章流流，你多大了？敢不敢更幼稚一點兒！」

章流流「哈哈」狂笑。「你管我幼不幼稚，反正你安排的那些是一個都沒用上吧。你這不是白費力氣嗎，不如一開始就把攻略給我。」

他這麼不客氣地說著，林冬遲那邊突然沒有了回音。不僅沒人罵回來，章流流還注意到電話那頭異常安靜，仔細聽，隱約是有些吸鼻子抽泣的動靜。

章流流驚呆了，心想不是吧！我就說了幾句，怎麼還給說哭了。萬一給章獻淮知道了，自己怕是要小命不保。

「林冬遲，林冬遲？怎麼了？」他連忙喚林冬遲的名字，邊喚邊不情不願地道歉，「我給你說對不起還不行嗎，你怎麼這麼小氣，你跟我哥先丟下我，我就說兩句你怎麼還哭了……」

林冬遲啜泣的聲音更加明顯，帶著哭腔大聲說：「你懂什麼，誰因為你哭啊！」說罷，他掛斷了電話。

林冬遲的確在流淚，原因也確實不是章流流的陰陽怪氣，而是他收到了滿滿一箱子的零食。箱子裡面什麼吃的都有。起初林冬遲還在費解自己何時買了這些，會不會是快遞員送錯地方了，直到翻到下面的禮物卡，他才意識到這是全部都是章獻淮買的。

禮物卡上寫：「為林冬遲同學準備的零食，邀請他本月十號一同上山春遊。」

落款是「同桌章獻淮」。

同學，同桌……什麼意思很明顯了。

結束和章流流的通話，林冬遲立刻給這兩天出差的章獻淮發去資訊，並附上零食箱的照片。

很快，章獻淮的視訊電話打了過來。

「你哭過？」章獻淮第一時間注意到林冬遲發紅的眼眶，皺了皺眉。

林冬遲悶悶「嗯」了一聲，問：「你在忙嗎？你要是有在忙就先去工作，別被我打擾了。」

章獻淮看到訊息的時候就知道林冬遲善解人意，擔心會打擾所以沒有打電話。他說「不會」，然後安慰說：「等我回去，我們一起去你小學沒去的那座山春遊。我查過了，那幾天都會是大晴天。」

林冬遲點點頭，眼淚止不住再次往下掉。

「寶貝。」章獻淮喊了他一聲，沒有勸他不要哭了，只是笑著看著他。

林冬遲也咧嘴笑了。他不想章獻淮遠在異地還擔心自己，就把話題扯到章流流身上，故意告狀：「剛才章流流打電話來笑我，說我的春遊計畫白做了。」

章獻淮說：「回去我找他。」

林冬遲繼續。「他還提以前在你們公司食堂的事情，說我摳門兒。」

章獻淮說：「我扣他三個月工資。」

林冬遲笑得更開心了，不過轉念想想，他撤回自己的抱怨：「算了，還是別給他扣了，我確實挺摳門兒的。」他憶起那時候的自己，「你們公司的飯菜對我來說挺貴，當初我想退卡的時候正巧被他撞見了，所以他才那麼說。說起來，那也是我第一次對你有好感。」

「怎麼說？」章獻淮並不知曉這件事情背後的更多緣由，他只記得那事之後，流流就和林冬遲總是水火不容，見面就掐。

林冬遲說：「因為那次我和章流流發生爭執，你問都沒問就幫了我，還讓他跟我道歉。說實話，我本來以為你會無條件幫他的……那是我人生中第一次感覺到被偏愛是什麼滋味兒。」

從前在大姨家生活，林冬遲屬於「外來者」，也是「外姓者」，生活已然得不到公平對待，更別提偏愛。而章獻淮的「偏心」屬實讓他明白了這是多麼令當事人心暖的東西。

因此好幾次遇到章流流耍橫，林冬遲明知不必多跟這個被寵壞的小少爺計較，但仍是會懟回去。他承認自己存有私心，渴望多感受一些被人偏愛的感覺。

他想，這也是自己徹底沉醉於這段感情的重要原因之一。

解釋完，林冬遲問：「章獻淮，你會不會覺得我很卑鄙啊？我利用了章流流，欺負他，就是想享受你偏向我的感覺。不過如果你不喜歡，我也會改的，畢竟現在我好像也不需要多證明什麼了。」

這算什麼卑鄙?!

章獻淮認為林冬遲實在是太善良，如果這些算是卑鄙，那麼他曾經對林冬遲的所作所為便該算是「罪該萬死的行徑」。

「不准改。」沉吟片刻，章獻淮開口要求，「林冬遲，不要抹滅你愛我的理由，也別剝奪我偏愛你的決心。」

小松鼠與獵人的日常片段

日常片段１：手錶

林措生日前一週，章獻淮讓祕書準備只錶。

祕書根據經驗調出了幾張手錶款式圖給他看，都是些商務送禮的佳選，結果章獻淮僅翻了一頁就關掉了。

祕書問：「需要我重新篩選一下嗎？」

「嗯，」章獻淮想了想，「黑色，錶盤不用過大，簡單點兒。」

林冬遲的手腕細，大錶盤撐不住。

「好的。」

祕書轉身就要出去，章獻淮又叫住他。「不用多貴，三十萬左右就夠了。」

祕書很快就和搭配師商量著，選擇了三款符合章獻淮要求和審美的手錶。待章獻淮挑了其中一只後，他問：「需要刻字嗎？」選定的錶雖然在這個品牌中屬於中低端的價位，但品牌方非常願意為老客戶提供個人訂製服務。

章獻淮沉吟片刻。「不用，什麼名字都不要寫。」

刻上林措的名字沒有意義。

他近期雖然做了不少矛盾且沒有意義的事情，可這一件，章獻淮沒來由地牴觸。

一週多後，祕書看見了林冬遲手上戴的那塊錶，這才知道原來是送給他的。

「林措，你這錶……」

「怎麼了？」對方明顯有些緊張，「錶怎麼了嗎？」

祕書搖搖頭，說：「沒什麼，就是覺得好看，很適合你戴。」

等祕書走遠，林冬遲忍不住抬手多看了幾眼。錶的確很好看，可並不屬於自己，有什麼「適合」呢。

他心頭不免酸痛了下，趕緊又自我安慰：沒關係，等把三十萬拿到手，我就繼續去上班，自己賺錢買一塊更適合我的錶！

以往的自我安慰林冬遲都能糊弄到自己，反正就也沒那麼不開心了。他騙別人，自己也是很好騙。可這一次，只是大概一想，他的心裡就難受得不行，一點也沒有變好的跡象。

日常片段2：章流流的第二次道歉

無語，無奈，無話可說。章流流又被章獻淮要求去和林冬遲道歉了。

原因很簡單，誤會林冬遲那麼長時間還對他說了不好聽的話。章獻淮問：「流流，你想繼續被禁足嗎？」

章流流：「哥……」

沒辦法，親愛的堂哥重色輕弟，他只好硬著頭皮上門去了。

「林冬遲，」章流流假裝不經意路過，對沙發上正在看手機的人語速很快地說，「對不起！」快到含糊，得仔細聽才能聽出些許委屈。

「啊？」林冬遲懵了，以為自己聽錯，猛地抬頭看向他。幾秒後，林冬遲反應過來，也大致猜到了原委。

其實林冬遲已經不在意那些了，甚至沒放心裡。但他壞心大起，聳聳肩故意對章流流說：「行，不過以後記得改口，得叫哥。當然了，你想叫嫂子我也不會介意。」

聽完，章流流深覺虎落平陽被鼠欺，一張好看的臉皺得不成樣子，整個人又羞又怒，摔門而去。

林冬遲開心到想搖尾巴，是有在仗著和章獻淮的關係欺負章流流的意思了。

日常片段3：室友

林冬遲和幾個同事午餐時聊天。

同事A：「我的室友實在太不講衛生了，好煩，週末我打算去看房，下季度換個地方。」

同事B：「我室友倒是挺好相處，唯一的缺點就是喜歡半夜炒菜做飯，被饞得不行還吃不到，油也特別嗆。」

同事C：「可是你們租的地方離公司很近啊。我雖然不用租房，但我家離這兒光公車就得快一個小時，下車得再步行十分鐘才到。坐公車更累人，是吧小林。」

林冬遲一直不希望被人發現自己有人接送，所以每次都讓司機停在公車站再步行走去公司，因此途中遇到過C兩次。他點點頭，嘆氣著對同事們講述自己的類似經歷——

「我舍友，哎，他也不講衛生，會把東西瞎抹。」（指章獻淮總是將精液弄在他肚子上。）

「而且還很固執，想跟他講道理他也不願意聽。」（指他射了之後要章獻淮出去，章獻淮不同意，繼續強行抽動。）

「我們會一起吃宵夜，但他吃得非常過分，現在我都不敢提宵夜了。」（指章獻淮會陪他到樓下吃宵夜，餵飽了再把他當作自己的宵夜。）

「哎……」大家一起嘆氣。

但他們紛紛表示：慘還是小林最慘。同事C大哥還將自己的小盒優酪乳給了最慘的小林。

林冬遲開心地喝了優酪乳。

此時正在開會的章姓壞室友覺得鼻子癢癢，全然不知道發生什麼。

日常片段4：雙十一

為了雙十一購物節，林冬遲早早湊好了各種滿減。他在這方面腦袋格外靈光，等十一號零點一到，他立刻開搶，以極低的價格買了好多東西。

章獻淮皺眉，連續一禮拜的夜晚這人都在旁邊看直播、挑好物、算折扣，某些生活受到了嚴重影響。

有次，他裝作若無其事地問了句：「今天又在看誰？看中什麼好東西了？」最後也沒有得到任何回答。

事後提及此事，林冬遲無奈道：因為很忙，忙著省錢，沒空理，甚至還覺得被打擾了哎。

日常片段5：韓劇愛好者

在晚上一通愉快生活後，林冬遲癱在床上，有氣無力地說：「餓了。」

章獻淮：「……」

阿姨這幾天回了趟老家，三更半夜他們倆誰都不想下廚。林冬遲上班很累，不想動彈。章獻淮運動半天也累，而且明天還要很早去總公司開會，但見這人喊得這麼淒慘可憐，他還是起身去做了夜宵。

林冬遲是聞著味下樓的，一看餐桌——一碗速食麵。

章獻淮倒不是單純做了個麵，面裡還放了蝦、巴沙魚和海參。

「這……」

「怎麼了？」章獻淮把面推到他面前，「吃。」

想了想，林冬遲沒有點評這些奇奇怪怪的配菜，改問：

「你們有錢人的夜宵也愛吃泡麵的嗎？」

「為什麼不吃？」章獻淮皺眉，「林冬遲，你是不是又看了什麼韓劇？」

是這樣的，章獻淮發現，林冬遲對他和章家的許多奇怪想像都來自那些韓劇。

對此林冬遲的解釋是：大姨家沒有電腦，只有一台電視，我不能跟妹妹搶，所以都跟著她看這些，這不是理論和實際情況結合一下試試嗎。

章獻淮沒空看韓劇，掃了幾個劇情簡介也覺得沒意思，不過林冬遲週末偶爾看的時候，他如果在家就會跟著瞄兩眼。

有一週的劇情是：女主被老公拋棄了。

章獻淮：無聊，離開。

下週路過看到的劇情：女主整容回來復仇前夫。

章獻淮：虐……然後離開。

幾週後看到的劇情：前夫倒在女主懷裡，告訴她其實自己得了病，怕連累女主才故意裝作拋棄。

章獻淮：？

他滿臉疑惑地看眼電視再看眼林冬遲。林冬遲正看得津津有味。

最後大結局：女主在前夫墓前哭，一回頭，碰到了一個和前夫長得一摸一樣的人，原來是男二為了女主，自己也跑去整容了。

章獻淮：「……」

章獻淮關掉電視。「林冬遲，你以後不許再看這些。」

林冬遲明顯察覺到這人是接受無能，笑著問為什麼。

「太狗血，不合理。」章獻淮捏捏他的臉蛋，輕輕嘆氣，「寶貝，這種看多了我會擔心你。」

他的寶貝已經很笨了，可不能更笨了。

林冬遲無語，車禍失憶經歷過催眠的富家少爺……到底是哪個更狗血啊！

日常片段6．軟軟肚皮

週日，林冬遲躺在客廳的長沙發上一動不動。

事出有因，阿姨回老家前特意給他做了一大碗豬蹄，用保鮮盒裝好放在冰箱。還沒等到晚上，林冬遲已經給倒出來加熱吃掉了。

貪吃的後果就是肚子撐，人睏，身子還難受。他疲憊地側躺著，希望能邊休息邊消消食。屋內溫度高，再加上剛剛吃飽喝足，沒一會兒人便模模糊糊睡著了。

林冬遲睡得不深，章獻淮坐在旁邊把手伸到他衣服裡的時候，他立刻醒了。

章獻淮剛回家，手涼，所以摸得林冬遲肚子也冰冰的。別說，還真挺舒服。林冬遲哼唧了兩聲，模模糊糊之間閉著眼主動把肚皮貼上去。

「嗯，吃飽了。」章獻淮話裡帶笑，很是滿意。松鼠達人知道，把小松鼠餵好，小松鼠就會乖乖任你順毛不反抗。

可林冬遲一聽，趕緊坐起身來不讓他碰。「我胖了？」

章獻淮笑出聲，林冬遲的肚子軟乎乎，此刻還稍稍有一點點凸，猜都能猜到肯定是剛吃了不少東西。他沒直接回答，而是把人強摟在懷裡，繼續把手伸進去，轉著圈地從肚皮摸到腰側再回到肚子最中間。溫度慢慢中和，形成很舒服的熱。

別人醉酒，章獻淮醉小松鼠。

他低頭，貼著林冬遲的耳朵說：「寶貝，寶貝你是不是懷孕了？」

「章獻淮！」

林冬遲使勁把這個變態扒開，臊紅了臉。「你有病吧。」

他往前爬，想到另一邊去坐著，結果章獻淮快他一步，拽著腳踝先把人拉了回來。

「別跑，不懷也行，反正咱們家裡已經有一個寶貝了。」

日常片段7：
春節：一個螃蟹和兩個豬蹄

大姨和表妹有問林冬遲要不要回來一起過年，林冬遲拒絕了。

以前過年時表妹的奶奶就很不喜歡他，認定他是累贅，所以會說些陰陽怪氣的話。大姨一家其樂融融，林冬遲像極了外人。也許的確就是外人。

其實章家那邊他也不想去。

一個原因是他每次參加章家的家宴都很緊張，生怕做錯事情丟章獻淮的臉，根本吃不飽。另一個是章思瀾和徐聘的事情搞得大伯對他們這幾個有份幫忙的小輩很是不滿，他見到大伯會止不住心虛。

章獻淮看出來了，問林冬遲是不是害怕跟他們一起過年。

林冬遲：「我不是，我沒有。」

但他現在已經能一眼看破林冬遲的謊言了。小松鼠撒謊，不僅開啟躲避眼神模式，還會耳朵尖發紅，撒謊技術直線退步。

他故意說：「既然沒有，那到時候留下來過夜吧。」

「……」

林冬遲只好承認。「大伯不喜歡我們，每次去他們還一直盯著我看，怪不好意思的。」

章獻淮理解他的不自在，不過就這樣放寶貝自己在家過年也不行。於是他想了個主意——吃飯時讓林冬遲去跟章流流坐一桌。

「這算什麼好主意啊?!」章流流不滿,「哥,你又不是不知道我跟他……」

章獻淮看了他一眼。「你上週好像想買新跑車。」

「哥你放心,我會把林冬遲照顧好的。」

不用坐主桌了,同桌的人還都是些同年齡段的年輕人和幾個小朋友,林冬遲放鬆很多。放鬆到全程和他們聊得好,吃得也好,幹掉了一隻大螃蟹和兩個醬豬蹄,完全沒發現章獻淮好幾次在看他。

看來豬蹄更重要。

章獻淮表面笑著跟旁邊人碰杯,心中暗道:會離家出走的小松鼠果然沒養熟,隨隨便便就被別人(或者別的美食)勾搭走,回去得再教育一下。

聚餐結束後,章獻淮帶林冬遲回家,聽到林冬遲在車上一個勁地說剛才跟他們聊的東西。

「章獻淮,你妹好厲害,聽說她是保送的S大研究生啊。」

「哎對了,那個酒莊思瀾竟然也有份!你說徐聘那部戲選擇在那兒拍是不是因為想碰到他?難怪他們會那麼巧碰到。」

章獻淮:「……」

章獻淮:「寶貝,我頭疼。」

林冬遲立刻停下來，握著他的手。「啊？是不是剛才喝多了？你快閉眼休息會兒吧。」

是用頭疼吸引寶貝注意的小心機了。

還有一個多小時才過年，不遠處已經放起煙花了。

林冬遲趴著車窗看，突然有種說不出的感慨。

章獻淮從後面把他抱住。「今天開心嗎？」

開心嗎？林冬遲也在心裡問自己。有好吃的，有愛人，也終於有了好好看街景的心情。

林冬遲沒直接回答，而是回頭快速親了下章獻淮，笑著告訴他：「這是我人生中過的最棒的春節。」

日常片段8：中秋：月餅

章流流跟林冬遲打賭輸了，答應告訴他一個章獻淮的祕密。

想了半天，在確保自己不會被堂哥丟出家門的前提下，章流流劇透道：「我哥最近找人訂製了月餅給你吃，是你最喜歡的那種，很特別。」

訂製，很特別，還最喜歡……

怕不是把月餅做成豬蹄味兒或豬蹄形狀?!

好怪。再想一遍還是好怪。但是林冬遲想，如果月餅裡面有香噴噴豬蹄，應該不會多難吃吧☺☺。

中秋當天，章獻淮果然拿出來個月餅盒。盒子設計得很簡潔，右下角的線條融合了林冬遲常用的小樹logo，一看就是用了心的。

林冬遲（假裝驚喜）開口：「這是什麼？」

心裡想：豬蹄月餅，嘿嘿，☺豬蹄！

他掀開蓋子，都打算一口一個了，結果看到的就是五個普通的月餅，唯一不太普通的地方大概是餅的中間印著小松鼠圖案。

「這是……什麼？」林冬遲又問了一遍，語氣完全不同，「什麼餡兒的啊？」

章獻淮笑著說：「五仁。」

「？？？」

章獻淮繼續說：「不是你平常吃的那些五仁，是五種松仁。寶貝，咬一口，你一定很喜歡。」

豬蹄變五仁是種什麼體驗？

林冬遲含淚吃下新．五仁月餅，這大概是他鼠生最為感動也最為想要爪撕章獻淮的中秋節了。

日常片段9：為什麼會喜歡他

《參廈週刊》的特邀記者小西給我們發來了她上半年的專題採訪報導——關於「你為什麼會喜歡他」。

小西：你為什麼會喜歡他？

林冬遲：這……不好說，好像沒有特別的原因。他是第一個會偏心我的人，也是真正在乎我想法的人，雖然有過挺多不開心，但是都過去了，我知道我們心裡有彼此。

章獻淮：什麼不開心？

林冬遲：呃，你先回答啊。

章獻淮：他很真實，樂觀，生活中動手能力也強。只有跟他在一起，我整個人才會真正自在。

小西：動手能力……是指哪方面？

章獻淮：面前你看到的這個杯子就是他做的，你看不到的地方，他動手能力也……

林冬遲：停！咱們還是換個話題吧。

《滿分贗品》衍生短文

可有可無

01

章獻淮的另一個堂弟章思瀾和章流流比起來簡直就是超級三好學生。

他年紀比流流小一歲，但成熟很多，早早就送去公司磨練，經常跟著章獻淮出席重要活動。即使章獻淮受到章老爺子更多重視他也不會嫉妒，性格就是很溫和，也信任家人。

章流流跟之前小明星那事兒鬧大之後，有一回是章思瀾幫著代表出面的，剛過去就碰上了跟小明星關係很好的師兄徐聘。

這徐聘是一位演藝圈老前輩的獨子，作品不多，但部部精品，人氣和實力都挺高。他把章思瀾當成了章流流，想到章流流做過的風流事所以態度不太好，護著師妹說了些不好聽的話。

章思瀾也不生氣，依然和和氣氣跟他解釋，再與他們公司共同商議最終解決方案。

兩週後章思瀾去參加某個剪綵儀式，他和徐聘又碰上了。

整場活動下來，徐聘發現這人脾氣是真的好，處處照顧別人的感受，相處起來也沒什麼架子，不禁多了許多好感。

可能是出於某種神祕法則，兩個人只見了一兩次，再回去徐聘就經常能看到章思瀾的消息——其實只是看到章氏的新聞，他都直接等同於看見了章思瀾。

秉持著「喜歡就追」的想法，徐聘經常去找章思瀾。找了好多次，逐漸也追了好多次，兩人算是曖昧了一段時光。

說曖昧，因為吻接了，床也上了兩次。

可是說交往吧，又不算，因為每次親密過後，章思瀾的想法便會立即回歸現實。

章思瀾的父母很難才有了他，不可能像章獻淮的媽媽那樣接受同性感情。他能料想到接受這段感情會給徐聘或家人帶來多少傷害，終究難兩全，所以被感情支配過後，他又會理性地拒絕正式交往。

為了及時止損，章思瀾不僅拉開兩人距離減少見面，還違心說了些非常決絕的話。最後一次爭吵時，他們倆深夜在某個社區門口拉扯和接吻的樣子被人拍到，影片發上了網。連帶著章流流和那位女明星的事情一起，章流流再次上了熱搜……

章流流簡直氣炸，他看到影片，認定是徐聘強吻了思瀾，且徐聘在社交平台發的澄清影片也是這麼承認的。

他本想幼稚地豁出去，找徐聘討個說法，再找人揍他一頓。結果被章思瀾給攔住了，央求他不要去。

「徐聘他沒做錯任何事，有錯的是我。」

章流流無奈，有種撞破祕密的感覺。

後來徐聘出了國，雖然被罵，但還是有在演電影。章思瀾則在S城過著和從前一樣沒有多少起伏的日子。

兩個人斷掉了所有聯繫和交集。

徐聘走之前涼透了心，認為章思瀾從頭到尾都沒有喜歡過自己。

但他不知道的是，自他走後，章思瀾的家裡一直放著徐聘每一部電影的收藏版藍光碟。

02

徐聘回國拍戲了。

一回來，有關他的平台熱搜立刻連上好幾個，各大娛樂新聞首頁都是他，網路有記憶，其中一個與他相關的熱門詞條是「徐聘 章思瀾」。

章思瀾的話題一出，有行銷號把他們以前街上那些事，包括章流流和小明星的緋聞全翻了出來。

不過沒兩小時，討論話題便搜索無果了。

一個朋友問徐聘需不需要幫忙找人牽線，和章氏集團那邊溝通解釋一下，畢竟回國了，做章家的朋友好過以後鬧出更大誤會做敵人。

徐聘謝絕了，笑著反問：「為什麼解釋？」

他們倆是事實啊。

雖然當年對大眾澄清了，但他追章思瀾，以及他和章思瀾的擁抱、熱吻、在車上酒店那些毫無保留的纏綿全是事實。

徐聘沒去主動找章家人，倒是在活動上先碰到了。偏偏還是最煩的那個章流流。

眾人寒暄舉杯的時候，徐聘故意沒跟他碰杯。章流流翻了個白眼，本來也想不搭理，不過想到上禮拜的熱搜，火又上來了。

他趁人少悄聲去找徐聘，警告徐聘安分點，別想再跟章氏扯上什麼關係。

「尤其，尤其……」

「尤其什麼，尤其章思瀾？」

徐聘笑了，心中暗道章流流白長了張不錯的臉蛋，腦子是真沒多少。

他沒用對付媒體那套說詞說他們已經沒關係了，而是告訴章流流：「想要我以後不提，可以，叫章思瀾親自來跟我說。」

如果可以，如果不會丟人，章流流很想把酒潑過去。

他默念了三遍別人生氣我不氣，咬牙切齒說：「思瀾不會來找你！」

「他會。」徐聘聳聳肩，「章思瀾欠我的。」

這幾年章思瀾工作排很滿，他剛開完一場大會，頭有些暈，就在辦公室吃了顆藥準備接著看報告，然後接到了章流流的電話。

電話一通，章流流先講了一大堆抱怨，大概是些徐聘很凶很拽的壞話，又囑咐思瀾千萬別去找那個侵犯人的混蛋。

「流流你放心，我不會去。」章思瀾表現得相當平靜。

掛掉電話後，章思瀾叫祕書把第二天的早會給取消了。

事實上，徐聘離開後章思瀾都很少休息，甚至章獻淮強行給他放假他都會偷偷和公司的人聯繫。

他不能休息，一停下來整個人會空得不得了，太難受。可現在他不得不休息一天。剛才章流流的那句「他竟然說你欠他的」讓章思瀾頭暈得更厲害了，難以集中精神。

發呆了一會兒，他鼻子止不住發酸，幾年過去了，徐聘還是不願意原諒自己。

章思瀾恍惚地站起來，拿杯子想去接杯咖啡清醒一下。結果剛走到門口，外面人聽到「砰」的一聲——

杯子碎了。

03

徐聘在醫院的吸菸區抽菸，那兒偏僻，不怕被人認出來，所以也沒讓助理一起下樓。巧的是，菸還沒抽幾口便碰見了認識的人。

「章思瀾，好久不見。」

章思瀾平日裡無論說話做事還是出席各種場合都極為得體，這會兒看起來卻混亂、狼狽極了。他穿著藍白條紋的病患服，臉上沒多少血色，臉頰兩側因為瘦而凹下去的陰影最近更加明顯。

頓了好幾秒，確認台階上插著口袋抽菸的人是真人而不再是幻想後，章思瀾才呆呆地回了一句：「是啊。好久不見，徐聘。」

章思瀾是在辦公室暈倒後被同事送過來的，醫生說過度疲勞，建議順便做個全面檢查。他沒太當回事，趁間隙想去車裡拿平板邊等邊看報告，誰知道……

按理來說他們兩人久別重逢該有尷尬，可徐聘似乎無感，連尷尬都省了，像碰到個許久沒見的普通人一樣，沒有任何複雜的表情和想法。

等章思瀾反應過來一些，想到這裡是醫院，就先問了一句：

「你……怎麼了嗎？生病？還是……」

明明自己還穿著病人的衣服，明明他已經沒資格去過問對方的事情。

徐聘輕笑了下。「陪我爸來的。」

提到他爸爸，章思瀾徹底蔫了。

當年被人拍到影片，徐聘主動攬了當街強吻和出櫃的事，徐聘的爸爸直接被氣到送醫院。狗仔在徐父家門口拍到救護車，順勢給徐聘又送了個罵名，同時嘆息老前輩養出不孝子。

然而青年演員徐聘家裡發生的這一切都與章氏的章思瀾沒有任何關係，至少外人都是這麼認為的。畢竟徐聘澄清時也表示：章思瀾不是同性戀。那晚是自己一廂情願，喝醉酒侵犯對方。

章思瀾看到了，卻始終沒有站出來。

對於章家及大眾而言，章思瀾默認了徐聘說的所有事，真是無辜受害者。

「對不起。」

章思瀾走上前一步，終於說了那時候就該講的話：「徐聘，對不起。」

澄清發出來沒多久，徐聘就把他的聯繫方式拉黑了。章思瀾本可以去找，他當然知道怎樣找，去哪兒找，但他沒去，因此一直沒能對徐聘感謝，或者說道歉。

「不用。」徐聘把菸滅掉，盯著他一字一句道，「你章思瀾的道歉不值錢。」

徐聘上樓後，章思瀾站在原地不敢追上去。他很難受，身體和心裡都好不舒服。

等待體檢報告的期間，祕書打電話過來，跟他說章總已經知道了，停掉了他的工作並要求他休假。

祕書以為章思瀾會像上次那樣拒絕，可是片刻，工作狂章思瀾竟然對她說：「好，我會停一個月，麻煩你幫我安排一下。」

時隔四年半的休假開始了。章思瀾哪兒也沒去，他把自己一個人關在家裡，用電視播徐聘這些年拍的電影碟片。

算上離開的那年，徐聘共拍了四部電影。章思瀾記得住他的每一句台詞。

看著看著，章思瀾第一次有想要哭的衝動。

奇怪，徐聘發澄清影片他沒哭，出國他沒哭，聽說徐聘在國外的同性異性緋聞他沒哭，甚至知道徐聘拍戲從樓上摔下來緊急送醫他都沒哭。此時此刻，看到螢幕上的徐聘對另一個演員笑，笑得那麼自然開心，章思瀾忍不住哭了。

那時候面對徐聘，章思瀾常把「抱歉」和「對不起」掛在嘴邊，起初因為章流流的事情是他們有錯在先，慢慢的則是因為他自己性格優柔寡斷，總在感情和現實之間的不斷徘徊。

徐聘不喜歡他說對不起。

有次在停車場，氛圍算是很合適，徐聘要吻他。章思瀾也動了情，但是短暫觸碰之後他還是把徐聘用力推開了。

章思瀾連講了幾聲對不起。

徐聘把衣服整理好，還把章思瀾的衣領也理順，告訴他：「你覺得不ＯＫ，我們就不做。別覺得抱歉，現在是我在追你。」

可惜，時間已經把章思瀾的「對不起」貶得一文不值了。

04

一個月的休假章思瀾不可能全待在家裡，這個工作狂在家裡哭了一天又看了一天電影後，其實已經想結束假期了。

沒辦法，他老是想到在醫院見到的徐聘，無所事事的情況下更想了。

章思瀾當年怎麼也沒料到，一段原本被自己認定為可有可無的愛情竟然能影響他接下來每一年的每一天。或許是報應吧，他想，上天懲罰他沒有坦誠面對感情，一次次推開徐聘，還任由所有人傷害徐聘。

徐聘說得沒錯，他欠他的。

四五年前徐聘曾給章思瀾講過一個他們之間的神祕法則：「見你一面之後就能不斷見到。」說來可笑，兩個人如今變成沒有關係的關係了，神祕法則再次發揮作用。章思瀾去紅酒會所取酒的工夫，他們又見面了。

章思瀾去取酒，順便當作出家門散心。拿好東西他聽到二樓那邊亂哄哄的，就問經理什麼情況。

經理說是有劇組租了場地在拍戲，戲名章思瀾非常熟悉，正是徐聘回國拍的那部跨國電影。徐聘在這裡。

章思瀾第一反應是走，他絕不否認自己擅長逃避，避開所有風險和痛苦，包括他與徐聘永遠不可能存在的未來。

但人是會變的，即使章思瀾不承認，心還是出賣了他。

他留了下來，站在原處從忙碌的工作人員中尋找徐聘的身影。沒別的意思，他自我解釋，只是想看一眼徐聘工作時候的樣子，這樣或許能窺探到他出國這些年的拍戲常態。

找了半天章思瀾只看到了女主角，這讓他有點失望，轉身便要走。

「章思瀾。」

原來，找了半天的人一直站在身後。

「你在找我？」徐聘不跟他搞彎彎繞繞，直接問了。

章思瀾的解釋很無力：「我，這兒是我堂姊和朋友開的，所以我偶爾會來。」言下之意一切是巧合，我不知道你在這裡拍戲。

可徐聘問的才不是這個。「你盯著劇組有……」他抬手看了眼手錶，「差不多十分鐘。怎麼，劇組有裡其他認識的人？」

章思瀾心虛，不敢再反駁，尷尬地說：「我只是看看，不會影響你……」

話還沒說完，徐聘打斷他。

「影響了。章思瀾，我不想被別人拍到然後再跟你上一次熱搜。」

聽到這種話章思瀾是不好受的，同時他也有點生氣。至於氣什麼，大概是氣自己。他對徐聘說：「這裡人很多，要不然我們去旁邊的包廂？」

他其實做好了徐聘說「跟你還有什麼可聊」之類的話的準備，出乎意料的是，徐聘同意了。

「流流那天見到你，他說……你讓我來親自找你。」章思瀾知道徐聘並不會拿那些事威脅，但流流與徐聘的對話是他現在唯一想到能多聊幾句的話題，雖然一說出口他立刻後悔了。

徐聘不悅。「你和章流流還真是一家人，怕我故意扯上你還有你們章家？章思瀾，你未免太看得起自己。」

「對不起，我不是這個意思。」越說越錯，章思瀾咬住嘴唇閉嘴。

這模樣讓徐聘有些恍惚，他能重疊出許多章思瀾以前說抱歉的畫面，尤其是每次來之不易的親近之後。果然，章思瀾對他們倆的過往從來都只有抱歉，抱歉，抱歉，獨獨沒有愛情。

「浪費時間。」徐聘不想再多說，打算要走。

見狀，不知道怎麼想的，章思瀾突然伸手抓住他的手臂，脫口而出：「徐聘，別走！我可以……我願意還你。」

「還？」

欠了就要還，天經地義。

章思瀾說完自己也愣住，說不準到底在緊張還是後悔。他見徐聘低頭看了眼他們觸碰的位置，趕緊把手抽了回去。

徐聘倒覺得有意思了，他站定，對章思瀾說：

「你要拿什麼還？其他的我也不缺——章思瀾，就用你的身體吧。」

05

徐聘給章思瀾的思考時間不多，他很快被工作人員叫走了。

直至離開，章思瀾都沒有再說出一句話。

章思瀾無法解釋怎麼會說出要還徐聘的話。說就說了，當徐聘提出用身體還時，他也沒第一時間回絕。

為什麼？

很久之後章思瀾才敢承認，因為他心裡也想……想和徐聘這個人再有糾葛，身體和心裡都想，即使償還是個可笑的藉口，即使極大可能又是一場悲劇。

經歷了繁忙又孤獨的一千多天，章思瀾的理性悄悄被感性打敗。

兩天後章思瀾接到徐聘的電話，對方直接問他晚上有沒有其他安排。

是個週六，何況還有長假，章思瀾如實答沒有。

徐聘不多廢話。「半小時，到唐卓大酒店。」

章思瀾家到酒店開車只需要十五分鐘，他可以用多餘的十五分鐘來做決定，不過直至車開到酒店停車場他也沒真正想好。

他站在電梯口，電梯門開了又關。

時間一到，手機收到一條沒有名字的號碼發來的短信：「2122」

「好吧。」見慣了大場面的章思瀾第一次需要靠深呼吸來給自己打氣。

他在電梯裡按下樓層數，這才發現自己的手一直在輕微顫抖。抖動不僅有緊張害怕，還有一絲不可言喻的興奮。

到達之後，章思瀾聽著走廊音樂走到2122門前。他站在門口沒有敲門，看著門上的貓眼，突然想起了許多。

他和徐聘曾在品牌方安排的酒店做過一次，同樣是個無風的夜晚。那時候章思瀾對著徐聘的電話請求沉默了將近一分鐘。

沒多久，徐聘親自跑到他門前。

章思瀾從裡面透過貓眼偷看徐聘，嘴上催促著：「徐聘，你走吧。」

徐聘不聽，倔強地站在那兒對他笑，也不擔心有人路過會看到，說話時不停用手指尖輕輕撓門。「思瀾，我就在這兒等你。」

撓得章思瀾心中發癢，一個多小時後，他讓徐聘進去了。

不斷回憶從前是件危險的事，容易自我傷害。

章思瀾的笑容揚起來不過幾秒，徐聘先把門打開了。

現在的徐聘不再有那麼爽朗的笑，嚴謹來講，是不在章思瀾面前有了。章思瀾跟他走進去，呆呆地站著。徐聘則徑直坐到沙發上，拿出一根菸點上，輕笑道：「還真來了。所以你願意跟男人上床不願意談戀愛，我以前怎麼沒看出來你章思瀾這麼好上。」

章思瀾想過徐聘不會有好話，可切實聽到，心情仍是低落到塵埃裡。

他努力睜了睜眼，好讓眼睛沒那麼酸痛。

「徐聘，如果你叫我來只是要講這些，那我還是走吧。」

還不還的，果然可笑。

章思瀾轉身要走，徐聘將菸杵滅，幾步走向前把人用力按到門上。章思瀾掙扎，他的力氣便更大，抓得人生疼。「章思瀾，這就是你說的還！」

聽到這話，章思瀾立刻不動了。他哭起來從不出聲音，只會很安靜地掉眼淚，因此徐聘掐著他下巴轉過來才看到他哭了。

「著什麼急，又不是不要你。」徐聘頓了頓，對著那道淚痕親吻了一下，然後把手伸進章思瀾的褲子裡，邊撫摸邊對他們的現狀輕描淡寫地說道，「反正只上床，不談愛。」

嚴格算來，這是他們第三次做愛。

章思瀾被按在浴室裡肏的時候，內心跟前兩次感受大不相同。

第一次過於衝動和緊張，後面很痛，放鬆納入的瞬間又會產生些極度快感；第二次是在酒店，他心軟放了徐聘進屋，忽略掉細微的焦慮，四捨五入可以說整夜都充滿歡愉。

徐聘讓章思瀾去洗澡，自己在外面又抽了一根菸，看著章思瀾的身形透過毛玻璃出現。精瘦，挺直，衣服一件一件脫落。

抽完，徐聘徑直走了進去。

第三次，章思瀾只有心酸。

徐聘插入後，章思瀾瞬間失聲，身體反應堆在喉嚨處根本叫不出來，加上剛才哭了的緣故，眼睛紅得不行。

徐聘從鏡中看到他這幅模樣，生不出半點憐愛，抽插的力氣反而更重。

太深了。章思瀾想把那硬東西擠出去，他的小腹一片酥麻，總覺著馬上要尿出來。此刻還能勉強控制，等會兒呢？章思瀾沒有把握。

可他越是排斥，穴內就夾得徐聘的陰莖越緊。

徐聘似乎把這種行為當成挑釁，他按低章思瀾的腰，使得章思瀾臀部自然翹高，方便性器到達一個更深的地方。衝著那裡，徐聘狠狠撞上去，沉聲道：「叫出來，章思瀾，想用身體還得讓我覺得你值。」

偏偏章思瀾不僅哭聲細微，呻吟也小。大腿都因為支撐不住開始發抖了，他發出的聲音仍是一點點從喉嚨憋出的嗚咽，像被誰捂住了那般。

既然如此，徐聘抬起他的一條腿，拔出性器又全根沒入，不留情地擦過某處最敏感的位置。

反覆幾次，章思瀾果真叫了出來：「不、不要……求你，徐聘，求你了……」還是小音量，卻比剛才聽起來淫蕩了幾分。

「不要什麼。」徐聘看到他高挺的性器憋著泛紅，正從小口出流下黏亮的液體，「章思瀾，脔出水了，你明明挺想要。」

「不是，我不要……嗯……不要……」章思瀾搖頭，只一個勁兒地重複，哪知道下面的身體反應早把他出賣得一乾二淨。

情起情深，章思瀾不懂如何做掩飾，迷迷糊糊間竟失了神地轉過頭想向徐聘索吻。親我，吻我吧，徐聘。

從前徐聘就是這樣安撫他，性事過程中處處照顧，但凡見到章思瀾蹙眉，便及時送上一個吻。「思瀾，放鬆，不疼了不疼了。」

徐聘的吻一落，好像真的能好許多。

然而現下，徐聘漠然拒絕了親吻。他的動作過於明顯，沒有絲毫要掩飾的意思。一場身體償還而已，不需要情人之間的親吻。

章思瀾低下頭，鼻頭心口一陣酸意。眼前的人是同一個人，心卻不再是願意愛他的心了。

07

一場性事做到很晚，最後章思瀾不著衣物躺在床上，一動不想動。他眼睛酸澀，閉著眼任由眼淚側著慢慢流下來。

很奇怪，明明累卻沒有半點睏意，甚至格外清醒。

就這麼躺到天快亮，他聽見徐聘接了個電話，然後穿衣服離開了。

十分鐘左右，章思瀾的手機震動了一下。

「章思瀾，我先走了，有需要再聯繫。」

從甜蜜的「我需要你」變成「有需要再聯繫」，章思瀾不知道是否該高興。他現在做這些的本意與理由的的確確是補償徐聘，用自己的身體，而副作用就是更加難過了。

章思瀾回家待了一天，無所事事，第二天就偷偷跑回公司。

沒有他的情況下，專案會照常進行，活動也有其他人代替出席，大家都在前進，填充，前進，告訴著章思瀾：看，其實任何人任何事有你沒你都行。

祕書見到他，立刻緊張起來，問是不是打算結束休假。

章思瀾知道她擔心，趕緊說：「不了，這次我是真要休息，最近得去更需要我的地方。」

剛到樓下，章思瀾碰見了林冬遲。林冬遲從大門口拿著袋東西匆匆跑過去，又在門禁處及時煞車。

等誰顯而易見，只見他笑著發了幾句語音，放下手機後左轉右轉來回踱步，走了三四圈才遲鈍地看到一直在不遠處盯著他的章思瀾。

「思瀾？」林冬遲不太確定，「你不是……聽說你生病了，怎麼樣啦，還得來上班嗎？」他搖搖頭，故作嘆氣狀，「章獻淮果然到哪兒都在壓榨可憐人啊！」

章思瀾笑了，認真說：「身體沒問題，哥讓我休假了，是我要過來看看有沒有要幫忙的。」

話音剛落，林冬遲口中的專業壓榨人士來了。

章獻淮刷卡出來，伸手捏了下林冬遲的臉蛋，看到一旁的章思瀾，他眉頭皺起。

「思瀾，不是讓你休假嗎。」

「我是……路過，路過就順便看看。」

「看完了？那回去吧。」章獻淮不太相信，這個工作狂弟弟右手吊點滴都能換左手跟人飛速打字回消息，怎麼可能突然「改邪歸正」。「有沒有開車？沒有我叫司機送你。」

慣犯章思瀾自知有過多次「案底」，再次表示自己今天真的只看看不進去。他怕被章獻淮問太多會暴露什麼，說了句「我開車來的，先走啦」，接著和林冬遲打了個招呼就心虛遛了。

林冬遲從背後看著，把阿姨煲的湯遞給章獻淮，感慨道：「思瀾好乖。」比章流流好太多了！

「是挺怪，」章獻淮想到前段時間的娛樂新聞，「怕是聯繫上了。」

08

徐聘找章思瀾的時間不健康也不規律，有時半夜，有時大清晨。然而每次章思瀾竟都能第一時間出現、回覆，這讓徐聘開始懷疑他有沒有睡覺。

電影拍攝臨近尾聲，徐聘因為臨時加了個小採訪，到酒店的時間比預計的晚了兩個多小時。刷卡進去，章思瀾已經躺在床上睡著了。

章思瀾不知道在夢裡糾結什麼，連睡覺都皺著眉。

徐聘站在床邊看他，菸癮上來，想了想，還是忍了下來。

他記得章思瀾討厭菸味，以前章思瀾總變著法地問他要不要戒掉。「提神有很多種方式呀。」然後見到面，章思瀾會給他塞口香糖，買咖啡，偶爾還偷偷聞他身上有沒有菸味。沒有的時候，徐聘要吻，章思瀾就不會太躲開，算是種變相的獎勵。

被心愛之人這麼管著，徐聘是喜歡的，為此他認真戒了很長一段時間。

沒承想，菸剛停下來，那件事就發生了。

戒不掉，也不能戒。徐聘在國外的便利店買菸時生出幼稚的念頭，成功戒菸以後就不會再有人勸他別抽菸了。

章思瀾心裡惦著有徐聘這麼個事情，即使是睡覺也在不斷提醒自己，沒有睡得多踏實。徐聘從浴室洗完澡打開門，他便立刻醒了。

「徐聘。」剛睡醒的章思瀾兩眼無神，他迅速坐起來，跟認錯似的小聲說，「抱歉，我睡著了。」

「如果這麼睏不必上趕著過來。」徐聘語氣冰冷，他隨便搭了件睡袍，沒繫，裡面也沒有任何衣物。

章思瀾低下頭。「沒關係，我不睏。」

他是真覺得沒關係，最近一直在家等徐聘的消息，等待有人需要自己，尤其那個人是徐聘，章思瀾是願意的。

雖然僅過去兩個禮拜，但這段時間章思瀾心態變化很大。他刻意忽略掉未知，償還徐聘的同時彌補自己曾放棄的遺憾。他知道，錯過這次，以後不會再有機會，也沒有以後了。

見章思瀾現如今總是這副聽話的樣子，徐聘突然很生氣。

太晚了。

他二話不說壓到章思瀾身上，迫使兩人四目相對。

距離足夠近，章思瀾心跳得非常快。重逢後的幾次見面，他們瘋狂做愛，徐聘卻從不吻他，天知道章思瀾多想與他接吻，包括此時此刻。

章思瀾眼睛迷糊了，乾脆大著膽子向上抬頭，可惜只差一指距離時，徐聘扼住了他的下巴。

「怎麼，想接吻？」徐聘輕笑，「給我個理由。」說著，他的另一隻手從衣下伸進去，用力揉捏章思瀾可憐的乳首。

哪有什麼理由，章思瀾閉上眼，搖頭自嘲道：「也是，沒理由，算了吧。」

章思瀾要算了，徐聘偏跟他反著來，直接朝他嘴唇咬去。

「唔！」章思瀾吃了痛，很快感到一絲血腥味道。徐聘咬破了他的下唇。

他們唇與唇相貼，舌與舌糾纏，應該當作接吻。

可是撕裂表皮，似仇敵般如此交戰，真的是在接吻嗎？

半天，徐聘終於放開手，站起來看著他。章思瀾藉機撐著身子往後退，不斷大口大口地喘氣，滿眼恐懼。

「你怕我。」徐聘抹掉嘴邊沾到的血。

聽到這話章思瀾趕緊急地說：「不是！」可徐聘伸手想碰他，他又條件反射躲了下。

於是徐聘沒再觸碰他，簡單穿好衣服，點了根菸。

「沒意思，」他說，「章思瀾，那就算了吧。」

反正電影結束，他離開Ｓ城，依章思瀾的性子他們還是會結束。

「徐聘，你……什麼意思？」章思瀾有種不好的預感。

徐聘走向吧台。

「下週五我在這裡的工作就結束了。以後我不會怨你，你也不欠我任何，不用怕了。」

09

自那之後，徐聘沒再給章思瀾發訊息。

徐聘不聯繫，章思瀾便不敢主動問。想起那個晚上徐聘的眼神，他仍然心有餘悸。

至於真正怕的是什麼，仔細想想，大概是怕看見徐聘對他失望。

這回章思瀾心裡想要好好靠近，實際上卻小心翼翼、縮手縮腳，和四年前似乎沒有本質區別。徐聘大抵是非常失望的吧。

章思瀾在家無聊，想起上次章流流提過熱搜和微博超話，就一時興起去下載來搜索。

他從超話看到了好些徐聘近日上下班的照片，徐聘總是全套戴上帽子和口罩，把自個兒包得嚴嚴實實。面對鏡頭，他偶爾會瞇著眼打招呼。

「你好忙啊。」章思瀾小聲念叨，看樣子徐聘最近每天都好幾個地方輪流跑。

所以才不找我的嗎？

往下翻，某穿搭號總結了徐聘的日常穿搭合集，整體多為性冷淡風格。幾條點讚量高的評論中，有人諷刺道：「好笑，徐聘怎麼會性冷淡，這個 gay 當年半夜怎麼性騷擾另一個男的大家忘了！」

雖然不少粉絲解釋「另一個男的」是徐聘的朋友，那次喝醉做錯事，徐聘已經嚴肅道歉並反思了，但不是道過歉就有用，「性騷擾」這個詞一直緊緊與他相關聯，沒有可原諒的餘地。粉絲再怎麼講，大眾只會當作濾鏡所致，即使徐聘此前此後都沒有其他所謂污點或緋聞，錯一次便是難以再挽回的事情。

章思瀾的心臟瞬間空掉，這些內容再次提醒他那個夜晚發生了什麼，徐聘又為那段壓根不明確的關係承擔了什麼。

他不忍繼續看，乾脆把微博卸載掉。本來就不玩，今後更不願意碰了。

當年那次見面，章思瀾是當成最後一次的，擁吻時嘗到的眼淚味道他至今都記得，又苦又澀。他們爭吵、摔車門、撒謊與破碎、質問與被質問，最後，徐聘紅著眼問：「你究竟有沒有愛過我啊章思瀾？」

章思瀾記不太清自己全程都說過什麼，因為太難聽也太決絕，向來溫順的人丟出了一個個傷人心的言語炸彈。

除了這句回答例外。章思瀾擺出無奈的樣子，告訴他：「從來沒有。徐聘，不要這樣，總不能上了兩回床就把好感當成愛情吧。」

章思瀾當然愛，然而對比起很多東西，他的愛情實在是微不足道，不該存在。只是萬萬沒想到，在章思瀾做出自以為的犧牲時，擋在章思瀾前面的是徐聘。

徐聘生來幸運，父親在圈內德高望重，成長之路順順利利，演技和人脈都算不錯，因此那事之後在國外依然有人冒著罵聲繼續請他拍電影。可正因如此，章思瀾會永遠自責，他認為徐聘人生中最大的不幸就是遇到了自己。

10

到了週四，徐聘還是沒有聯繫章思瀾。

章思瀾越想越不自在，加之看到的微博評論時不時在眼前浮現，性騷擾，性騷擾，性騷擾……他迫切真實見到徐聘，以求安心。

做足心理準備，他給徐聘發了條資訊：「徐聘，你今天有空嗎？」

焦急等待半個小時無回應，他又斟酌著多發了一條：「抱歉打擾你，我是想問要不要見一面。你好像明天殺青？如果有空，讓我來找你好嗎？」

幾十個字章思瀾打了好久，每按一個字，他便多苦惱一分，把自己逼得很緊。徐聘那天的眼神還有那句「算了吧」，都讓他非常不安。

章思瀾有種感覺，今天沒見到，以後怕是再沒可能了。

晚上臨近十一點，徐聘終於回覆，沒有其他多餘話語，僅有酒店房間資訊。

章思瀾這才鬆了口氣。

反應過來一整天的緊張，章思瀾不禁自嘲，主動送上門睡覺還這麼開心，真是瘋了。

章思瀾剛敲一下房門，徐聘就打開門猛地把他拉進去。

多日未見，他看起來倦態明顯，眼裡很多血絲。

章思瀾脫口就問：「剛拍完戲嗎？你看上去很累。」

徐聘應該是想像前幾次那樣說難聽話，章思瀾認得這表情，眉頭擰著，眼睛一眨不眨，全無笑容。他趕緊道歉：「抱歉抱歉，你別生氣，我不再問了。」把自己放得很低，希望能藉此撫平徐聘的負面情緒，尤其是在今天。

其實類似的卑微心態幾年前也出現過一次，只不過那時候的章思瀾自以為是，以為能用一個人的愛情換取所有人的安心，沒承想反而重重傷到了給予他愛情的人。

徐聘沒接話。盯著章思瀾看了會兒，他的眼神暗下來，難聽話倒是沒有，只是語氣冷硬。

「章思瀾，最後一次。」

最後一次上床還是最後一次原諒？

章思瀾不清楚最後一次具體指的是什麼，不過如此有限制的話語讓他非常難受。終是該承受的，他想，徐聘那會兒聽到自己的話，絕不會比這好到哪去。

他們今天只做了一次，算是場相較溫和的性事。

章思瀾下面被性器塞得滿滿當當，嘴稍張開，沒半點兒呻吟，僅有幾聲憋不住的短促哼聲。徐聘曾為此笑過他：「我們家思瀾在哪兒都這麼溫和，到底有誰會捨得欺負你。」

然而下一秒總是撞得更加用力。

此刻，章思瀾正面對上徐聘的眼睛，企圖把這個愛欺負他的男人再記深幾分。也許是陷入「最後一次」的漩渦，他生了些少有的任性，故意夾緊後穴，想要徐聘難以順暢地進出，能弄疼就再好不過了。

明知討厭的結局馬上要到來卻沒有任何辦法，如同大門焊死，僅有的鑰匙被家人被大眾丟入深淵，屋內的章思瀾太無奈、太絕望了。

對於章思瀾的小動作，徐聘的回應方式是把他的左腿直接抬起，搭到肩上，讓兩人交合的地方展露在眼前。穴的皺褶幾乎被粗硬的東西撐平，紅著一圈沾了好多水亮的液體，潤滑劑也有，爽快時他自己流出來的淫水也有。

徐聘換了個角度，他的性器本就較上翹，再這麼使勁一頂，龜頭便硬生生擦著腸壁進到更深的地方。

「嗯——」章思瀾明白了徐聘的意思，不敢再鬧。當然，他被頂到腹部發麻，腿根緊緊抻住，也沒力氣做其他事了。

他一放鬆，徐聘反倒停下來。

「怎麼了？」章思瀾心虛，「對不起，我不弄了。」

徐聘則是開口問了件毫不相關的問題：「你最近在做什麼，為什麼沒去公司？」

「啊？我在休病假，偶爾看看電影，沒做什麼……」章思瀾的聲音越說越小，沒有底氣。

這是正確答案，但不是最誠實的，總不能告訴徐聘：我一直在家等你，等你發消息，等著來酒店跟你做愛。

昔日的工作狂離開工作後，生活變得單調無趣。章思瀾一直猜測徐聘並不會在意，所以沒打算說近況來自取其辱。

「不過你怎麼知道我最近沒上班？」

徐聘拔出性器，眼睛直勾勾看著他。

屋內的喘息逐漸升溫，多半來自徐聘，他正對著章思瀾用手擼動陰莖。龜頭隨著動作一下下戳碰章思瀾的性器，視線也全部落在他臉上。

章思瀾不懂徐聘此舉用意何在，很彆扭，突然中斷的性事只會讓結局感覺更加糟糕，這樣一來留給他最後一次的回憶都成了酸澀且不完整的。

非要至此嗎？

章思瀾移開眼睛，不願面對。可徐聘非用另隻手掐住他的下巴，強迫對視。

臉正過來，章思瀾難過，眼眶已經紅了。

「別哭，思瀾。」高潮將至，徐聘有些晃神，竟沒有帶姓地叫他。

只是一聲「思瀾」，章思瀾終於憋不住，咬住嘴唇嗚咽了起來。

章思瀾不捨，不捨極了，他不想分開，更不要接受結束！光是想想沒有徐聘在身邊，繼續再獨自過許多個類似的四五年，章思瀾都覺得胸悶到無法呼吸，生活沒有任何指望。

然而再怎樣不捨，事情都該有結局。

正如現在，徐聘射到章思瀾胸前，平復了幾秒便恢復了冷冰冰的叫法和語氣。

「章思瀾，你還清了，從此以後不欠我了。」

11

章思瀾再次進了醫院。

章流流到他家的時候怎麼敲都沒人開，恰巧聽見裡面很大的一聲響，意識到不對勁後，他趕緊叫物業過來開門。進去一看，思瀾倒在客廳旁邊的吧台區，旁邊燒水壺和杯子撒碎一地。

「思瀾你這樣特別不行，要不是我正好過去都沒人知道。幸虧水還沒燒，要是熱水澆下去你說怎麼辦！」

章思瀾躺在床上笑笑，不忘安撫炸毛的章流流：「不要擔心，我沒事兒了。」

他的笑容極為勉強，說起話來有氣無力，章流流看他這張蒼白的臉只覺得心疼。好好的人成了這個樣子，又是發燒又是暈倒，因為誰顯而易見。

想到徐聘，章流流心火又冒上來。

「流流，我真的沒關係。」章思瀾摸了一圈被子和旁邊桌頭，「我手機呢？送我過來的時候有拿來嗎？」

「沒有吧，我著急送你管不了那麼多，肯定在家裡，丟不了。你也是，都這個時候了看什麼手機。」

說著，章流流就先站起來穿外套了。「對了，哥出差呢，他讓我轉告你病沒好利索不能回公司。你也別到處亂走，我先回去拿東西，晚上給你帶好吃的過來。」

「好。」章思瀾手上正扎著針在打點滴，也沒辦法去哪裡，他想了想，叫住章流流，「那你順便幫我把手機拿回來好嗎？」

章流流跟沒聽見似的，一溜煙人已經消失了。

還沒走出醫院大門，章流流給章獻淮打去電話，聽到章獻淮的聲音，他這才稍微安下心來。徐聘……真他媽是混蛋！

這些天各大娛樂板塊的頭條都跟這混蛋有關，單單標題【徐聘酒店夜會神祕男】章流流就看到不下五次。

起初八卦預熱，用些剪影暗示是某位出櫃青年演員，然後照片、影片逐步流出，酒店地下停車場和樓層的走廊都拍到了徐聘與某個男子先後出現。雖然神祕男看不到正臉，但認識的人一看背影與穿著即知那是章思瀾。

徐聘的緋聞一出來，按照國際慣例，章思瀾當然要被一同拉出來討論。

章流流換個思路想，現下思瀾病倒了也不全是壞事，至少能避開些風波。

章流流第一時間把事情告訴章獻淮，讓他幫思瀾出主意。

章獻淮則猜測章思瀾應該不清楚發生何事，否則不會事情發酵好幾天了昨晚還跑去酒店赴約，再一次被人從後門偷拍到。那對他對徐聘都非常不利。

不過值得慶幸的是，一連串的爆料內容中沒有拍到所謂神祕男的正臉，昨晚也只有一家記者堵在後門，僅僅拍到一個模糊的身影。因此對於章思瀾這方來說，事情相對是好解決的，畢竟沒誰會將此前的受害者與如今徐聘的神祕砲友做聯繫。

章獻淮要章流流把思瀾手機收好，專心養病，剩餘的由那個罪魁禍首和專業團隊去解決。

無論真相如何，反正不能再拉扯章思瀾重複一遍了。

章流流向來聽他哥的話，以為只要不讓章思瀾看手機就能萬事大吉。結果當他再回病房的時候，章思瀾正坐在病房沙發上看電視，一檔晚飯時間的娛樂播報節目。

「思、思瀾，你怎麼起來了！」章流流心虛，站在門口僵住。

章思瀾一動不動。

於是章流流走近再次輕喚了一聲，章思瀾這才回過頭。

章流流心裡咯噔了一下——章思瀾哭了。

「思瀾……」

向來溫和的章思瀾滿臉淚水，整個人幾乎被病態和絕望吞噬。

「你們這是在做什麼？事到如今還打算瞞著我！」

「你聽我說，」章流流慌了，他從沒見過思瀾情緒起伏這麼大，好像輕輕碰一下便會碎掉、死掉，「我們這是不想讓你再參與了，其實就是想護著你。」

「保護我？」章思瀾又掉下眼淚，哭得喘不過氣來。

許久，章流流才聽見那具乾瘦破裂的身體裡傳出崩潰的聲音：

「你們保護我，誰去保護徐聘啊……」

12

章思瀾終於明白上週徐聘怎麼一連好幾天沒有聯繫。那個人，再一次選擇獨自去面對與他相關的輿論漩渦。

章思瀾不明白的是徐聘為什麼不說。

他們重逢後的每一次見面，徐聘都對他表現出無限厭惡與冷漠，用侮辱性的肉體索取來割斷所有可能性。所以徐聘為什麼會在章思瀾求著見面時心軟，甚至昨晚章思瀾要離開時還用

「前廳有宴會人多」的理由要他從後門走？

心口不一，擅自隱瞞所有事情。

徐聘，這就是你說的互不相欠嗎？

病房裡，章思瀾覺得自己流盡了五年來欠下的眼淚，以至於到後來眼前出現一片短暫的模糊。

也好，也好……從此以後他不用再因為徐聘積攢任何後悔了。

三好學生章思瀾曾經自以為為父母、章氏還有徐聘考慮，做出了愚蠢傷人的決定。而這次，章思瀾只想為自己任性一回。

徐聘想兩清？

下輩子吧。

在章流流看來，自己這個乖弟弟的所作所為實屬叛逆期延遲。拔掉針頭，搶走手機，怎麼勸擋都沒用。

他無奈地跟章獻淮訴苦：「哥，你是沒看見，他一直掉眼淚，我雖然討厭徐聘，但是真見不得思瀾這個樣子，明明是徐聘出事兒，他像是要難過死了。而且他要出院我也沒辦法啊，總不能把人綁起來吧。」

「那就綁起來。」章獻淮認定這是好主意。

想想整件事情，章獻淮又說：「算了，由他去吧。媒體那邊去打過招呼應該不敢亂說話了，目前我主要擔心的是大伯。」

「他們不關注娛樂新聞的話應該沒那麼快知道吧？而且也不一定知道神祕男是思瀾。」

章思瀾的父親身為章家長子，可能身分使然，在後輩眼裡一直是威嚴形象，多少讓人有些懼怕。老來得子，他對章思瀾的管教極為嚴厲，算是造就了章思瀾性格裡難以抵抗的聽話順從。

如果讓大伯知道章思瀾與徐聘那個男人真有瓜葛，後果不堪設想。想到這，章流流突然發慌。「大伯應該是不知道吧？」

可章獻淮說：「怕是知道了，否則你以為為什麼爆料出那麼多照片，沒有一張能拍到思瀾的正臉？」

掛掉電話，章流流覺得自己手心額頭都在發涼。

如果章獻淮猜得沒錯，這次風波便是大伯給徐聘的警告。太狠了！早就知道思瀾喜歡徐聘還當作不知情，甚至不惜拿思瀾來壓制對方。

這些年的家宴，章流流沒少聽到大伯與伯母催促章思瀾談戀愛，交女朋友。每每如此，章思瀾總是愧疚不已。要不是當初為了自己，思瀾和徐聘也不會有這麼多牽扯。

思瀾純粹，所有的放手犧牲都被章流流看在眼裡。因此，諒徐聘再怎麼混蛋，他也非常清楚不能真去動他。

章流流越想越擔憂，萬一章思瀾知道自己千方百計維護的家人其實在設計教訓他最愛的人……

他不敢繼續想下去了。

13

章思瀾給徐聘打了無數電話卻再也沒打通。沒關係，他知道去哪找。這一次他也一定要找。

可是當他去過徐聘家發現沒人，轉而又跑去徐聘工作室門口時，先被徐聘的助理攔下了。

助理因為近日的事情原本特別疲憊，一見到來人是章思瀾，她立即精神起來，語氣不太好地請他離開：「章先生，想必你知道我們現在很忙，徐聘沒空見你，你們也沒必要再見吧。」頓了頓，她忍不住補充：「我也是想不通，章先生，你怎麼還好意思過來。」

章思瀾不生氣，他認識這位助理，兢兢業業跟了徐聘很多年，以前還在經紀人那邊替他們打過掩護。章思瀾軟聲跟她說：「抱歉，無論如何讓我跟他見一面吧，一面就好。」

依然被拒絕。

助理進屋了，章思瀾站在門口遲遲沒動。

既然徐聘不想見，他就等到徐聘出來。這麼多年都能熬過，這點時間算得了什麼。

幾小時後助理要下樓接人，一開門，看到章思瀾竟然還站在那。

「章先生？你……」

「拜託你，我想見徐聘。」章思瀾乾脆朝裡面喊，「徐聘！徐聘我有話跟你說，求你出來一下好嗎。」

「章先生，章先生，你不要這樣了！」助理站出來大力關上門，著急忙慌制止，「你是覺得他還不夠慘嗎？想讓蹲守的狗仔全都聽見？」

「對不起，我不是這意思，我只是想和他說清楚。徐聘不接我電話，也不回覆我。」

助理深呼一口氣，大著膽子問：「可是你想要徐聘說什麼？他的意思很明確，我們也正在考慮你們的建議了，不過也得給些時間吧，不能因為你們章氏家大業大就這麼上趕著欺負人吧。」

「等等，什麼叫『你們的建議』？除了我還有誰？」

徐聘與經紀人抵達工作室時已經凌晨一點半了，助理與另外兩個工作人員都在等他。徐聘帶了身酒氣回來，剛才與出品方以及公司大老闆談許久，實在身心俱疲。

除了酒店與神祕男多次約會的緋聞以外，這兩天突然多出不少所謂的劇組人員爆料，吐槽徐聘不敬業，許多場戲沒拍好也拒絕再拍，經常著急著離開。有了前些天的八卦，有心網友們自然而然將這些聯繫在一起。而許多粉絲則懷疑起徐聘是不是得罪了誰，怎麼接二連三地出現不利傳言。

真正得罪了誰不難知曉，所以與其說今晚在「談」，不如說是聊聊徐聘打算如何妥協。見他們疲累，助理連忙拿醒酒藥劑一人一瓶。

徐聘喝的時候，她把章思瀾來過的事情講了下：「章先生聯繫不上你，以為你在工作室就過來了，等了一天，大概半小時前剛走的。」

徐聘拿出手機解除了飛行模式，一看，許多來電與資訊，一半以上來自章思瀾。

「他說什麼了？」

「他……章先生好像不知道他父親來找過我們的事情，挺驚訝的。」眼瞧徐聘的臉色越來越沉，助理支支吾吾說，「起初章先生嘀咕了一句，好像說『永遠還不上了』，後來他又讓我轉告你，說一定要等一等，但沒具體講等什麼。徐哥你放心，他是從樓梯走南門離開的，我看過了，應該不會碰上狗仔。」

徐聘眉頭緊鎖，手裡的解酒藥沒喝幾口就已經醒了大半。

章思瀾說等，難道等他去求一求他的父親？那倒的確是他能做出來的事情。

章思瀾總是會對許多人心軟，更何況心有愧疚。

徐聘給章思瀾的行為強加上「愧疚」因素，並自動歸入「許多人」的類別。

他當然知道這是在自虐，有什麼辦法，事實不就是章思瀾從來沒有愛過他嗎？徐聘早被自己的感情傷害過千萬次了，不差這一次。

儘管這麼想，他還是決定暫不考慮今晚飯局上的提議，並對助理說：「你不該告訴思瀾。」

14

章思瀾說得太含糊，除了徐聘，工作室與公司的人都等不住了。

在大眾眼裡，徐聘消失兩天，沒有發聲，沒有出現在任何場所，也沒有丟出一封娛樂圈最常見的律師函，可不就是默認。

處於關注狀態的粉絲們把希望寄託於第三天晚上。劇組在那個時間會有場不公開的殺青宴，徐聘會不會出席以及出席時的狀態和反應都將說明很多問題。之前徐聘還在與導演的微博互動中開玩笑，說等那頓大餐，屆時如果還不出現，便是真正躲避或者默認了。

從另一個方面來看，殺青宴同樣是徐聘給予大眾交代的絕佳時機。

經紀人把殺青宴的服裝放在徐聘身邊，直白地問他現在打算幹嘛。

徐聘說：「等。」

經紀人知道徐聘與章思瀾的事情，幾年前他加以攔阻是為了保住工作與徐聘的前途。直到前段時間知道他們倆又開始往來，他開始睜一隻眼閉一隻眼，原想著只要不耽誤拍攝就由徐聘去好了，反正過陣子就要走。

沒想到還是出了么蛾子。

「我認為沒必要再等了。」經紀人嘆氣，「他如果願意，當初你們不會是那種結果。這次不會不同，所以聽我一句，趁沒那麼難解決的時候徹底斷乾淨吧。」

斷乾淨不光是公司的主意，更是章思瀾父親的要求。

章父給徐聘他們兩條路：一、再次名聲盡毀，諒他徐聘和徐聘的爹有多大本事以後也沒太多人願意冒風險找滿身醜聞的人拍戲；二、承諾永遠不再和章思瀾有關係，這次出國之後三年不准回來。

聽上去霸道且不合理，但大家清楚，章思瀾的父親絕對有那個資本和能力來對付徐聘。無論徐聘做哪個選擇，只要不合他意，最後還是可能按照合他意的方向強行改變。

見徐聘不作聲，經紀人不停勸說：「而且章思瀾能幹嘛，他爸把他摘得乾乾淨淨，他甚至不知道這事兒背後究竟是誰幹的！你相信他有什麼用，萬一章思瀾臨陣退縮呢？」

經紀人的話有理有據。徐聘盯著桌上的手機，沉聲說：「我……想再相信他一次。」

其實不用經紀人反駁，徐聘自己都知道這回答有多虛。他也是矛盾的。

徐聘不是沒信過章思瀾，以前信他終會願意愛自己，換來的卻是絕情。按理來講，經歷了常人無法想像的痛苦，但凡有腦子就不會重蹈覆轍，可自打再次見到章思瀾，徐聘忍不住又跳了下去。

即使表現出來千萬般冷漠，他仍得承認，自己太愛、太愛那個男人了。

愛到願意去自我欺騙。

最後一次見面時章思瀾在床上的眼淚，多多少少可能是存在了些愛意的吧，徐聘這麼告訴自己。

下午一點半，經紀人接了個電話後回來告訴徐聘：「到今晚六點，如果章思瀾沒動靜，咱們準備出發去殺青宴。」

第一次門鈴響起時，坐在椅子上的徐聘站了起來。

開門後來人是化妝師。

一旁的經紀人搖搖頭，拉化妝師討論今晚的妝髮。聊完了，徐聘依然安靜坐著，盯著桌子上沒有來電和資訊的手機。

經紀人問：「抽菸嗎？」

徐聘搖搖頭。

於是經紀人示意化妝師開始，徐聘未拒絕。萬事無法全由他作主，徐聘代表的不僅是他自己，現如今的做法已是由著他任性很多了。

六點零五分，在經紀人的催促下，徐聘給那個這些天未開過機的號碼打了個電話。聽到對面冷冰冰的機械女聲回答後，所謂的「相信」變得令人啼笑皆非。

「走吧。」

話音剛落，門鈴再次響起來，同時伴有極大力的敲門聲，大到足以震動徐聘已經破碎不堪的心。

一般能通過安保上樓的人大多是相識的，但動作這麼使勁，助理打開可視電話先看了眼。

「章、章先生？」她趕緊開門。

徐聘迅速走過去。

門一開，滿臉怒意的章流流繞過助理直接衝到徐聘面前，揪著他的領子就要打。

徐聘見「章先生」指他，臉也垮下來，毫不示弱地把人推了回去。

「章流流你瘋了！你來做什麼，章思瀾呢？」

「你還有臉問！」章流流氣喘吁吁地瞪他，想上去再打卻被旁邊人攔了下來。

章流流委屈又生氣，說話聲裡帶了些鼻音，對徐聘嚷道：「思瀾為了給你求情，跟他爸媽出櫃了！這兩天被他爸打罰得不成樣子，現在還跪著呢。你在這裡舒舒服服，他卻離死不遠了！」

15

如果不是章思瀾再三請求，章流流斷不會來找徐聘。他認為自己和徐聘天生犯沖，一見面就有不好的事發生。

正如此刻，他們也是因為思瀾被打才見面。而這個混蛋呢，聽了他的話僵在原地，表情一臉不可置信。

赤足在冰天雪地中走久了，再感受到溫暖，腳掌根本反應不過來。

正當章流流耐心消耗殆盡時，他聽到徐聘喃喃念：「不去了。」旁邊經紀人說什麼徐聘也都一概忽略，直接對章流流說：「帶我去，現在就去找他。」

章流流來的目的正是為此，帶徐聘去和章思瀾相聚。

章思瀾被他父親打得皮開肉綻，問了無數遍「你還喜不喜歡男人」，得到的回答都是「喜歡」、「喜歡」、「喜歡」……

於是被不留情地打得更狠。

他父親想不通，從小到大都順從的孩子到底怎麼了。不僅走上一條歪路，還死不聽話，與中邪沒有不同。

章思瀾的確變了。

那個乖巧的孩子被他父親親手打死了。

最後章思瀾身上再沒有好地方可打，他母親在外面一個勁地拍門敲打，哭喊聲、求饒聲吵鬧得很，全部出自門外。

沒辦法，章父丟下狠話：「你不認，我就罰把你帶壞的人。」

「徐聘是吧。」他扔掉鞭子，咬牙切齒地對章思瀾說，「一個戲子把我兒子搞成了不倫不類的同性戀，我先毀他，再把你糾正回來。如果你還不認，大不了就殺了他。」

然而章思瀾依然安靜，和高興、哭泣、做愛時一樣，安安靜靜躺著，沒什麼掙扎。

章流流和林冬遲是趁思瀾的父親回老宅的空隙偷跑進他們家的。

開門的是章思瀾的母親。她終是心軟，即便再不理解，也不願意孩子變成人不人、鬼不鬼的樣子。尤其看到章思瀾的單衣滲出一道道血印，她也不再在乎所謂正路歪路了。

看到章思瀾，章流流不自覺後退了兩步。他從未見過這樣的思瀾，向來陽光溫暖的思瀾，此刻好像碰一下就碎的樣子，活著與死了差不多。

他不懂，大伯怎能下得了這種毒手！

還是林冬遲提醒要抓緊時間，章流流才回過神，趕緊叫帶來的助手上前幫忙。

他們有機會帶章思瀾走，多虧了章獻淮和另一位堂姊共同去求老爺子，尋了個藉口叫大伯過去。

平日裡大伯就不喜歡章獻淮，一個是因為他與林冬遲公開的同性戀情，另一個便是因為至今遠在海外的章天然。章獻淮不欲多事，始終保持與大伯的距離，要不是為了思瀾，他絕不會摻和。

老爺子親口招呼，縱使章父再覺得有蹊蹺也只能去了。

當章思瀾被抱起來時，衣服與底下皮肉的傷口摩擦，他疼得發出痛苦的哼聲。

章流流鼻子發酸，迅速抹掉眼淚，一會兒讓助手輕一些，一會兒又催促助手走快些。

整個過程章思瀾的母親默默坐在旁邊，沒往前走一步，彷彿他們之間隔著道跨不過的鴻溝。

要出門時，林冬遲打破沉默，回頭小聲問她：「您要不要……？」

「不了。」她仍然沒動，坐在遠處說，「走吧，照顧好思瀾，讓思瀾別恨我和他爸爸。」

一路上聽章流流帶著怨氣與傷感講這些，徐聘始終皺著眉。

剛到達社區樓下，經紀人打來電話。徐聘先行道歉，適才他們鬧得極不愉快。

「趙哥對不起，回頭我一定會彌補所有損失，麻煩你先替我跟導演說一聲。如果沒有別的事就先這樣吧，我現在……」

「不是不是！徐聘，你別掛電話！聽我說，這事兒雖然很麻煩，但是現在好像沒那麼難解決了。」

徐聘沒理解他話裡的意思，只隱約聽出對面語氣中的一絲快意。經紀人接著說：「這樣，你自己上網看看。」

車停了，章流流催促徐聘下車，卻見徐聘用力將手機從車窗扔了出去。

「你有病啊！」

章流流撿起螢幕還亮著的手機，一看，徹底無語了……

行，有病的不止徐聘，還有章思瀾。

章思瀾設置了一條定時自動發送的博文，配圖是幾張他深夜出現在酒店的正臉圖。

文案：「和徐聘在一起的人是我。」

16

夢裡總是未知，如果醒來依然如此，你是否願意醒來？

章思瀾選擇醒，因為只有醒過來才有可能再見到徐聘。

章思瀾知道自己在睡覺，也能感知到自己斷斷續續一直在做夢。他夢到小時候和章流流一起出去郊遊，夢到父母摸著他的頭說「全指望你了」，好像還夢見那位沒見過幾面的大哥……他搖晃著繼續向前走，卻怎麼都看不到徐聘。

中途章思瀾強撐著醒過來一回。可是沒有，還是沒有看到徐聘，後來他實在疲累便撐不住再次睡了過去。

這回章思瀾睡得很深，逐漸迷失在寂靜得引人恐懼的夢裡，難以解脫。

——徐聘，你在哪裡，能不能原諒我？

徐聘的經紀人打電話時表達出的開心不是沒有原因，章思瀾那條微博一發，全網對徐聘的聲音立刻來了個大轉彎。

四五年前被同性強吻的受害者突然跑出來承認自己與施害者仍有聯繫，甚至聯繫到了酒店裡，無非兩種可能：章思瀾被收買或者從前那件事情有問題。

考慮到章思瀾的家世背景，「收買」過於可笑，那麼便是後者了。

多年前的深夜偷拍影片因此被人翻出來，有人還通過雲端分享了當年被下架的三分鐘超長版本。

影片現下放大了仔細看，的確存在些許可疑。真是性侵的話，章思瀾為何會在幾下掙扎後反而將徐聘的手腕抓更緊？

徐聘的團隊依然沒有公開發聲，但也藉此機會引導粉絲後援以及合作的行銷團隊把徐聘描述到「無辜」、「深情」等非消極層面上。損失既然已經造成，現在算是勉強挽回些好感，順勢抹一抹徐聘曾經不願言說的委屈。

坐在章思瀾床前，徐聘忽而翻起回憶裡他們的許多對話。

那時候見面不容易，陰暗的車庫角落成了最輕鬆的地方。章思瀾會在黑暗中責備自己的逃避與猶豫不決，怕被徐聘看出太多，就故意開玩笑說：「你們做演員需要拍戲，沒想到我也體驗了把拍戲的感覺。徐聘，咱們像不像末日片子裡躲避未知生物的逃亡者？」

徐聘笑著回答：「那也該是愛情片。以我們思瀾的長相，偶像劇也可以。」

徐聘的意思章思瀾何嘗不明白，可愛情正是他最想要而不能要、不敢要的東西。

若真要論，不顧聲譽的演員與叛逆出走的豪門公子，如今這一幕事實倒更像是戲，章思瀾這一身傷帶給徐聘的感覺與世界末日沒什麼區別。

徐聘握著章思瀾的手苦笑。早知如此，愛情片偶像劇他都不要了，對不對也全沒關係。生出的後悔反覆將徐聘溺亡。

章思瀾醒來時，劇組的殺青宴已經要散席了。

這一覺他睡了很久很久，足夠養好精力去找徐聘。他的眼睛尚且睜不太開，只能用手指不停地抓撓床單，引起周圍的注意。他迫切想要了解徐聘是否不再被誤會了，更想知道徐聘還願不願意原諒自己。

或許夢中的乞求有靈驗？「思瀾。」章思瀾好像聽見徐聘輕喚他的名字。

「思瀾，我在。」

17

在章思瀾睡著的時間裡，徐聘想了很多等他醒來要說的話。愛慾的、憤怒的、無可奈何的，除此之外，他們還需要攤開那些事聊一聊。

可是看到章思瀾睜開眼睛的模樣，徐聘完全說不出口了。脆弱，不堪一擊。

為了保護，或者說補償徐聘，章思瀾終於站了出來，也花光了全部身心力氣。這次他需要很長很長的休息。

確認身邊人真是徐聘後，章思瀾笑了。

他們對視，兩個人都沒有死去活來的複雜情緒，就是平靜。

末日中，狂風暴雨過後的街道大抵也是如此。沒有未知生物，沒有逃亡者，世界陷入某種更深更珍貴的寂靜。人們可以選擇暫時忘記周遭的狼狽和麻煩，如果膽子再大些，緩慢走出來，或許還能看到天上那道不算明顯的彩虹。

徐聘把這個感受講給章思瀾，邀他一起看。

章思瀾卻說：「徐聘，不要世界末日了，愛情片好不好？」

徐聘滯住，從前章思瀾絕口不答的問題，時隔多年竟然自己提出來了。

「你確定？」他握住章思瀾的那隻手緊了不少。天知道他渴求多久，求到後面經歷那麼多，即使是為了不讓章思瀾受到傷害而徹底劃清界限，即使在外人看來他已然放下所有，也只有他本人最清楚心中仍存的一線希望多麼難守。

等待這個答案太久，以至於徐聘有些不敢信。他十分嚴肅地看著章思瀾，又問了一遍：「章思瀾，你確定嗎？」

徐聘好像很緊張，章思瀾想，因為他愛我。是的，大概沒有人會比徐聘更愛我了。

章思瀾用另一隻手回握住他，回答：「一個人末日逃亡好累，需要背負太多。我想停下來好好跟你談戀愛，只有你跟我兩個人，以後只為我們負責。」

——只有你跟我兩個人，以後只為我們負責。

聽起來像是個天真的人在談論夢幻愛情，充滿不切實際，卻是由一個想愛而不敢愛的人，對另一個想愛卻得不到愛的人說的。

一段關係苦澀了上千個日夜，期盼童話中的美好愛情又有何妨。

章流流把人送到沒多久就被他爸打電話催回家，他以為是帶走章思瀾的事情這麼快傳到他們那了，回家被罵了才知道，原來是他遲到早退還隔三差五請假被主管告到了家裡。

還好，還好……章流流長舒一口氣，瞬間放鬆。

瞧他這幅不成器的樣子，他爸氣不過，叫上他媽又把他訓罵一頓。末了氣消了還是不忍心，又要他留下來，一起吃阿姨剛剛做好的夜宵。

時間一耽擱，吃完已經很晚了。章流流給林冬遲發消息，問思瀾現在的情況怎麼樣。

林冬遲迅速回電過來，開口就問：「你不在？你不是說你爸找你聊天，聊完你就立刻回去看著他嗎？」

「我……」章流流肚子撐得很，一時心虛，只好厚著臉皮丟回去反問，「那你呢，你怎麼也不在！」

「你走之前我不是說過要回趟公司嗎，這會兒還在加班呢。」

所以只剩下徐聘。

章流流大呼不妙，火速叫了輛車趕回去。

到地方一開門，屋內漆黑一片。

章流流心慌，他記得走的時候燈明明開了。別是大伯來過了吧，直接把思瀾帶回去了？怎麼辦，是不是得先給章獻淮打個電話？

然而當他走進臥室打開燈時，他確認，電話是不用打了——那兩人正安穩地睡在一起。

章思瀾睡得熟，沒意識到有人走進來，徐聘倒是立刻睜眼，還把一根食指放在嘴前，提醒這個「闖入者」動作輕點。

「……」

有什麼比看到單純乖巧的思瀾和混蛋徐聘躺在一張床上更讓章流流生氣。

章流流有種看見身旁一起長大的白菜被野豬拱走的感覺。他忍住怒意，用氣聲對徐聘說：

「你！你跟我出來！」

徐聘輕輕把章思瀾搭在身上的手挪開，掖好他的被子，這才從容不迫地起身。

「謝謝。」章流流還未開口，徐聘先對他道謝。

章流流一愣，梗著脖子說：「幹嘛，別用這招我告訴你。」不過他想到剛才思瀾睡著的樣子，以及思瀾懇求他幫忙時掉的眼淚……算了，再不喜歡也只能算了，誰教章思瀾喜歡呢。

「還有，思瀾因為你都成這樣子了，你有沒有想過之後怎麼辦？」他的聲音稍微放軟了些。

徐聘似乎已有答案，他看向臥室方向，堅定地說：「我帶思瀾走。」

18

生活畢竟不是童話，該來的終會來。

徐聘決定帶章思瀾出國，雖然章思瀾同意了，但兩人都不是能夠說走就走的身分。徐聘得把網上的問題解決好，章思瀾又有滿身傷，最趕也得一週才能把事情都了了。

一週能發生太多事情，包括章思瀾的父親找上門來。

徐聘去公司開會時，章思瀾躺在床上接到了那通電話。

「我知道你在哪裡，立刻回來。」

章思瀾早有心理準備，從他買回酒店照片，設置定時微博，到最後跪到父母面前承認自己喜歡徐聘，他就全部準備好了。

他一如既往地禮貌和尊重，輕聲說：「爸，對不起，對不起您和媽。我不回去了。」話說出口，章思瀾瞬間覺得渾身輕快不少。

流流說得沒錯，他的叛逆期是晚，明明奔三的成年人了才開始搞這種不懂事的「離家出走」，甚至可以說是「私奔」。好在相比之下，他們確定了自己真正想要且不願意用餘生繼續錯過的人和感情，並有能力為此負責。

正因如此，章思瀾下定決心，放棄幾十年來對他們的順從，好好順自己的本能活一回、愛一回。

章思瀾的答案將章父徹底惹怒，他再次威脅這個無可救藥的兒子：「看在你媽身體不好的份兒上我給你最後一次機會，否則我不會讓徐聘好過，他這輩子都別想再演戲了。」

又來了，章思瀾對父親僅剩不多的歉意幾近消失。

「爸，」他盡量保持平靜，聲音卻不自覺顫抖，「您明白徐聘對我有多重要所以拿他威脅我，對吧。他為了保護我，付出過太多，我這輩子都還不清……您不會懂這幾年我是怎麼過的，我喜歡……我愛徐聘，所以我不會讓別人再那樣傷害他，付出我的命也無所謂。」

身上的傷即是這番話的最佳證明。

「大逆不道！」章父從未想過會從章思瀾口中聽到如此直白、噁心的話，甚至有威脅的意思在，「章思瀾，章思瀾你自己聽聽你說的什麼混帳話！」

「那您當我瘋了吧。爸，您放過徐聘，就當為了章氏，更為了章家……」

的確，章思瀾在乞求，同樣是在威脅。

他的父親是多重面子的人，即便對他們倆的感情噁心到極致，也不願將這層關係搞得人盡皆知。章思瀾自願成為父親心中不可外傳的恥辱，和他那個腿出了問題的大哥一樣被放逐海外，再被眾人淡忘。或許會有不同，畢竟他有血緣，但在世俗眼光與親情之間，他相信父親會選擇前者。

章思瀾太了解父親，這麼長時間來他努力成為一個「好」的兒子、家人、下屬，不正是在滿足父親需要的表面東西嗎？

徐聘趕回家時，衣服沒換，臉上還帶著妝，倒是很好地掩飾住了連日的疲憊。

章思瀾問他公司那邊處理情況如何，徐聘都說「放心，沒問題」，並不做詳細說明。於是章思瀾沒追問下去，他們在為之後的共同生活而努力，該互相多些信任。

相信彼此，相信他們都愛對方勝過愛自己。

徐聘第二天早晨還有通告，算起來僅剩不到六個小時，他還是跑過來想跟章思瀾多待些時間。徐聘小心翼翼地躺下，卻仍是不小心蹭到章思瀾的肩膀。

「啊——」

章思瀾的傷口在癒合中，沒有發炎發燒已是萬幸。不過他還是疼得沒忍住叫出聲。

徐聘聞聲趕緊坐起來。「抱歉。」

「怎麼辦，我現在像個失去玻璃罩子的易碎品。」他開口緩解氣氛，不想徐聘心有愧疚。

徐聘笑了，撐著手朝思瀾的臉頰輕輕親了下。

「易碎品也是好看的易碎品，在我們這行你可以當花瓶了。」

很奇怪的比喻。章思瀾身體一動不動，被逗得不停小聲樂。

萬幸，即使現如今難以緊緊擁抱，至少他們心貼在一起。

非常近。

19

趁徐聘不在，章思瀾偷偷下載回微博，時不時確認徐聘目前的情況。恰好在出國的前一晚，他看到徐聘又傳了一段影片，幾小時便有十數萬轉發。

內容有對劇組和粉絲的道歉，也有對網傳的「耍大牌」和「不敬業」等不實資訊做的解釋說明。而關於那位深夜多次共同出入酒店的男人，徐聘未說出「章思瀾」這個名字。

「他對我非常重要，我不想讓他因為我的職業再受到輿論攻擊。希望部分人停止莫須有的猜測及侮辱，我們也將依法採取法律手段來保護自己，追究各方法律責任……」

看起來是團隊準備好的內容，較為官方和嚴謹。
在講完必須說的內容後，他又補充了兩句不那麼像公關稿的話作為結束語：
「曾經我期待了無數次未來，可每次都覺得那其中的美好離我好遠。事實上，只要你堅持抱有希望，也許想要的未來就是明天。」
「明天會是新的一天，感謝一切善與愛，願我們能有不錯的開始。」
章思瀾抹著眼淚把影片下載下來，存在了加密相簿裡。但是他想，他大概率是不會打開看第二遍的。
他們的新開始實屬不易，一次足矣。

出國當天徐聘與章思瀾不在同一航班，是章思瀾提出的主意。
「我擔心動靜大了被人拍到，對你會不好。」
徐聘知道章思瀾其實真正擔心的是他父親，怕他父親來阻止，那樣誰都走不了。
徐聘沒戳破，確認了一遍。「真不跟我一起？去英國得十個小時，我得有十個小時見不到我們思瀾。」
「沒關係。」章思瀾溫和地安慰道，「你坐另外一班也就比我晚三個半小時。」
他們已經為這天等了那麼久，十來個小時算什麼？

目前根據章思瀾的狀態，醫生建議他少出行多休息，出行基本都暫用輪椅。

等到了機場，他終於有些傷感。在外面還好，有章流流和林冬遲陪著，過了安檢進來，便只有地勤人員幫忙推輪椅了。

章思瀾的位置靠窗，自打上飛機，他一直看著窗外發呆。明明不是個會怕孤獨的人，但一想到徐聘那句「十個小時見不到」，心不免還是沉了下來。

今天正是徐聘說的「明天」，也是他們離開所有不開心的新一天，可怎麼兩個人還得分隔兩地，無法在一起？

徐聘三個半小時後是否能順利登機，他們會在希思洛機場又能不能相遇……章思瀾想了很多，生怕開端出現任何問題。

「你好，章先生，請問旁邊位置有人嗎？」

「我不知……」章思瀾回過頭，立刻反應過來，「徐聘？你怎麼在這裡！」

眼前剛坐下來、戴著黑色帽子口罩的人除了徐聘還有誰。

章思瀾高興壞了。「你買的不是下一班嗎？」

徐聘摘下口罩，坐下來。

「這班也買了，不想等十多個小時。」剛才章思瀾的神情他通通看在眼裡，再不過來輕撫一下，怕是思瀾抵達目的地後身上得落層薄灰。

「徐聘……真好啊。」章思瀾不想哭的，可是看到徐聘的笑容，怎麼都憋不住。他吸了下鼻子，發自內心地再次感慨，「徐聘，我感覺今天真好。」

痛苦為路，美好為盡頭，能走到一起的確很好。

徐聘輕輕握住章思瀾的手，笑道：「嗯，今天是我們正式交往的第一天。」

（THE END）

國家圖書館出版品預行編目資料

滿分贗品 / 周涼西著. -- 初版. -- 臺北市：春光出版, 城邦文化事業股份有限公司出版：英屬蓋曼群島商家庭傳媒股份有限公司城邦分公司發行, 2024.04
面； 公分

ISBN 978-626-7282-60-1（平裝）

857.7 113002063

滿分贗品

原著書名／滿分贗品
作　　者／周涼西
企劃選書人／王雪莉
責任編輯／何寧

版權行政暨數位業務專員／陳玉鈴
資深版權專員／許儀盈
行銷企劃主任／陳姿億
業務協理／范光杰
總　編　輯／王雪莉
發　行　人／何飛鵬
法律顧問／元禾法律事務所　王子文律師
出　　版／春光出版
台北市 115 台北市南港區昆陽街 16 號 4 樓
電話：（02）2500-7008　傳真：（02）2502-7676
部落格：http://stareast.pixnet.net/blog E-mail：stareast_service@cite.com.tw
發　　行／英屬蓋曼群島商家庭傳媒股份有限公司城邦分公司
台北市115台北市南港區昆陽街 16 號 8 樓
書虫客服服務專線：（02）2500-7718 /（02）2500-7719
24小時傳真服務：（02）2500-1990 /（02）2500-1991
服務時間：週一至週五上午9:30～12:00，下午13:30～17:00
郵撥帳號：19863813　戶名：書虫股份有限公司
讀者服務信箱E-mail: service@readingclub.com.tw
歡迎光臨城邦讀書花園 網址：www.cite.com.tw
香港發行所／城邦（香港）出版集團有限公司
香港九龍土瓜灣土瓜灣道86號順聯工業大廈6樓A室
電話：（852）2508-6231　傳真：（852）2578-9337
E-mail : hkcite@biznetvigator.com
馬新發行所／城邦（馬新）出版集團　Cite（M）Sdn. Bhd
41, Jalan Radin Anum, Bandar Baru Sri Petaling,
57000 Kuala Lumpur, Malaysia.
Tel:（603）90578822 Fax:（603）90576622 E-mail:cite@cite.com.my

封面、贈品插畫／ALOKI
封面設計／蔡佩紋
內頁排版／芯澤有限公司
印　　刷／高典印刷有限公司

■ 2024 年 4 月 2 日初版一刷

Printed in Taiwan

售價／380元

城邦讀書花園
www.cite.com.tw

ISBN 978-626-7282-60-1

廣 告 回 函
北區郵政管理登記證
臺北廣字第000791號
郵資已付，免貼郵票

台北市 115 台北市南港區昆陽街 11 號 8 樓

英屬蓋曼群島商家庭傳媒股份有限公司
城邦分公司

請沿虛線對折，謝謝！

愛情．生活．心靈
閱讀春光，生命從此神采飛揚

春光出版

書號：OW0013　　書名：滿分贗品

請於此處用膠水黏貼

讀者回函卡

謝謝您購買我們出版的書籍！請費心填寫此回函卡，我們將不定期寄上城邦集團最新的出版訊息。亦可掃描 QR CODE，填寫電子版回函卡

姓名：______________________________

性別：☐男　☐女

生日：西元__________年__________月__________日

地址：______________________________

聯絡電話：__________________ 傳真：__________________

E-mail：______________________________

職業：☐ 1. 學生 ☐ 2. 軍公教 ☐ 3. 服務 ☐ 4. 金融 ☐ 5. 製造 ☐ 6. 資訊

☐ 7. 傳播 ☐ 8. 自由業 ☐ 9. 農漁牧 ☐ 10. 家管 ☐ 11. 退休

☐ 12. 其他 ______________________________

您從何種方式得知本書消息？

☐ 1. 書店 ☐ 2. 網路 ☐ 3. 報紙 ☐ 4. 雜誌 ☐ 5. 廣播 ☐ 6. 電視

☐ 7. 親友推薦 ☐ 8. 其他 ______________________________

您通常以何種方式購書？

☐ 1. 書店 ☐ 2. 網路 ☐ 3. 傳真訂購 ☐ 4. 郵局劃撥 ☐ 5. 其他 ______

您喜歡閱讀哪些類別的書籍？

☐ 1. 財經商業 ☐ 2. 自然科學 ☐ 3. 歷史 ☐ 4. 法律 ☐ 5. 文學

☐ 6. 休閒旅遊 ☐ 7. 小說 ☐ 8. 人物傳記 ☐ 9. 生活、勵志

☐ 10. 其他 ______________________________

請於此處用膠水黏貼